「あはははは！」

「笑わないでよ！」

黄《こう》景《けい》彰《しょう》
…

?

個室で極秘の相談事……？
「残念だがここは茶楼だ。
さっさと座れ」
辰宇《しんう》
（この脳筋男を）
（この無情緒女を）
絶対、潰す。
黄冬雪《こうとうせつ》

「あ、寝台は扉の奥とか？
あっちが卑猥なんだな」
てことは、
雲嵐《うんらん》
南領の
邑の頭領
黄景行《こうけいこう》
豪傑★酒飲ませ対決スタート！

「いや、笑うよ！
なんでそんなに可愛いの、君！」
「かわ……っ」
慧月は真っ赤になって非難したが、
景彰が叫んだ内容に、思わず言葉を詰まらせた。
「馬鹿にしているのね！」
黄《こう》玲《れい》琳《りん》
中身…朱《しゅ》慧月《けいげつ》
城下町で仲睦まじくお買い物…

ふつつかな悪女ではございますが
~雛宮蝶鼠とりかえ伝~
7
中村颯希
イラスト：ゆき哉

人物紹介

黄《こう》 玲琳《れいりん》

黄家 雛女。美しく慈悲深い。
皆に愛され、「殿下の胡蝶」と呼ばれる。
病弱で伏せりがち。

入れ替わり

朱《しゅ》 慧月《けいげつ》

朱家 雛女。そばかすだらけで厚化粧。
「雛宮のどぶネズミ」と呼ばれる、嫌われ者。
玲琳を妬んでいた。

詠《えい》 尭明《ぎょうめい》

皇太子。
玲琳とは従兄妹。

辰宇《しんう》

後宮の風紀を取り締まる
鷲官長。

莉莉《りーりー》

慧月付き上級女官。

黄《こう》 冬雪《とうせつ》

玲琳付き筆頭上級女官。

黄《こう》 絹秀《けんしゅう》

皇后。
玲琳の伯母。

金《きん》 清佳《せいか》

金家 雛女。

玄《げん》 歌吹《かすい》

玄家 雛女。

藍《らん》 芳春《ほうしゅん》

藍家 雛女。

黄《こう》 景行《けいこう》

玲琳の長兄。
黄家の武官。

黄《こう》 景彰《けいしょう》

玲琳の次兄。
黄家の武官。

雲嵐《うんらん》

南領(朱家)の邑の頭領。

詠《えい》 弦耀《げんよう》

皇帝。
尭明の父。

《相関図》

玄家《げんけ》
（水／北／冬）

北領を治め、水を司る一族。

象徴する季節は「冬」、方角は「北」、色は「黒」。

火を剋し（打ち勝ち）、また木を生じる（助ける）。

冷淡で、非人道的な行為も平然とこなす者が多い。反面、特定の対象には強く執着することも。

武芸に優れる者が多い。

金家《きんけ》
（金／西／秋）

西領を治め、金を司る一族。

象徴する季節は「秋」、方角は「西」、色は「白」。

木を剋し、また水を生じる。

現実的な商人肌の者と、芸術家肌の者に二分される。直系の者ほど芸術家肌で、美や哲学を重視する。

美を讃えながら、それで儲けることもできる人々。

藍家《らんけ》
（木／東／春）

東領を治め、木を司る一族。

象徴する季節は「春」、方角は「東」、色は「青」。

土を剋し、また火を生じる。

穏やかで受動的、柔和な学者肌の者が多いが、反面、計算高く腹黒い一面も。

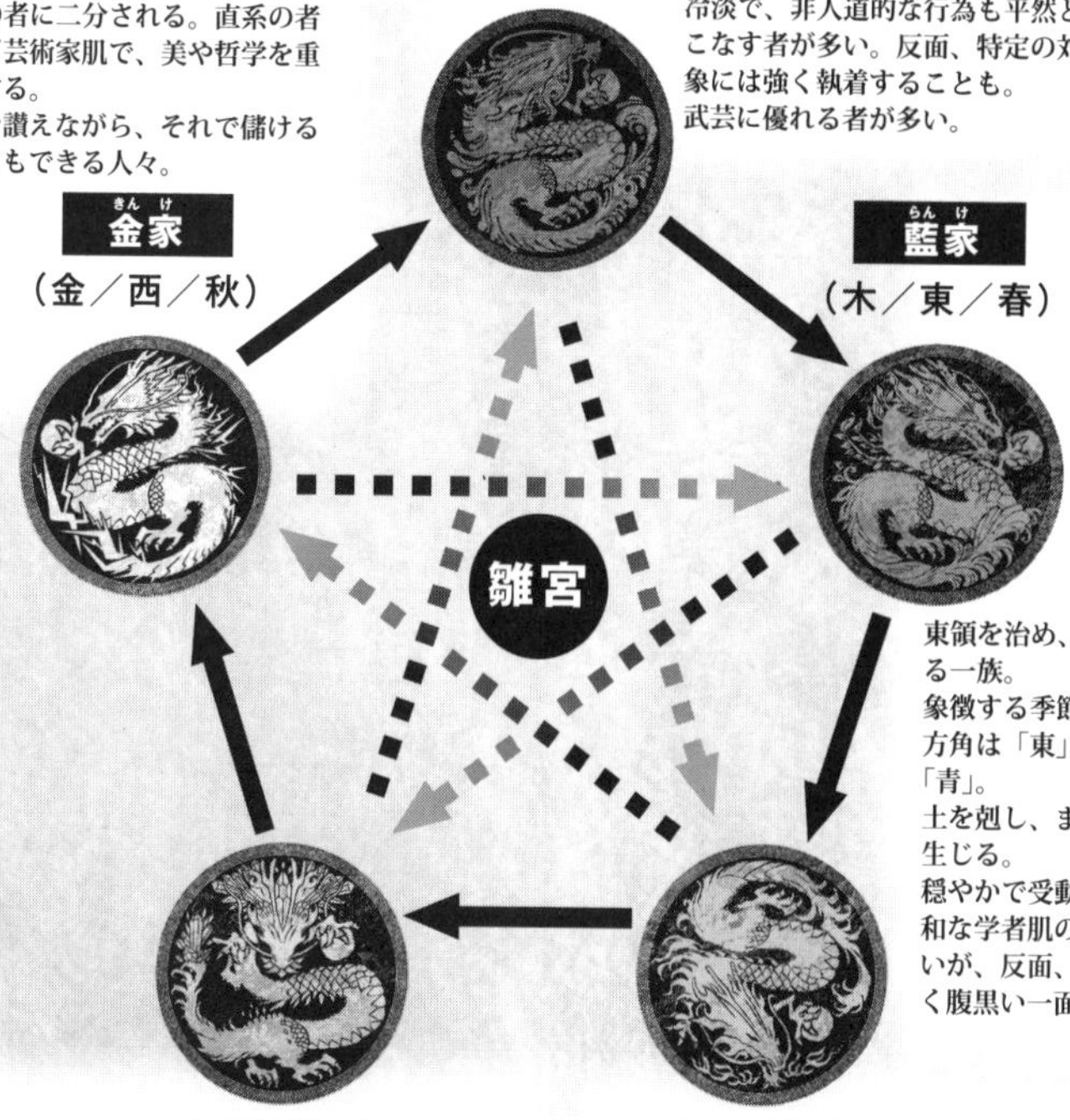

黄家《こうけ》
（土／央／変）

直轄地を治め、土を司る一族。

象徴する季節は「変わり目」、方角は「中央」、色は「黄」。

水を剋し、また金を生じる。

朴訥で実直、世話好きな者が多い。直系の者ほど開拓心旺盛で、大地のごとく動じない。

どんな天変地異も「おやまあ」でやり過ごせる人々。

朱家《しゅけ》
（火／南／夏）

南領を治め、火を司る一族。

象徴する季節は「夏」、方角は「南」、色は「紅」。

金を剋し、また土を生じる。

苛烈な性格で、派手好きな者が多い。感情の起伏が激しく、理より情を重んじる。

激しく憎み、激しく愛する人々。

━━━▶ 相生
■ ■ ■ ▶ 相剋
※( ) 内は象徴するもの

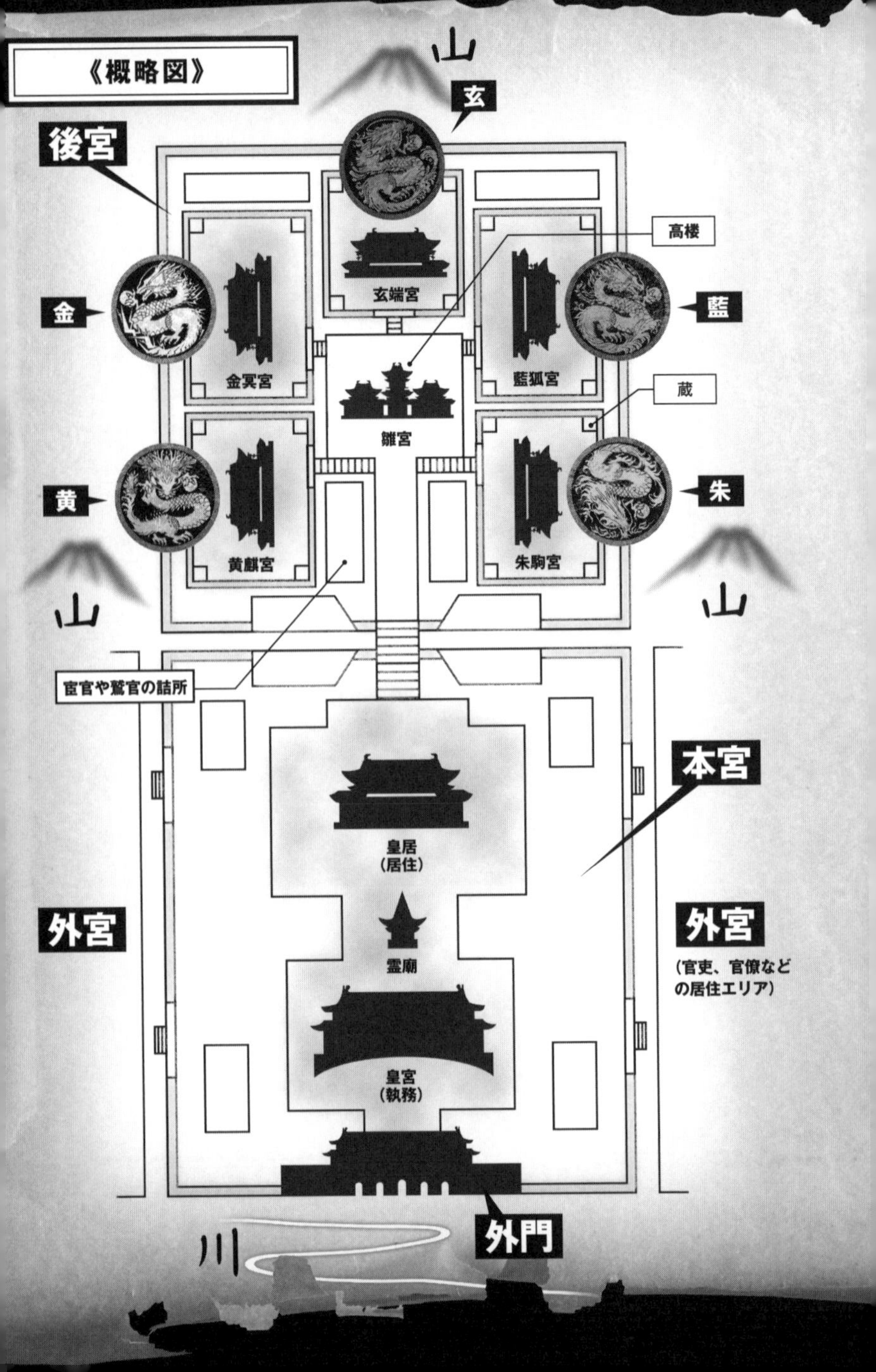
《概略図》
山
玄
後宮
高楼
玄端宮
金
藍
金冥宮
藍狐宮
蔵
雛宮
黄
朱
黄麒宮
朱駒宮
山
山
宦官や鷲官の詰所
本宮
皇居
（居住）
外宮
外宮
（官吏、官僚などの居住エリア）
霊廟
皇宮
（執務）
外門
川

目次

前巻までのあらすじ――

道術《どうじゅつ》で、たびたび心と体を入れ替えてきた二人――黄《こう》 玲琳《れいりん》と朱《しゅ》 慧月《けいげつ》。

皇帝の生誕祭で行われた「鑽仰礼《さんぎょうれい》」で玲琳は、玄家の雛女《ひめ》・歌吹《かすい》の壮絶な過去、そして金家・藍家の妃と祈《き》禱師《とうし》が共謀した事実を知る。そして再び入れ替わった玲琳と慧月は、五家の雛女の協力を得て、皇帝の御前ですべての悪事を暴くのだった――。

しかし道術を使ったそのやり方に、道士弾圧を是とする皇帝から目をつけられてしまう二人。尭明《ぎょうめい》から「今、雛宮《すうぐう》内で、入れ替わりを解消してはならぬ」と告げられた玲琳は……。

1・玲琳と莉莉と尭明

「皇帝陛下、万歳！」

「皇帝陛下、万歳！」

詠国《えいこく》皇帝・弦耀《げんよう》の誕辰《たんしん》を祝う民の熱狂は、祝日五日目を数えてもまだ続いていた。

宮中では、鑽仰礼《さんぎょうれい》や誕辰儀といった堅苦しい儀式が続くのに対し、城下の民は七日間、ひたすらお祭り騒ぎを繰り広げるのだ。

商人たちはここぞとばかりに大売り出しを始め、人々は食卓に長命菜《ちょうめいさい》や蓮菓子《はすがし》を並べる。

女たちは花を撒《ま》き、男たちは酒を飲んで歌い踊った。

日頃草粥《くさがゆ》を食《は》む貧民すら、酒房の施す饅頭にありつけるのがこの期間だ。

足が地から浮いたような空気は、都の外れ、下町に至っても、あちこちに漂っていた。

「まあ……！　本当ですか？　この壺を買うだけで、容姿は冴え知恵は回り、栄誉栄達は思うまま、友は百人増えると？」

さて、大通りから一つ入り、両側から屋台のせり出す小道でのことである。

物売りの張り上げる声に捕まり、勧められるまま壺を手に取った女が、感嘆の声を上げた。

「ああ、そうだよ、嬢ちゃん。この霊験あらたかな壺が、嬢ちゃんの徳を高めるんだ」

「まあ」

どきどきした様子で身を乗り出すのは、年若い女だ。

背は高く、裕福な商家の娘のような身なりをしている。

令嬢が外歩きの際によくするように、薄布を巡らせた笠を被っているため、顔は見えなかったが、仕草や口調の端々に品が滲《にじ》んでいた。

「ちょっと、玲《れい》……じゃなくて『慧《けい》』、じゃなくてお嬢様！」

しげしげと壺を見つめる娘の袖を、背後から引っ張り諫《いさ》める者がある。

「なに、こんなの相手にしてるんですか！　さっさと行きますよ」

「だって、友が百人増えるって……」

「しかもそそられたの、そこなんですか⁉」

信じられない、とばかりに天を仰ぐのは、小間使いのような格好をした少女だった。

こめかみの両脇で結った髪は赤く、瞳は琥珀色をしている。

「まったくもう。安っぽい売り文句に、ほいほい引っかかるのはやめてくださいってば！」

「そんな。友百人増、との効果が安っぽいだなんて」

少女の主人と思しき女は、しょんぼりとした様子で眉尻を下げたが、「ですが、そうですね」と、なぜか店主に向き直る。

神妙な手つきで壺を返すと、やけに凛とした声でこう話しかけた。

「店主様。壺の効果はよくわかりましたが、友が百人も増えるというのは、かえって不幸なことかもしれません」

「て、『店主様』？　は……？」

「なぜ不幸なのか？　よくぞ聞いてくださいました。それはね、百人なんておらずとも、片手に足る大切な友がいれば、人は幸せになれるからです」

問われもしていないことを勝手に語り、女は「そして」と、一層重々しく続けた。

「わたくしは今、その幸せを噛み締めている最中です。壺は不要ですので、御前を失礼」

そうして、さっと踵《きびす》を返すではないか。

「さあ、行きましょう莉莉《りーりー》。あちらで焼き芋がわたくしたちを呼んでいます」

「よくわかんない自慢をした挙げ句、今度は焼き芋ですか！」

ぽかんとした店主を置いて、二人は歩く。

前を歩く女がずれた笠を直した瞬間、喧噪を乗せた風が、頬に散るそばかすをふわりと撫でた。

そう。この二人こそ、朱《しゅ》 慧月《けいげつ》――の顔をした黄《こう》 玲琳《れいりん》と、彼女に付き従う女官・莉莉である。

玲琳はそのまま歩いて壺店を離れると、ようやく莉莉を振り向いた。

「どうでしょうか、莉莉。今のはなかなか、上手に勧誘を躱《かわ》せたと言えるのではないでしょうか」

「いえ、普通、カモられるのを避けるのに、いちいち説法めいた会話なんてしないんですけどね」

莉莉は「はー……」と疲れきった様子で項垂《うなだ》れるが、玲琳はといえば、感動を噛み締めるように、先ほどから両手で胸を押さえている。

「あれが、『カモられる』ということなのですね。わたくし、カモられかけてしまいました……」

「いやなんでときめいてるんですか」

と、突っ込む傍から、

「ほい、どいたどいたー！　魚が通るよお！」

肩に桶と天秤棒を担いだ行商人が間をすり抜け、その拍子にばしゃっと水を撒いていったため、下町育ちの莉莉は思わず舌打ちをした。

「衣が濡れたっての！」

「本当ですね！　衣が、濡れてしまいましたね……！」

だが、隣から感極まったような相槌が聞こえたので、怪訝な顔で振り向いた。

「活気ある町だと、こうしたことが起こるのですね。こうしたことが……」

主人はじーんとした様子で袖を摘《つま》み、何度も頷いていた。

「いや、そこ、感動するところじゃないんですけど」

「なにを言うのです、莉莉。この光景のすべてに感動が溢れています」

じとっとこちらを見上げる莉莉に応じつつ、玲琳は愛おしげに濡れた袖を撫でる。

会う人会う人に大声で話しかけられるのも、これほどの人混みの中を歩くのも、生臭い水を浴びて往生するのも、すべて初めてのことだった。

（これが、町……！　これが、町歩き！）

興奮してはいけないと、何度も己に言い聞かせる。

ああ、だが、今この体であれば、ちょっと興奮したって、人いきれで失神することはないのだ。

冬の寒い日に出歩いていても気分が悪くならないし、荷物だって自分で持てる。

駕籠《かご》の上からではなく、気心の知れた相手と横に並んで、買い物を楽しむことだってできるのだ。

と、傍らの莉莉が、鐘の音に気付いて足を止めた。

「あ、正辰《しょうしん》の鐘だ。殿下ご指定の酒房集合まで、まだ二刻もありますね。屋台で甘いものでも買って、そのへんで休みますか？」

「それは……！」

実家か後宮以外の場所を、二刻も自由に出歩くというだけでも未知の領域なのに、とんでもなく刺激的な提案を寄越されて、思わず声を震わせてしまった。

「いわゆる、ひとつの……『買い食い』、というものですか」

「いわゆるっていうか、そのものずばりの買い食いですね」

莉莉はもはや呆れ顔だが、玲琳の緊張と興奮は、ここにきて最高値を叩き出していた。

「わ、わかりました。声を出して参りましょう！」

「いや、屋台行くのにそんな覚悟決めなくていいんですけど」

ぐっと拳を握り、武者震いしてみせる主人に、莉莉は「ていうか」と肩を竦《すく》める。

「追放されたときも誘拐されたときも、襲われたときすら泰然の構えだった人が、どうして町歩きごときに、そんなに緊張するんですかね」

理解できないとばかりに溜め息を吐かれるが、玲琳からすれば、逆になぜ緊張せずにいられるのかと問いたい。

(だって、こちらを追放したり誘拐したりする相手なら、迷惑を掛けてもさほど気になりませんが、自らの意志で臨んだ町歩きで、周囲に迷惑を掛けるわけにはいきませんもの)

うっかり気絶してしまわないか。ぶつかった拍子に大怪我をしてしまわないか。自分のせいで予定を遅らせたり、集団行動を乱したりしてしまわないか。周囲を心配させてしまわないか。

(それに)

大切な相手と出かけるとなると、玲琳はつい、そうしたことばかりが気になってしまうのだ。

ちら、と、賑わう市に視線を向ける。

あちこちで飛び交う陽気な声。遠くから聞こえる笛や太鼓の音。甘辛いたれの匂いや、人々の発する熱気。遠慮のないやりとり。

(これが、市)

病床でずっと、いつか行ってみたいと夢見ていた場所が、目の前にあるのだから。

「どうしましょう。二刻この場に佇《たたず》んでいるだけでも、胸がいっぱいになりそうです」

「普通に通行の邪魔ですし、目立っちゃうから、さっさと歩きましょう」

胸を押さえて呟くと、即座に莉莉から突っ込みが入る。

目立っちゃう、の言葉に反応した玲琳は、はっと姿勢を正した。

「そうですね。怪しまれてはなりません。目立たず、自然に、町歩きをしてみせねば」

覚悟を決めて、一歩踏み出す。

（慧月様。わたくし、問題なく二刻を過ごし、約束の時間に酒房で落ち合ってみせますからね）

彼女は無意識に、胸の前で両手を組みながら、ここに至るまでの日々を思い起こしていた。


あれは、鑽仰礼を終えて少し経ち、玲琳たちがそろそろ入れ替わりの解消をと、四阿《あずまや》に集まった日のことだ。

玲琳は心をうきうきと弾ませながら、朱駒宮《しゅくぐう》の蔵に続く道を歩いていた。

慧月の才能のもと悪は散って、他家の雛女《ひめ》たちとも少し距離が近付いて。慧月も二の位という結果を喜んでくれて、あとは折りを見て、体を元に戻すだけ。

だが、「そういえばなにか忘れているような」と思ったまさにその瞬間、ぐいと腕を引かれ、雛宮《すうぐう》の一角へと連れ込まれたのだ。

こちらをあえて「朱 慧月」と呼び、親しげに抱き寄せたのは、この雛宮の主である皇太子。

玲琳たちを案じ、喧嘩の際には仲裁にも手を貸し、あげく、女たちの戦いだからと完全に蚊帳の外に置かれていた尭明《ぎょうめい》であった。

今さらながら、自分の犯した不敬に青ざめた玲琳は、慌てて詫《わ》びようとしたが、彼の目的は説教ではなかった。

彼は「朱 慧月」に睦言《むつごと》を囁《ささや》くふりをしながら、忠告を寄越してきたのである。

皇帝に、雛女の道術使用を疑われている。

鏡の件は見逃すことにしたようだが、皇帝付きの「隠密部隊」に、雛女監視の命が下った。

今、雛宮内で、入れ替わりを解消してはならぬ――。

皇帝や皇后直属の隠密部隊があるということは、噂程度に聞いていた。護衛に諜報、果ては敵の暗殺までも手がける、この国の暗部を担う者たちがいるとは。

だがまさか、雛女である自分たちが彼らに狙われるとは、いったい誰が予想したことだろう。

驚いた玲琳を、尭明は「少し座ろうか、『朱 慧月』」と演技しつつ抱き寄せ、近くの見晴らしのよい四阿に連れ出した。

並んで座って、周囲に誰もいないのを確認した後、彼が続けたのはこういう内容であった。

先帝の頃、龍気に似た力を後天的に身に付けようとする思想や力――道術は謀反に等しいとして、厳しく弾圧され、道士は排除されてきた。

現皇帝である父は、弾圧の類いを嫌う穏やかな人物なので、今までは尭明もそれほど心配していなかったのだが、鑽仰礼の際、父はやけに炎術を凝視している。

念のためと思い、父帝の出す密命書を私兵に探らせたところ、「雛宮内で怪しげな術を使った者はいないか、雛女たち自身も含めて雛宮内を注視せよ」との内容が書かれていた、と。

尭明の説明を聞き、玲琳は顔から血の気を引かせた。

「では……隠密部隊に道術が露見すれば、陛下に処罰されてしまうのですか」

だとしたら、自分はなんと迂闊なことをしたのだろう。

先帝の頃、道士が迫害されていた過去があった、とは聞いていた。

それにより道術の継承は途絶え、衰退し、現帝の代では弾圧の話も聞かなくなった。

今や道術は、よくも悪くも、実在が疑われる「卑しいまじない」程度の存在である。

雛女がそれに手を染めたとなれば人聞きは悪いが――だからこそ、慧月も道士と名乗るのを避けている――、もし醜聞が立ったとしても、その程度ならいくらでも蹴散らしてやるつもりでいた。

だが、今でも国の最高権力者が本気で道術を排除したがっているというなら、話は別だ。

慧月が本格的な使い手だと知られれば、嘲笑われるどころか、罪に問われるかもしれない。

真っ青になった玲琳のことを、尭明は「落ち着け」と諭した。

「本気で罪に問おうというなら、監視など生温い処分では済まさないはずだ。範囲も雛宮だけだしな。それに、これは『密命』などと言いながら、堂々と紙で、それも最も格式の低い用紙で発令されていた。おそらくは、体裁のほうを意識しているのだと思う」

「体裁？」

「ああ。父上は、道術弾圧の姿勢を継承しているとはいうものの、実際には、即位から一度も処刑や道士狩りを許していない。それで、古参の家臣のほうが業を煮やしているのだ」

古くからの家臣には、なにかと先帝を引き合いに出し、弦耀の政治に口を挟もうとする輩《やから》が多い。

先帝に恭順の意を示そうと、いまだに道術弾圧を推奨する者たちもいるらしい。

鑽仰礼で奇跡じみた現象を目にした後、なにも手を打たずにいたら、彼らに騒ぐ口実を与えることになる。

だからこそ雛宮に形ばかりの監視を命じた――そうしたことは十分にありえると、尭明は言う。

「真意はこれから探る。父上は異文化や異民族にも寛容な方だ。今やまじない扱いの道術を、そこまで警戒するとも思えぬ」

最悪の可能性ばかり考えるな、と窘《たしな》める一方で、尭明はこうも付け加えた。

「ただし、何事も万一ということはある。慎重を期すべきであるには違いない」

「……はい。その通りだと、思います」

玲琳は、途切れ途切れに返すのが精一杯だった。

かかっているのは自分ではなく慧月の身の安全だ。どれだけ慎重になったって足りない。

それに、あくまで体裁が理由だったのだとしても、監視などという不名誉な状況に、慧月を追い込んでしまったことには違いない。

「わたくしの浅慮のせいで、こんな……。申し訳ございません」

慧月にどう詫びよう。

青ざめて黙り込んだ玲琳の頭を、尭明は軽く溜め息をついて抱き寄せた。

「あまり思い詰めるな」

長い指が、くしゃくしゃと、幼い妹にするように髪をかき混ぜる。

「おまえがやたらと、彼女に人前で力を使わせてきたのは、自信を持たせたいと考えたからだろう？

事実、彼女はあの才能を足がかりに、己を認めはじめたように見える」

「…………」

尭明がそこまでこちらの胸の内を見通していたとは思わず、玲琳は驚きに顔を上げる。

そう。たしかに自分は、慧月に自信を持ってほしかった。

だって、彼女の操る火は美しい。

本人はすぐ無芸無才などと言い出すけれど、実際は、誰にも持ち得ない、素晴らしい才能に恵まれているのだと、彼女自身に納得してほしかった。

奇跡をもたらす道術の炎。困難を打ち破る意志の炎。

見る者を虜《とりこ》にしてやまない、激しい感情や生命力――空に輝くほうき星のようなあの眩《まばゆ》さを、周囲にも、慧月自身にも知ってほしかった。

だがその結果、彼女を危機に晒したというのなら、そんな願いなど災厄でしかない。

「どうしましょう……慧月様に、どうお詫びをすれば」

「あのな」

玲琳が再び俯《うつむ》いてしまうと、尭明は神妙な声でこう切り出した。

「罪悪感のあまり、嵐まで呼び寄せながら被害者に『どうすればいい』と縋《すが》り付いたことのある俺から、一言言わせてもらうと――そういうことはしないほうがいい」

玲琳はついまじまじと相手を見つめた。

「え？」

「気が急《せ》くだろう。自分を罰したくて仕方ないだろう。だが罰するための杖を、迷惑を被った当人に握らせようとするな。それをして楽になるのは、おまえだけだ」

尭明は苦く笑い、こう付け足した。

「と、俺も後になって噛み締めた。実は乞巧節《たなばた》の一件で、おまえを殺《あや》めかけたことと同じくらい俺が恥じているのは、その部分だ」

許されようとしてしまった、と彼は呟く。

謝罪を差し出したつもりで、本当は、許されたいという欲をぶつけてしまったと。

「恥じ入ってばかりだ」

ぽつりと漏らしてから、今は玲琳の話だと思い直したのか、彼はすぐに軽い口調を取り戻した。

「とにかくだ。この状況下、おまえがすべきは、青ざめることではない。悲愴な顔で押しかけたら、相手に許してやらねばという圧力を与えてしまうし、第一、感情的な彼女のことだ、おまえより数段追い詰められた心地がすることだろう」

「……はい」

「やらかしたぶんは潔く詫びろ。だが詫びによってではなく行動によって償え。だいたい、焦った姿を見せては、かえって怪しまれる。呑気に笑っているくらいがちょうどいい」

滑らかに告げてから、尭明は小さく笑みを浮かべ、玲琳の額を指で軽く弾いた。

「以上、やらかしの先達から、偉そうな忠言だ」

「いいえ、金言です」

触れられた額に手をやりながら、玲琳は真剣に頷いた。

「胸に刻みます」

あえて明るく言ってくれる従兄の優しさが、全身に沁みるかのようだった。

たしかに自分は、浅慮だった。大いに恥じ入るべきだが、そこで立ち止まるのではなく、慧月に被害が生じないよう、素早く動き出すべきだろう。

とにかく、今日の雛宮内における入れ替わり解消は見合わせ、皇帝の真意を探る。

雛宮監視の目的や、厳しさの程度を把握したうえで、改めて算段をつけなければ。

そうしてもちろん、慧月にしっかりと詫びを入れるのだ。

「顔色が戻ったようだな」

忙しく考えを巡らせていると、尭明が安心したように言う。

玲琳は一度思考を中断し、「あの」と申し出た。

「どうした」

「改めてお伝えしたいのですが……わたくし、乞巧節では、本当に幸せでした」

おずおずと告げると、尭明が目を見開いてこちらを見る。

彼は苦笑を浮かべかけ、それを止め、口を開きかけ、一度閉ざした後、短く頷いた。

「ああ」

「怒ってなどおりませんし、傷付けられたとも思っておりません。殿下が詫びてくださった、そのときのご様子まで含めても」

「ああ」

「いまだに殿下を、殿下と呼んでしまうのは、単にわたくしの、覚悟が決まらないからで――」

「わかっている」

立后に関する思いと、自身の体調への不安。

打ち明けるべきかと悩み、言いよどんでいると、尭明はそれを遮り、頷いてくれた。

「俺が自分を罰したいだけなのだ。なにしろ、俺は俺を殴る杖を、自分で持っているものだから」

「……わたくしも、そのようにいたします」

おどける尭明に倣《なら》い、玲琳も小さく笑った。

彼の在り方は、同じ黄家の血を継ぐ者として、よくわかった。

「お隣で、わたくしも己に杖を振り下ろしますわ」

「並んで杖刑《じょうけい》か。何をしているのだろうな、我々は」

「本当に」

どちらからともなく、くすくすと笑い声がこぼれる。

こうしていると、入内《じゅだい》前、単なる従兄妹同士であった頃のようだ。

ひとしきり笑い終えると、玲琳はぱんと両手で頬を張り、立ち上がった。

「さて、しっかりしなくては。まずはお詫びと説明ですね。焦らず、嘆かず、堂々と。対策に抜け漏れがないように、落ち着いて考えねば――」

「抜け漏れといえば、思ったんだが」

と、気合いを入れている玲琳の横で、立ち上がった尭明がふと振り返る。

「監視範囲が雛宮なのだから、城外に出てしまえばよいのではないか？」

しばし、沈黙が落ちる。

三拍ほど考え込んで、やはり意味の呑み込めなかった玲琳は、「え?」と首を傾げた。

「そもそも隠密の役割とは、父上と国を守ることだ。折しも今は誕辰の期間内。各国の要人が帰路に就きはじめ、警護も情報収集も忙しい中、それも命で監視範囲を『雛宮内』と限定している中、わざわざ城下まで追いかけてくるはずもない」

つまり、こっそり後宮を抜け出して、そこで入れ替わりを解消しては、というのである。

「え……っ」

玲琳はどっと鼓動を速めた。

「まあ、里帰りの女官かなにかに、身をやつすことにはなるが」

変装。

「二家の雛女が同じ方角をめがけて馬車を使うと、さすがに怪しまれるからな。『黄 玲琳』のほうに馬車を使わせるとなると、必然、おまえは駕籠がせいぜいで、かなり歩くことになるな」

かなり歩く。

「俺と出歩いてもまた注目されるだろう。一緒に出るのは避けて、俺が忍び歩きの隠れ家にしている酒房で落ち合うのがよいだろうが……供もなく単独行動というのは、やはり不安か」

単独行動。

発明の放つ不安点のどれもこれもが、玲琳にはこの上ない魅力点に思われて、呼吸が乱れて止まらない。

「やはり、なしかな」

尭明が打ち消そうとしたその瞬間、玲琳は気付けば袖にしがみついていた。

「あの……っ」

自分の欲だけで突っ走っていないかを、何度も脳内で点検する。

雛宮内の動きを見張れとの命。雛宮内は危険。城下ならば安全。

一般的に、雛女が町に下りるなど危険極まりないが、この状況であれば、城外に出ても許されるのではないか。もちろん、慧月が同意すればだが。

「わ、わたくし」

ああ、願いを口にするというのは、なんと度胸のいることなのだろう。

こうしてほしい、ああしてほしい。自分を幸せにするための願いを、素直に表現できる慧月の強さを、自分も手に入れたいとこんなときに思う。

「行き、たいです」

不意に、幼い頃、一度だけ兄たちの袖を引っ張ったときのことを思い出してしまった。

――わたくしも、お外に行きたいです。

袖を掴む腕が熱をもっていることに気付くと、彼らは痛ましげに首を振る。

その瞬間、玲琳の胸は後悔で押し潰されそうになったものだ。

困らせてしまったという罪悪感と、やはり許してはもらえないのだという悲しみ。

二つの感情の間で心が千切れてしまいそうで、「なぁんて」と付け足す声が掠《かす》れてしまった。

当時はまだ、微笑みという名の化粧が、さほど上手くはなかったから。

やがて、玲琳がその手の願いを口にすることはなくなった。

けれど。

——さっさと「助けて」って言いなさいよ！

——あなたはもっと、日頃から涙や悲鳴を出しておきなさい。

手を引っ込め、言葉を飲み込む癖が付いてしまっていた自分を、朱 慧月はいつも、横っ面を叩くような激しさで叱る。

彼女が声を荒らげるのは、まさにこうした場面だったのではないかと、思うから。

「わたくし、城下に、行ってみとうございます」

ありったけの勇気を掻き集め、清々と言い放ったつもりだが、結果的には、蚊の鳴くような声になってしまった。

「ふむ」

袖を掴むなんて、はしたない。

これしきのことで、指先が震えるほど動揺するなど、どうかしている。

いよいよ恥ずかしさに耐えられなくなり、ぱっと手を離そうとした、そのときだ。

「申し訳ございません、今のは——」

「ならば行こうか」

従兄はその手を掴み、優しく笑った。

「ただし、くれぐれも安全にな」

そう付け加えることだけは、忘れなかったけれど。

「――……っ」

玲琳は、喉から飛び出そうとする声を飲み込み、代わりに、従兄の手をぎゅっと握り返した。

（安全を第一に優先します。騒ぎを起こしません。目立たず無事に過ごします）

そんなわけで、城下に立った玲琳は、もう何度目になるかわからぬ自戒の言葉を唱え、眼前の市を見つめた。

（とにかく、約束の酒房に無事にたどり着くのが今回の本旨。これ以上慧月様に、ご迷惑をお掛けしないようにせねば）

慧月に事情を話して詫び、段取りを付けること二日。

皇帝に警戒されているかもしれないから、城を下りて入れ替わりを解消しようと伝えると、彼女は大いに驚き、困惑を見せたものの、意外にもあっさり了承してくれた。

いわく、「それが対策なら、そうするしかないでしょ！」とのことである。

詫びの印に、指を数本捧げたい旨を申し出てみたのだが――金言に従い、振り下ろす杖の強さを自分で決めたのだ――、「いらない」と即答されてしまい、申し訳ないやら物足りないやらだ。

（まあ、落とし前を付けるにしたって、元の体に戻らないことには始まりませんものね……）

四阿でも言われたとおり、尭明や慧月とともに門をくぐってはさすがに怪しまれてしまうため、待ち合わせ場所の酒房までは別行動だ。

玲琳は朱家の女官に身をやつし、同じく女官の莉莉とともに、買い出しを装って門を出た。町に入ってから素早く着替える。玲琳は裕福な商家の娘、莉莉はその小間使いという設定だ。

一方、「黄 玲琳」の体に入っている慧月には、しっかりと護衛を付け、馬車で移動してもらう。護衛の担い手は、「黄 玲琳」の兄であり、慧月自身とも交流のある景彰《けいしょう》。

彼らは、「誕辰祭の最中に、王都内にある黄家の祖廟《そびょう》に参る」という設定で出かけ、途中、「休憩のため」酒房に立ち寄る計画である。

同時に、「朱 慧月」が別行動をしていると印象づけるための工作も忘れない。

具体的には、背丈の似ている冬雪《とうせつ》が「朱 慧月」に扮し、彼女の乗った馬車を、鷲官長《しゅうかんちょう》である辰宇《しんう》と、礼武官として交流のあった黄 景行《けいこう》が守る。

こちらも、玄家《げんけ》皇帝ゆかりの祖廟に香を届けるため「朱 慧月」が町に下りるという設定だ。

冬雪たちは、慧月や玲琳とは合流せず、酒房とは反対方向の町の北側に赴き、あちこちに馬車を停めながら、夕方ごろ雛宮に戻ってくる手はずになっている。

つまり——尭明と落ち合うために、駕籠で城下に向かう玲琳と莉莉。

「黄 玲琳」のふりをして馬車で酒房を目指す慧月と景彰。

「朱 慧月」に扮して陽動をする冬雪と景行、そして辰宇。

この三つの組に分かれ、入れ替わりを知る主要な者たちが全員、連携しながら別行動を取っているのである。

言い換えれば、酒房で皆と落ち合うまでは、玲琳は莉莉だけを伴った状態だ。

誘拐時や追放時という例外的な事態を除くなら、これは間違いなく、過去最大に自由度の高い状況であった。

（自由と責任は表裏一体！）

次々と通り過ぎて行く市の客や、派手な飾りに、忙しなく視線を引っ張られながらも、ふうっと短く息を吐き、緊張を散らす。

この町歩き、絶対無事にこなしてみせるぞと、改めて胸の内で誓った。

「莉莉。実は、この通りの屋台の配置は、安全確保のため予《あらかじ》め調べておりました。ここから十丈の間に、揚げ菓子屋さんが二軒あります。それとも芋から攻めるべきでしょうか。丑寅《うしとら》の方向に目標あり。店主は男性、中肉中背。風は南南東」

「武将かよ」

舐めた指を宙に掲げ、ぶつぶつと呟きはじめた玲琳に、莉莉が素早く突っ込む。

「まったくもう、そんなに気合い入れないでくださいよ。まさにその気合いの入れすぎのおかげで、こんなに時間を持て余してるんじゃないですか」

そう。

実は、待ち合わせ場所付近の市に二刻以上も早く着いてしまったのは、ひとえに玲琳が出発を早めすぎ、かつ、駕籠を相当急かし、かなりの早歩きをしたからなのだ。

玲琳は恥じ入って、笠の薄布を引っ張った。

「ご、ごめんなさい。いつもの癖で、つい。雹《ひょう》が降ったらどうしようとか、突然道が崩壊したらどうしようとか、荒唐無稽なことまで考え出したら、止まらなくなってしまって」

「恋人との初逢瀬を前にした殿方かなにかですかね」

「うぅ」

へっと遠い目になった莉莉に、玲琳はすっかり恥じ入って、赤くなった頬を押さえた。

そもそも、重大な儀式や長距離の移動に臨むとき、玲琳は一刻という、過剰なほどの時間の余裕を持つようにしているのだ。

というのも、病弱な体が、いつどんな不具合を起こすかわからないからだ。倒れようが、熱を出そうが、目的地に着いてさえいれば、あとは気合いでなんとかできる。一刻あれば仮眠を取ることも、薬を煎じることもできた。

今回は特に、絶対に城下で慧月と落ち合って、入れ替わりを解消せねばと意気込んでいただけに、「途中で駕籠が故障したら、一刻では足りないかも」「体調不良で休憩を挟んだら、一刻半でも危ういかも」とどんどん所要想定時間が延び、さらには天変地異まで心配になりはじめ、気付けば二刻も前に酒房付近にたどり着いてしまった、というわけである。

酒房で二刻も人を待っていては、さすがに目立ってしまうし、商売の邪魔になる。

うろたえてしまった玲琳に代わり、すぐに酒房に引き返せるような範囲で市でも巡ろうと、結局莉莉が提案してくれたのであった。

「あなたまで巻き込んでしまってごめんなさい、莉莉……」

世慣れていて、自立していて、余裕がある。

そうした人間に憧れているというのに、どうして自分はこうも世事に疎いのか。

（これまで、雛女として求められる技芸も、野営などの生きる術も、かなり鍛錬を重ねてきたと自負していましたが、刺繍《ししゅう》も舞も火起こしも、一人で完結するものばかり。社会経験は、全然ですね）

たとえば、待ち合わせに間に合う適当な時間を見計らうこと。たとえば、ぽっかり時間が空いてしまったとき、やりたいことを組み合わせてなんとなく予定を立てること。呼び子の声を躱すこと。人にぶつからず歩くこと。

そうした、「普通の人々ならば難なくできるだろうこと」が、玲琳にはこの上なく難しい。人に揉《も》まれながら育てる技能だからだ。きっと慧月や莉莉のほうが、数段うまくこなせるだろう。

「やはり、約束の酒房に戻りましょうか……。隅の席であれば、二刻ほど待たせてもらえるかもしれません」

買い食いは生涯の憧れと言っても過言ではなかったが、なにかやらかして、莉莉たちに迷惑を掛けたのでは堪《たま》らない。

後ろ髪を引かれつつも、しょんぼりと道を引き返そうとすると、莉莉が苦笑し、気持ちを切り替えさせるように背中を叩いた。

「すみません、あたしこそ言い過ぎました。着いてしまったものは仕方ありませんし、こうなったらもう、町歩きを楽しみましょ。この辺なら、あたしもまあまあ土地勘ありますし」

「莉莉」

玲琳は身を震わせた。なんと優しい女官なのだろうか。

「ありがとうございます。わたくし、時間の許す限り、町歩きを堪能いたします……！」

改めて決意に拳を握り、玲琳は今度こそ夢の世界へと足を踏み出した。

「莉莉！　すごいです、足を踏まれました！　一気に三人から！」

「喜ばないで!?」

「莉莉！　わたくしの買ったこの豆汁！　すごくまずい！　癖になりそうです！」

「初買い物で、どうしてまずさで評判の品から行っちゃうかな!?」

「莉莉！　見て！　おつりがぞろ目です！　莉莉！」

「はいはいよかったですねー！　って、おつり少なすぎでしょ、それ！」

市は朝からごった返している。

しょっちゅう人にぶつかるし、売られているものも当たり外れが激しい。商人たちは平気な顔をしておつりをごまかしもする。

そのたびに莉莉は文句を言ったり、すごい剣幕でおつりを取り返したりしていたが、その横で、玲琳は緩む頬を必死に引き締めていた。

ああ。

すごく、生きているという感じがする。

冬の空気は冷たいが、そのぶん人々の熱気が好ましい。

日差しはきらきらと眩《まぶ》しく、飛び交う怒声や喧噪さえ、天上の音楽のように響いた。

「安売りぃー！　辰《たつ》の刻《こく》限定！　粽子《ちまき》が、大安売りだよぉー！」

と、そのときすぐ先の蒸し物屋がカンカンと鉦《かね》を鳴らし、行き交う人々に安売りを告げる。

派手な音と、期間限定という言葉につられて、周辺の腹を空かせた客たちが、一斉に屋台へと群がっていった。

「五個ちょうだい！」

「俺は十個だ！」

「ちょっと、私が先よ！」

冷めてきたからまとめて処分したいだけだろうにと、莉莉などは冷めた目で見守っていたが、振り返れば、隣にいるはずの主人の姿がない。

「え!?　ちょっ、どこ……」

慌てて首を巡らせると、玲琳は屋台に向かって駆け出しており、しかし、どうやって買い求めてよいのかわからなかったらしく、黒山の人だかりの外周部で、中央を見ようとぴょんぴょん飛び跳ねているところだった。

「こっ、ここに、並べばよいのでしょうか!?　最後尾はどこなのです？　ここですか!?」

「くっ」

莉莉は、慌てて手首を噛んで笑いを噛み殺した。

殿下の胡蝶《こちょう》。筆を持てば美詩を連ね、針を持てば布に絶景を描き、舞えば天も涙すると言われる女が、まさか粽子のために、野うさぎのようにぴょんぴょん跳ねているなんて。

「ここの、粽子は、美味しいと評判だそうで！　ぜひ、わたくしも、お土産にっ」

「並ばなくていいんですよ！　すり抜けて、掴み取ったもん勝ちです！」

「そうなのですか⁉」

莉莉が城下流の買い方を伝授してやると、玲琳はぱっと振り返り、みるみる顔を引き締める。

傍目にもわかる闘志を漲《みなぎ》らせると、舞で鍛えた見事な柔軟性と瞬発力を活かして、あっという間に群衆の間をすり抜けた。

「買えました！」

ややあってから、喜びいっぱい、といった様子で戻ってくる。

胸には、葦《あし》の葉で巻いた四つの粽子を抱えていた。

「はい、莉莉！　めしあがれ」

人混みに揉まれ、笠はずれていたし、裾も乱れていたが、薄布越しにもわかるほど嬉しそうだ。

「莉莉は育ち盛りなので、大きいものを召し上がってください」

「出た。今度は遠慮しませんよ」

懐かしい遣り取りに噴き出しつつ、ありがたく受け取って、二人で道の隅に寄ってかぶりつく。

莉莉が知るほかの店のものよりは小ぶりだったが、蒸籠《せいろ》の下のほうから確保したのか、まだ十分温かい。

ごろっと音がしそうなほど大きく切られた角煮や、棗《なつめ》の食感が嬉しく、具材の旨みを吸った餅米がまた、噛むたびにじゅわりと塩気を滲ませて美味しかった。

思わず同時に「んーっ」と声を上げてしまう。特に玲琳は涙ぐまんばかりであった。

「美味しいですね。本当に美味しい。……あったかい」

宮中でこの数十倍高価な食事に接しているだろうに、雛女は心底幸せそうだ。

きっと、温かな食事を温かなままに食べることも、胃もたれを気にせず脂身を食べることも、彼女にとっては貴重な経験だからなのだろう。

「小ぶりだからぺろっといけちゃいますね。残り二つも食べちゃったらどうですか?」

「いいえ。これは、慧月様と冬雪へのお土産にしますの」

問いにもそっと首を振り、大切そうに袂《たもと》に入れる。

さらには、食べ終えて残った葦の葉を丁寧に畳み、懐に仕舞いまでしていた。

「この葦の葉は、宝物にします」

「…………」

慎重に胸元を撫でる主人に、莉莉はつい両手で顔を覆ってしまう。

「粽子は、あちこちで売っているので……たくさん買いましょうね」

本当は、市の遠くまで足を伸ばすのはあまりよくない。

だが、こんなことで大喜びするこの人を可愛いと思うことも、地元の粽子をたくさん食べさせてあげたいと願うことも、きっと罪ではないはずだと、そう思ってしまったのだ。

(わたくしが、お土産を「買う」ほうに回る日が来るだなんて)

一方の玲琳は、葦の葉の収まった胸元を押さえながら、万感の思いで息を吐いていた。

思えば毎年訪れるこの誕辰祭の期間、王都のほど近くにある黄家領でも、それは盛大な市が開かれたものだった。兄たちは小遣いを握り締め、あえて町民の衣を身にまとい、いそいそと市を冷やかしに行ったものだ。

——行ってくるからな、玲琳！

——行ってくるよ、玲琳。お土産を楽しみにしていてね。

兄たちが、家人がうきうきと告げる「行ってきます」を、何度寝台から聞いただろう。

弾む足取りで去っていく背中を、熱にうなされながら何度見送ったことだろう。

だが今回、お土産はもらうのではなく、自分が買うのだ。誰かのために。

そして告げるのは、「行ってらっしゃいませ」ではない。「行きましょう」なのだ。

胸が苦しくなるほど嬉しくて、つい懐を押さえれば、葦の葉がかさりと音を立てる。

玲琳はしばし目を閉じて、その感触を味わった。

初めての、町歩きの記念品。

(考えてみれば、記念に何かを取っておくという行為自体、ここ最近になってからですね)

ものが増えれば未練が増える。それに、どんな上等なもらい物をしても、それを愛でる人間がいないのでは意味がないように思えて、いつもさっさと周囲に配ってしまっていた。

だが、たとえば一枚の手紙。一枚の葦の葉。

その程度ならばきっと、手元に残していても許される。最近の玲琳は、そんなことを思うのだ。

「さあ、莉莉。次のお店に行きましょうか——」

と、付き合いのよい女官に呼びかけた、そのときだ。

「大道芸だよぉー！　大通りから小道を二本！　東の広場で、大道芸が始まるよぉー！」

道向かいから、呼び子の張り上げる声が聞こえ、玲琳はぱっと全身を振り向かせた。

大道芸。

（宮中ではまず見ることのできない、あの？　人体と汗が織りなす芸術という、あの大道芸？）

背後の莉莉が異変を察知し、「ちょっと！」と顔を上げたが、そのときすでに、玲琳の体は、ふらりと呼び子のいる方向へと引き寄せられていた。

「玲……お嬢様！　なにつられてるんですか！　そっちは治安の悪い裏通りですよ！」

「で、ですが、莉莉。足が勝手に」

「理性の支配下に置け！」

莉莉が怒鳴るが、事実人波に流されて、町歩き経験の乏しい身では抗うことができない。

玲琳はぐんぐんと裏通りに流されていった。

「ちょ、こら！　待てってば！　玲、お嬢様！」

「大道芸！　大道芸が始まるよぉー！」

陽気な太鼓や鉦の音が聞こえる。奇抜なほどに豪華な衣装を着けた、あれは踊り子だろうか。薄布越しで、よく見えない。

（人が……たくさん）

熱気が充満している。見知らぬ人々。笠と肩が何度もぶつかる距離。

未知の扉に手をかける実感に、鼓動がどっと速まった。

(これが、外の世界――!)

興奮のまま、もっとよく目を凝らそうと、無意識に笠を外そうとした、その瞬間。

――ぐいっ。

「きゃっ!」

背後から突然、笠を被り直させられて、玲琳は思わずその場につんのめりそうになった。

「おっと」

すぐに後ろから腕が回り、腰を支えられる。

「あ、ありが――」

「ご令嬢が、みだりに笠を外さないほうがいい。よほど気が急いているようだな」

礼を述べようと身をよじりかけたが、至近距離から聞こえた声が、ごくなじみ深いものに感じられて、ぎくりと体を強ばらせる。

「そんなに焦らなくても、約束の時間までは、まだたっぷりあるのに。それに、方向も間違っているようだ」

「あ……っ」

よく通る低い声に、玲琳は体を硬直させたまま、じわりと冷や汗を滲ませた。

そんなまさか。

約束の時間まで、まだ二刻もあるのに。

「酒房はあっちだぞ、お嬢様」

　ぎぎ、と音を立てるようなぎこちなさで体をねじれば、振り向いた先には、同じく笠を被り、旅人風の装いをした尭明が、いい笑顔で立っていた。

＊＊＊

(ああ……なんという間の悪さ)

　少し遅い朝餉《あさげ》を求める客で賑わう、酒房の一画である。

　席に通されるなり渡された熱々の茶をせっせと注ぎ分けながら、莉莉は目の前の人物――旅人に扮した尭明の手元を窺っていた。

(絶対、わざと早く集合したと思われてるよな。あたしだってそう思う。でもこの人も、一応いろいろ我慢してたんですよー……いや、最後は欲望に負けてたけど……やっぱそれはだめだよな)

　莉莉自身、いじらしく町歩きを躊躇《ためら》っていた玲琳を知っているからこそ、彼女を擁護したいような、いやいや、あっさり大道芸に釣られた彼女に憤っているような、そもそも、主人を止められずにいた自分を張り倒したいような、複雑な心境だ。

　尭明が指定した酒房は、意外にも庶民派の店で、この時間でも次から次へと客が入っていた。

運ばれる皿や蒸籠からは美味しそうな匂いが漂い、中でも火鍋が人気なのか、あちこちの席から白い湯気が漂っている。祭りの間は朝から酒も出すようで、ひっきりなしに笑い声が弾けていた。

店内は常に騒がしいが、席と席の間は、腰ほどの高さの壁と、天井から垂れる簾《すだれ》で仕切られ、会話がしやすくなっている。

なるほどこれであれば、人目を避けながら、話に集中することができるだろう。

説教に集中することもだ。

「聞いているのか」

「……はい」

酒房に連れてこられてからこちら、朱 慧月――の顔をした玲琳は、向かいに座る尭明に、説教を受け続けていた。玲琳は項垂れ、一方の尭明は足を組み、指先でとんとんと卓を叩いている。

「俺が手配した駕籠を断ってまで、自分でたどり着いたようではないか。どれだけ気を揉んだと思う。正午と言ったはずだ。正午と。今は何時だ?」

「ま、まだ、辰の刻でございます」

「集合とは、約束の場所に集まることを言う。酒房の反対方向へと、笠を脱ぎ捨てて駆け寄ることではない。なぜそうも警戒心が足りぬのだ」

「返す言葉もございません」

しょんぼりと粽子を握り締めている主人を見ていると、莉莉はつい「もうそのくらいに」と言いたくなってしまう。

（あーっ、でもたしかに、入れ替わり解消がかかっているわけだから、単なる物見遊山でないのはその通りなんだよなぁ……っ。箱入り娘が、いきなり「一刻先に行ってます」となったら、心配するのもそれはそうだろうし）

心情的には玲琳を庇《かば》いたい。

だが、尭明の言い分が正しいのもわかる。

いやしかし、粽子を握り締める玲琳がさすがに哀れではないか、と、心は千々に乱れたままだ。

暴走を止められなかった莉莉にも非があるのは間違いないので、そのあたりを申し出たいのだが、なにしろ玲琳に、こちらに責任をなすりつける気配が一切なく、まったく視線を合わせてくれないので、皇太子と雛女の会話に割って入ることができなかった。

「だいたいおまえは、簡単に約束を破りすぎる。安全を第一に、というのも約束のはずだぞ。それを破ったことへの覚悟はしてあるのだろうな」

（ああ、殿下……！　仰《おっしゃ》る通りなのですが、もうそのへんで……！）

莉莉がひぃっとなりながら、茶器を差し出したそのときだ。

こつこつと卓を叩いていた尭明の指が、素早く動き、玲琳と自分とを交互に指差したので、莉莉は目を瞬かせた。

俯いた玲琳をよそに、尭明は少々切羽詰まった様子で、「べ・ん・ご」と唇を動かしてくる。

（そういうことか！）

ようやく彼の真意を理解した莉莉は、がたっと卓に身を乗り出した。

「お、恐れながら申し上げます！　玲、お嬢様は、故意に約束を破ろうとしたわけではないのです！　この事態を防げなかった非は、すべて私にあります！」

「うむそうか。忠義者のおまえがそこまで言うなら仕方ない、今回は見逃そう」

尭明が不自然なほど速やかに矛を収める。明らかにほっとした様子だ。

おそらく彼にしたって、ずっと土産を握り締めて離さない玲琳に思うところがあったのだろう。

だが、玲琳自身は全然言い訳をしてくれないし、約束を反故《ほご》にされた彼のほうから積極的に許しては、甘やかすことになってしまう。

ずっと潮時を窺っていたに違いない。

(玲琳様の無茶を止める、厳しい人も必要ですもんね。なんか、ようやく殿下の人となりがわかってきたぞ)

自らが嫌われ役に回っても、相手を諫めることを諦めない。

不器用で厳しい優しさは、黄家の血のなせるわざだろうか。

「寛大なお言葉に感謝いたします。すべて、すべてこの愚かな私めのせいなのです」

「うむ。以後気を付けるように」

莉莉が大げさに己の頬を張りながら申し出ると、尭明は鷹揚《おうよう》に頷く。視線に感謝の色があった。

これにて一件落着、と見えたそのときである。

「お待ちください。この件の非はすべてわたくしにございます。莉莉を責めるのはおやめください」

(ああっ！)

大切な女官を責められたと思った玲琳が、覚悟を決めた顔つきで身を乗り出したので、莉莉と尭明はごく一瞬、同時に天を仰いだ。

「だ、だいたい、殿……あなた様は、わたくしのことを赤子かなにかのように思いすぎなのです」

そばかすの浮いた顔は、今、緊張と決意とで赤らんでいる。

基本的に温厚で、従順な黄 玲琳。

だが、懐に入れた者を守るためなら、国随一の権力者にも脊髄反射で噛みつけてしまうのが、彼女という人間だ。一応この場で、皇太子を「あなた様」と呼ぶ程度の理性は残っているようだが。

「町歩きに際し、無用な騒動に巻き込まれぬよう、わたくしだって対策は講じてまいりました。周辺地図は完璧に諳記してまいりましたし、買い物に備え、小銭もふんだんに用意いたしました。擬装用の商家の設定を練り、家紋だって設計いたしました」

女官ごときのために皇太子に口答えなんかしないでくれ、と訴えたくなるのと同時に、そこまでするか、と違う意味でも叫びたくなる。

「そこまでしたのか……」

尭明もまた、ちょっと圧倒されたように顎を引いていた。

「わたくしは、持てる技能のすべてをこの日のために注ぎ込んでいるのです。襲われたときに備えて、護身術も一層練度を上げ、今のこの体なら、熊さんだって倒せます」

「熊」

主張が突飛すぎて、莉莉はもはやどう反応してよいのかわからなくなってきた。

やはり、この黄 玲琳の頓珍漢でやたら勢いのある、けれど涙ぐましい努力を前に、良識は膝を突いてしまうのかもしれない。

「さらに、『朱 慧月』として自然に振る舞えるよう、演技に一層磨きをかけ、想定問答集も――」

「大変言いにくいが、玲琳」

だが、そこは幼なじみの風格というものか、固まる莉莉をよそに、尭明はさくっと告げた。

「おまえの演技はど下手くそだ。想定を重ねたところで無意味に等しい」

(言ったぁああ!)

不意打ちで放たれた特大の攻撃に、莉莉は思わずまじまじと尭明を見つめてしまった。

まるで蹴鞠《けまり》の激しい攻防を見守るかのような、この興奮ときたらどうだろう。

(めちゃくちゃ真正面から抉《えぐ》るじゃないですか、殿下!)

男性陣で初めて黄 玲琳を制圧し、彼女の手綱を引こうとしている尭明に、莉莉は感動を覚えた。

今ようやく、玲琳と彼との未来を心から応援できる。

「ど下手くそ」

一方玲琳は、親しい身内からの指摘が相当応えたらしく、目を見開いて呟いている。

「母上から聞いたが、おまえの大根役者ぶりに、先日は笑いを堪《こら》えるのが大変だったそうだぞ。まったく、『おお』『おお』などと、わざとらしく叫ぶやつがあるか」

「そんな……ですが、過去、あ、あなた様だって、見破れなかった、くせに」

「その節穴の俺にすら『下手』と言われるおまえの現状について、よくよく考えを巡らせてみろ」

かろうじて、過去を持ち出して揺さぶることを思いついたらしいが――善良な彼女にはそれが精一杯だったのだろう――開き直った相手によって、あっさり撃破されていた。

「いい加減に現実を見ろ。おまえは多才な女だが、嘘をつく才能だけは決定的に欠けている」

「そんな、ですが、莉莉たちは、日々『上達していますね』と」

縋るような目でこちらを見られて、莉莉の顔からは冷や汗が噴き出した。

（ごめんなさい！　言いましたね！　たしかに無責任なことを言いました！）

だって、悪女の素質なんてかけらもないくせに、一生懸命罵倒の言葉を収集したり、睨み顔を練習したりする主人が微笑ましかったのだ。

きらきらと瞳を輝かせながら、

「思いついてしまったのですが、『はっ、ぬか漬けに例えるなら、あなたは瓜ではなく卵の殻よ！』――この罵倒ってどうですか、莉莉!?」

などと告げてくる主人が、意味がわからなくて、無性に面白くて、愛らしかったから。

「す、すみません」

「なぜ謝るのです？　やはりあれは嘘だったのですか？」

莉莉の裏切りを悟った玲琳は、一層衝撃を深めた様子で青ざめている。

「では、冬雪も……？」

気付いてはいけない真実に気付いてしまい、呆然とする彼女。

（ああああ！）

「火鍋、お待ちどう！　食べきる前に冷めちまったら、また煮るから言ってね」

　とそのとき、店員が繁盛店ならではの忙しなさで火鍋を持ってきたので、莉莉は「やったあ！」と大げさに声を上げて受け取った。

「わあ、これが評判の！　ああ、もう厨房で煮てあるんですね、これは食べやすい！　あっ、これは餅かな⁉　餅は後から入れるのか。へええ！　餅って大好き！」

　餅好きな態度を装ってまで、場の空気を解《ほぐ》しにかかる。

　が、なにを思ったか、玲琳はぱっと火鍋を奪い取った。

「莉莉、あなたは座っていなさい。わたくしが取り分けて差し上げます。なにしろわたくし、これくらいのことは、一人でできる人間ですので」

　目の前に鍋を据えた彼女の瞳は、なぜだか据わっていた。

「少なくとも、身の回りのすべてを、小姓にお世話させている方に比べれば」

（うわ殿下に喧嘩売ったぁあああ！）

　自立できない女、世慣れていない女、と評されたことが、よほど癪《しゃく》に障った様子である。

「なんだと？」

　一方の尭明もまた、玲琳の発言にむっとしたように眉を寄せ、身を乗り出した。

「俺が鍋の取り分けもできない甘ったれだと言いたいわけか？」

　彼の身に流れる黄家の血が、この手の侮辱を見過ごせなかったらしい。

　尭明と玲琳は同時に勢いよく箸を取り、互いの皿を奪い始めた。

「言っておくが、これでも政務の合間に何度も城下に足を運んでいる。民の暮らしぶりには、おまえよりよほど通じているぞ」

「いいえ。思いますに、民は一皿にそんなにも多く肉を入れませんわ。あなた様はそうしたところで、いちいち豪快さが抜けきれていないのです」

互いに口調は鋭く、だが意外なほど手際よく、ちゃっちゃと皿を埋めてゆく。

同時に相手の皿を完成させると、二人は残った取り皿、つまり莉莉の皿を掴み、相手が皿を離さないとわかると、引っ張り合いながら一緒に盛り付けを始めた。

「見ろ、崩れやすい豆腐の形状をかけらも損なわぬ、この箸運び」

「大事なのは速度ですわ。つまり、熱や風味をどれだけ維持できるかということです」

「あ、あの」

なぜか皇太子と雛女に食事を装《よそ》われている状況に、莉莉は恐慌状態に陥った。

「あた、私の分は、結構ですので！」

「無粋な遠慮をするな」

「食事の席での遠慮は御法度です」

あたふたと申し出れば、ぴしりとした口調で、同じような注意をされる。

「なんだ、その野菜偏重の盛り付けは。あまりに高貴的だ。それで庶民ぶろうとは笑止」

「庶民は肉を競って食べたがる、というのは偏見ではございませんか？　日頃たっぷりとは高価な肉にありつけぬ民だからこそ、むしろ少量ずつ大切に噛み締めるのです。わたくしにはわかります」

「おやおや、肉の脂は少し冷えただけで、すぐ鍋にこびりつくから、民は先に肉を食すのだということを、おまえは知らないのか？　仕方ないか。いつも鍋の火加減など周囲に任せきりだものな」

「な……！」

二人はやけに世俗的な応酬を続けながら、今度は莉莉の皿に薬味までかけはじめた。

焦った莉莉は、せめてと思って鍋に餅を並べはじめたのだが、

「餅はまだだ！」

「餅はまだです！」

同時にぴしゃりと叱られた。

（年季の入った夫婦かよ！）

半泣きになりながら、理解する。

黄 玲琳に匹敵する強い存在に手綱を引いてもらえたら、彼女の暴走は収まるのかと一瞬思ったが、実際のところ、我の強さで拮抗する二者がいたら、圧力は相殺されるのではなく倍増されるだけなのだと。

（え……これ、もしかして慧月様たちが到着するまで続くの？）

ああ。まるで水が高い所から低いところに流れるように、ごく自然に苦労を背負い込んでくれる慧月がいてくれたなら、きっとこの苦しみを分かち合えたに違いないのに。

すぐに大騒ぎして、理不尽に人を罵り、けれど人間としての常識を逸脱しない慧月のことが、莉莉は無性に恋しかった。

彼女の到着まで、まだ一刻半。いや、道の混み方によっては、もう少しかかるかもしれない。相手は良識的な速度でやって来るだろうから。

(頼むから誰か、この心労ばかり募る会話から、あたしを解放して……!)

そんな莉莉の祈りは、はたして、歪んだ形で叶えられた。

「うっせえなあ! こっちは飯を食いに来てんだ! 触るんじゃねえよ、薄汚えガキが!」

「きゃああ!」

がしゃん! と大量の皿が割れる音とともに、男の恫喝《どうかつ》と、少女の悲鳴が響いたのである。

店内が瞬時に、静まり返る。

多くの客が簾を持ち上げ、同じ行動を取った莉莉もまた、とある光景を見て思わず息を吞んだ。

入り口にほど近い席に腰掛けていた男が、痩せ細った少女を足蹴にしていたのだ。
十二、三歳と見える少女は、転んだ拍子に頭を打ち付けたようだったが、しかしすぐに身を起こし、男の足にかじりついた。
「美雨《みう》お嬢様を返してくれるって約束するまでは、あたし、ここを動かないから!」

「うるせえ! こっちにゃ証文があんだよ。文句なら、借金をこさえた美雨の親父に言いな!」

「証文だ? 旦那様に無理矢理血判を捺させたんだろ、いかさま賭場め! 役人に訴えてやる!」

会話から察するに、男は酒房に食事に来た客で、賭博場の人間。

少女は、仕えている令嬢を借金のカタに奪われた小間使いといったところだろうか。

剣吞なやり取りに、客たちは困惑を隠せず、店員に視線を送る。

だが店員も、借金取りの顔を見るや、苦々しい表情で目を逸《そ》らすだけだった。

「はっ、役人だぁ？　できるもんならしてみろよ、混ざりもんが。見たところおまえ、西の血が入ってんだろ？」

懸命な訴えをせせら笑い、立ち上がった男が、少女の髪を乱暴に引っ張る。

髪は莉莉と同様――つまり詠国の民のものとは異なり、うねって、赤みがかっていた。

「ちょっと、小さな子に何してんだよ！」

莉莉は堪らず、椅子を蹴って飛び出した。

「莉莉、いけません！」

「ああ？　なんだ、お仲間かぁ？」

駆け寄ってきた莉莉を見て、男は目を丸くし、それからいやらしい笑みを浮かべる。

「西の女ってのは、これくらい育つと値が上がるんだ」

彼は腕を莉莉の胸元へと伸ばしながら、床に突き飛ばした少女を見下ろした。

「なあ、鈴玉《りんぎょく》と言ったか。おまえの乳がこのくらいでかくなったら、お嬢サマと交換してやってもいい。『三界楽《さんかいらく》』で、壺振り女くらいの仕事はくれてやるよ」

そうして、毛むくじゃらの手で、ぐいと莉莉の胸を揉みかけたが、

――がっ！

「うわっ！」

追いかけてきた玲琳が、勢いよく男の肘を蹴り上げたことで、指先は宙をかすった。

「いけませんよ、莉莉。感情のままに動いては」

玲琳は神妙な手つきで笠を被り直しながら、背に庇った莉莉に告げる。

「今は特にです。こうしたことは、冷静に、よく狙い澄まして対応しないと」

「いや、あんたのほうがめちゃくちゃ怒ってますよね？」

「ことを荒立てるなと言っているだろうが」

そこに、同じく笠を被った尭明も、呆れた様子でやってきた。

「二人とも、血の気が多すぎる。いいか、怒りというのは、三度呼吸しているうちに収まるものだ。まずは冷静に、双方の事情を質《ただ》したうえでだな――」

「おい！　なにしやがる、このくそブス女！　その貧相な乳ひんむいて、男どもに犯させるぞ！」

だが、肘を押さえた男が、雛女に向かって下劣なことを叫ぶと、尭明もまた無言になって、振り向きもせぬまま肘を男の腹にめり込ませた。

「ぐうっ！」

その激しい威力に、男は堪らず蹲《うずくま》る。

「……怒りは呼吸三つで収まるのでは？」

「ああ。呼吸三つで収まるから――収まってしまう前に、素早く殴らねばな」

玲琳が頬に手を当てながら突っ込むと、尭明も爽やかに持論を修正する。

仁王立ちする高貴な二人を前に、莉莉と、鈴玉と呼ばれた少女は、いつの間にか手を取り合っていた。

なぜだか、粗暴な借金取りよりもよほど、目の前の二人から、背筋を凍らせるような気迫を感じ取れたからだ。

「兄貴ィ！　こいつらが！」

「おうおう。『三界楽』に喧嘩を売るたぁいい度胸だな」

脂汗を浮かべた男が叫ぶと、にたにたと見物していた他の男たちが、やおら席から立ち上がる。

玲琳たちはあっという間に、筋骨隆々とした借金取りたちに囲まれる羽目になった。

「玲……お嬢様！」

「お兄さん、お姉さん！」

莉莉や鈴玉を始め、店の客達が身を乗り出すが、囲まれた玲琳たちは余裕の構えを崩しもしない。この程度の小物なら、すぐに倒せるという自信があるのだろう。

「ぶち殺すか？」

「いいや、身なりをよく見ろよ、こいつぁ相当な上物だぜ。絞り取ったほうがいい」

一方男たちは、玲琳たちを前に、ひひっと下卑た笑いを浮かべている。

この場で最も発言力があると見える、「兄貴」と呼ばれた大柄な男が、両手を広げてこう告げた。

「おまえさんたちも、娘っこを取り返してやりたいってか？　だったらここで騒ぎを起こすより、いい方法がある。『三界楽』でたんまり儲けて、買い戻せばいいんだ。幸い祭りの間は、ずっと場が開いてるからな」

「言っとくが、これが一番穏便で手っ取り早い方法だぜえ？　役人を呼んだところで、あいつらは皆こっちの味方なんだからよお」

どうやら賭場「三界楽」は、役人まで買収してしまっているらしい。

しかし、だからといって敵の本拠地に連れて行かれては、身ぐるみを剥がされるだけだ。

「お、お兄さんとお姉さんを放せよ！」

じりじりと輪を縮める男たちに、鈴玉が外から震える声を上げる。

だが逆に莉莉などは、ほっと息を吐き、余裕を取り戻した。

(馬鹿め、誰がおめおめと賭場になんかついていくもんか。役人を呼べばこっちのもんだ。この場にいるのは皇太子と雛女だぞ？　たとえ役人が買収されてても、掌返すっての！)

ということは、この場に留まって、役人の登場を待てばいいだけ。

天地がひっくり返ったって、この品行方正な皇太子と雛女が賭博なんかに手を染めるものか。

だが、そのとき、莉莉の想像を超える事態が起こった。

「たしかに……役人を呼ぶのは、まずいですね。かといって見過ごせませんし」

「正午までは一刻半か」

玲琳と尭明がなにやら不穏なことを呟き、互いの顔をちらりと窺ったのである。

「ははは！　大人しく付いてこい！　そうすりゃ手荒な真似は――――」

借金取りの男は、強引に玲琳の腕を掴もうとしたが、毛むくじゃらの腕はすかっと宙を掻くことになった。

なぜなら、連行すべき獲物が、自らの足でさっさと酒房の出口に向かいはじめていたからである。

「何をしているのですか、早く賭場に行きますよ」

「え？　あ……え？」

借金取りたちは目を白黒させた。

普通ならここは、押し問答やちょっとした殴り合いを経て、泣き叫ぶ男女を力尽くで賭場に連行する場面である。だというのに、捕虜のほうからいそいそと賭場に向かうとはこれいかに。

「お、お兄さん？　お姉さん？」

鈴玉を含む観衆たちもまた、困惑を隠せずにいる。

（この二人）

莉莉に至っては、玲琳たちの真意を悟り、ひくりと顔を引き攣《ひつ》らせた。

（目立たないことを優先するあまり、危険のど真ん中に自ら飛び込んで行きやがった！）

困った人は見過ごせない。

かと言って、ここで騒ぎを起こしたり、時間に遅れたりするわけにもいかない。

ならば、ささっと本拠地に乗り込んで解決してしまおう――危険な方向にあっさり腹をくってしまった二人に、目眩《めまい》を覚える。

「んもう、早くしてくださいませ！」

「あまり時間がないのだ」

似たもの同士の二人は、酒房の扉に手を掛けながら振り返ると、再三男たちを急かした。

2.　慧月と景彰

黄家《こうけ》がしつらえた馬車は、外観こそ地味なものの、座面にたっぷりと綿を詰めた、実に丁寧なつくりだった。

手練《てだれ》の御者に引かせた馬は大人しく、重厚な車体は揺れもしない。

中に収まる黄家の雛女《ひめ》——の顔をした朱《しゅ》 慧月《けいげつ》は、お陰で快適な移動時間を過ごせていた。

「ご覧、慧月殿。このあたりが屋台の並ぶ通りだよ。はは、嗅ぐだけで肥えそうないい匂いだ」

ただし、向かいの席に座るのがこの男だという、ただ一点を除けばだが。

「そこの大広場は炙り肉の激戦区でさ、激安店が集まっているんだよね。盛り付けも気前がよくてねえ。でも胃もたれしちゃうのが難点かな。こっちはいろいろ買いたいわけだしさ」

「ちょっと」

「あっ、ほらほら見て、あそこの店主！　豚みたいな体格じゃない？　いや馬鹿にしてない、褒めてるよ。豚が炙り豚売ってるって最高の演出じゃないか。不思議と美味いんだ、ああいう店は」

「ちょっと、近いのだけど」

「うわ、見て！　今の見たかい⁉　鍋から出た炎が料理人の髭に！　でもそのまま調理してるよ……

あっ、消えた！　うわぁ、動じないなぁ、あれこそ職人だよ」

「近いと言っているでしょう、景彰《けいしょう》殿！」

　窓の外を覗き込むのに、ぐいぐいとこちらの空間を侵蝕しにかかる男——黄 景彰に、慧月は思わず大声を上げた。

「自分の席から眺めなさいよ！　いちいちこちらに顔を近付けて来ないで！」

「いや、だって、屋台が君のほうにどんどん遠ざかって行くものだから」

「なら馬車を降りて自分で馬を走らせたら？　武官のくせに、雛女の馬車に共に乗り込むなんて！」

「だって、今日の僕は礼武官ではなく、『黄 玲琳《れいりん》の兄』として来ているんだもの。同乗するほうが自然だろう？」

　慧月の金切り声での訴えも、まるで春のそよ風のように受け流される。

それどころか彼は、器用にも、片目を閉じてみせさえした。

「それに、一緒に乗っていた方が、護衛が徹底しやすくていい」

「べつに、そんな徹底的な護衛なんて求めてないわよ！」

　対する慧月は、飛んできた目配せを躱《かわ》すかのように、思いきりそっぽを向く。

　認めるのは大変腹立たしいことながら、このような狭い空間で、至近距離から男に見つめられるという状況に、先ほどからそわそわしてしまって仕方がないのだった。

「そもそも、町に下りることだって、わたくしは求めていないし。これっぽっちも」

　緊張を気取られまいと、つい必要以上に口調がきつくなる。

「またまた。外出を楽しみにしていたくせに」

「誰がよ！　黄 玲琳が這いつくばって頼むから、仕方なしに付き合っているだけよ」

すぐに茶化してくる男に鼻を鳴らしながら、慧月は自分に何度も言い聞かせた。

（そうよ。わたくしはいやいや付き合っているだけ。外出なんて、ちっとも楽しみなんかじゃないのだから）

黄 玲琳がやけに深刻な顔で四阿《あずまや》に引き返してきたのは、二日前のことだ。

当時、慧月は歌吹《かすい》にも正体がばれていたことを責めてやろうと手ぐすね引いていたものだから、開口一番で詫《わ》びてきた玲琳にすっかり出鼻を挫《くじ》かれてしまった。

急になによ、と戸惑った慧月をよそに、玲琳は周囲に人目がないことを確認し、こう告げた。

雛宮《すうぐう》は皇帝の配下に見張られているかもしれない。だから城下で入れ替わりを解消しようと。

黄 玲琳は、自分の立てた作戦のせいで、皇帝の注意を引いてしまったと悔いているようで、心の底からのものとわかる詫びを寄越してきた。指の一本でも二本でも捧げるつもりだと、冗談でなく言い切ったほどである。

正直なところ、話を聞いたその瞬間は、慧月だって驚いたし、動揺はすぐに怒りに転じ、「あなたのせいよ」と怒鳴りそうにもなった。

が、相手が「落とし前をつけさせてください」と頭を下げる頃にはもう、怒りは峠を越え、むしろ、全力で責任を取ろうとしてくる相手への困惑へと変わりつつあった。

だって、指なんて絶対にいらないし、それに――。

（なぜわたくしの意志で、わたくしが紡いだ道術について、黄 玲琳が責任を取るの？）

素朴な疑問が、沸き立つ心を、差し水のように鎮めたからである。

たしかにあの突飛な作戦を思いついたのは玲琳だ。

だが慧月とて、意志に反してまで人助けに手を貸すほど、お人好しではない。

慧月を侮辱し、鑽仰礼《さんぎょうれい》で追い詰めてきた祈禱師《きとうし》にやり返したかったし、終の儀の贈品として威力を見せつけたかったし、鬱陶しい金家《きんけ》や藍家《らんけ》のことも陥れたかった。

祈禱師に軽い火傷を負わせ、小規模の炎術を繋げばそれでよかったのに、安妃《あんに》の全身を炎で包み、広場一帯を覆うほどの炎術を揮《ふる》ったのは慧月本人である。

だというのに、黄 玲琳ときたら、呼吸するようにすべての責任を負おうとする。

あたかも、慧月のことを「友人のために献身的に尽くす、自己犠牲的な善人」とでも思い込んでいるようで、尻がむずむずしてくるのだ。

毎度思うのだが、あの女は、かつて慧月が玲琳を呪い、殺しかけたことをすっかり忘れてしまったとでもいうのだろうか。しかも、慧月のほうは償いなど特にせず、「ごめんなさい」の一言で済ませてここまで来ているということを。

（だめだめ。貸し借りを厳正に勘定しだしたら、わたくしの負けだわ）

慧月は首を振って後ろ暗さをごまかした。

（それに、皇帝陛下って、実際のところ道術にかなり寛容な方だと思うのよね）

ついでに言えば、切迫した様子を見せる玲琳をよそに、そんな冷静な計算もしていた。

たしかに弦耀《げんよう》は、道術を弾圧した先帝の息子。鑽仰礼の時点では、慧月とて彼を警戒していた。だが、「鏡の件は追及しないでくれ」と頼めば律儀にそれを守ってくれたし、道術を怪しんだとしても、現に監視で済ませようとしている。

そもそも先帝時代には厳しかった弾圧が緩んだのも、弦耀に代替わりしたからだ。だから道士崩れだった慧月の父も、処刑もされずに済んでいた。

となるとやはり、尭明《ぎょうめい》の言う通り、監視令は体裁が理由としか思えない。対応も既に考えられているというなら、べつにいちいち騒ぎ立てる黄 玲琳のほうが大げさなのだ。

そう結論した慧月は、相手に向かってふんと髪を掻き上げつつ、「対応策がそれなら仕方ないし、あなたがそこまで詫びるというなら、町に下りてやってもいいけど」との返事をしたのである。

そのとき、黄家の快適な馬車と護衛付きで王都を見物できるのかと、少し浮かれてしまったことは、黄 玲琳には絶対内緒だ。

「はあ。憂鬱。最悪だわ。なんでこんなごった返している祭りの期間に、危険を冒して城外に出なくてはならないのかしら」

自分に言い聞かせるように告げながらも、視線はちらちらと窓の外、市のあるあたりを追いかけてしまう。

南領の辺境とは比べものにならない人混み。あちこちの屋台で人だかりができている。

新しいお菓子や流行の化粧品、珍しい衣が売られているのかもしれない。

どこの飾り付けも趣向が凝らされている。ふわりと漂ってくる匂いを嗅ぐだけで涎《よだれ》が出そうだ。

「その割には、外の景色に釘付けになっているようだけど？」

「べ、べつに」

思わず窓枠に額をぶつけそうになったところに指摘され、慧月はぱっと振り向いた。

「あなたの顔を見たくないから、やむをえず外を見ていただけよ！」

「ひどい言われようだ。悲しいなあ」

言葉の割に、いけしゃあしゃあとした様子で景彰は肩を竦《すく》める。

「僕は『君』の兄だし、事情も知っている。もはやある種の運命共同体じゃないか。護衛に適任だと殿下から指名されてから、僕は結構楽しみにしていたのにな。ほらほら、不機嫌な顔をしていないで、素直にお忍びを楽しもうよ」

「だから、素直にもなにも、元から楽しみになんかしていないと言っているでしょう!?」

楽しみにしていた、という景彰の発言に過剰に反応してしまった慧月は、ますます語気を強めた。

「今日入れ替わりを解消してしまえば、黄家との縁もこれきり。あなたとなれ合う気なんてないわ」

鼻を鳴らして言い切ってから、つんと顎をそびやかす。

そうとも、この男と仲よくする気などないのだということを、よく示しておかねばならない。

「だいたい黄 玲琳が大げさなのよ。一緒にささっと城下に馬車で向かえばいいでしょうに、わざわざ二手に分かれたり、変装したり、兄弟まで巻き込んで陽動したり。今後のためにも練習は必要だから、とか言っていたけれど、今後なんてあるのかどうか」

とにかく浮かれているなんて思われたくなくて、手当たり次第に難癖を付けていったが、おとなしく聞いていた景彰は「うーん」と首を傾げると、おもむろに慧月の目を覗き込んだ。

「そうかな。僕は、すごく必要なことだと思うけど」

「え？」

慧月が目を瞬かせると、絹糸にも例えられる「妹」の髪を、彼は一筋掬い取った。

「外遊時は、気の暴走で。今回は、人命救助のため。不測の事態で入れ替わってしまうことは、これからもあるかもしれない。だから、備えるべきだ」

瞳には、日頃の茶化すような色はなく、真剣な光が浮かんでいた。

「入れ替わりを気取らせない。ごまかす設定を練っておく。隠れ家を知り、陽動の仕方に慣れ、味方との連携を深めておく。どれも大切なことだと思うよ」

髪に指を優しく絡められる感触、真剣な眼差し、告げられた内容。

そのすべてに圧倒されてしまい、呼吸が浅くなる。

黙り込んでしまった慧月に気付くと、景彰は笑みを取り戻し、ぱっと指先を離した。

「つまり、この『兄』と仲よくやるのも大切だということだ。というわけで、すぐに僕を睨みつけたり、怒鳴りつけたりする癖をやめようか。なにせ今の僕たちは、仲よしと評判の黄家兄妹だから」

要は、睨むのをやめろと言いたかっただけなのか。

普通なら「誰がやめるか」と怒鳴り返すところだったが、真剣な顔で事情まで含められてしまうと、たしかに従うべきなのかもと思わされてしまう。

慧月がもごもごとしていると、景彰は気さくな様子で窓の外を指差した。

「ほらほら、親交を深めるべく、途中下車して、市で買い物でもしよう。『兄様』がなんでも買ってあげるから。ちょうど君には、今回妹が迷惑を掛けた詫びもしたいと思っていたし」

「でも、そんな時間はないわ。今は巳《み》の初刻《しょこく》でしょう？　もう少しで、約束の巳の正刻《せいこく》じゃない」

慧月が困惑しながら反論すると、しかし、彼は思いもかけぬ発言を寄越す。

「いやあ、それなんだけどさあ」

なぜだかへらっと笑い、小首を傾げた。

「本当の待ち合わせは、正巳《しょうみ》じゃなくて、正午なんだよね。まだ一刻半も余裕があるんだ」

「は？」

「久々に買い食いがしたいなと思って、君には、本来のものより早い時刻を伝えちゃったんだ。あはは、ごめんごめん」

意味を理解するや、慧月はひくりと唇の端を引《ひ》き攣《つ》らせた。

（この男……っ）

いったいなんなのだろうか。

軽薄かと思えば、いきなり真剣な忠告を寄越し、では真面目に取り合おうとすればあっさりと裏切られる。

（親切ごかして、結局自分が楽しんでいるだけじゃないの！）

気付けば、慧月は座面をばんと叩いて叫んでいた。

「人をおちょくるのも、大概になさいよ！」

「ほら、言った傍から睨むし、怒鳴る」

景彰は朗らかな笑い声を立てながら、御者に合図し、馬車を市の内部へと寄せはじめた。


（面白い子だよねえ）

ぷいとこちらから顔を背け、窓の外を睨み付けている慧月を前に、向かいに掛けた景彰は笑いを噛み殺していた。

彼女のまなじりはしばらく吊り上げられていたが、馬車がぐんぐん市に近付いていく、そのわずかな間にも、その目は見張られたり、瞬かれたりと忙しい。どうやら気になる屋台を見つけたようだ。

まったく彼女ときたら、表情がころころ変わって、妹の顔とはとても思えない。

彼女のことなら、どれだけ入れ替わっても簡単に見分けられる気がした。

（こう、目が輝いているんだよね、根性で）

雛宮のどぶネズミとまで呼ばれる、無芸無才の雛女・朱 慧月。

景彰とて、最初彼女が妹を殺しかけたと知って憤ったものだが、その印象は、外遊時の茶会に臨む頃にはすでに変わっていた。

なにしろ彼女は、きゃんきゃんと騒ぎはするものの、なんだかんだその場に踏ん張って誹《そし》りを受け止め、責任を果たそうとするのだから。

朱　慧月はすぐ腰を抜かす。けれど代わりに逃げない。朱　慧月はすぐ怒って怒鳴り散らす。けれど同時に、誇りを守るためなら権力者にさえ苛烈な啖呵《たんか》を切ってみせる。

儚げな玲琳の顔を思いきり歪め、感情のままに声を張る様は新鮮だし、不平を漏らしながらも事態の収拾に奔走する姿には、まるで泣き叫んで散らかした後に、鼻を啜《すす》りながら片付けを始める子どものようないじらしさがあった。

（なのに本人は、自分は性格が悪いって思い込んでいるみたいなのが、またねえ）

今回だって、玲琳に巻き込まれる形で城を降りることになったというのに、慧月は結局のところ玲琳を責めていない。どうも、自分にも責任の一端があるし、そもそも玲琳には返しきれない借りがあるから、とでも考えているようだ。

女官いじめや雛女殺害未遂という前科が事実である以上、たしかに以前の彼女には、他責的なところもあったのだろう。しかしこの朱　慧月という人間は、情や信頼を注がれれば、きちんと、いや、注がれた以上の情を返す人物だと、景彰は思うのだ。

本人も気付いていない彼女の成長ぶりは、育てることをよしとする黄家の人間からすれば、眩《まぶ》しいほどだった。

（なんで周囲は、彼女の魅力に気が付かないかなあ）

肩入れした相手のことは万人から認めてほしい気質の景彰としては、慧月が無芸無才と呼ばれる現状が、少々歯がゆい。過激な妹なら、なおさら悔しさを噛み締めているだろう。

手を掛ければ掛けるほど大きく花開く、なんとも育《そだ》て甲斐《がい》のある女。

その魅力が、もっと多くに伝わればよいのに。

（殿下もさあ、もうちょっと彼女を丁重に遇してやってもいいんじゃないの——）

と、そこまで考えて、窓枠に頬杖を突いていた景彰はふと瞬きをした。

いやいや。玲琳の兄としてはそれでよいはずなのだった。

自分でも首を傾げる思いで思考を打ち切る。

いや、実際に「うん？」と声が出ていたようで、向かいの慧月が訝《いぶか》しげな視線を寄越してきた。

「なんなの？　突然黙り込んだり、唸ったりして」

「……いやあ。結構たっぷり時間があるから、どう過ごそうかなと悩んじゃって」

「なによ、そのくらいのぬるい気持ちなら、時間をごまかしてまで市になんか来なければいいのに」

「本当だよねえ」

素直に頷いてみせるが、実を言うと、景彰は純粋に市に行きたくて時間を早めたわけではない。

病弱な妹が、いつも一刻以上前に現場に赴く習性があるのを知っているから、こちらも万が一の事態に対応できるようにしただけだ。

だがそれを、景彰が慧月に伝えることはない。あの強がりな妹は、自身の脆《もろ》さをそんな形で知られることを、きっと恥じるであろうから。

「やれやれ、強がり同士の二人か」

「なに？　今なんて？」

思わず呟くと、耳ざとく聞きつけた慧月が身を乗り出してくる。

「いや、やっぱり買い物を中心にしようかなって。妹への贈り物はいくつあったっていいし、ほかにも、贈りたい相手がたくさんいるしさ」

景彰はそれを、しれっと笑顔で躱した。

後宮に足を運ぶ機会が多い男にとって、こまめに贈り物をすることは必須の技能だ。

もちろん景彰の場合、それは女たちとの色恋を楽しむためではなく、大切な妹が快適に過ごせるよう、関係者に賂《まいない》を握らせておく、といった意味に過ぎないのだが。

黄家の中で誰よりマメな性質と言われる彼は、ささやかな贈り物が、どれだけ人の心を和らげるものを熟知していた。それが、妹の住環境をどれだけ快適にするものであるかも。

「ふぅん、社交的で結構なことね」

「冬でも日差しはあるから、笠をしっかり被ってね」

ひねくれた様子で吐き捨てる慧月のこともさらりと受け流し、声を掛ける。妹だったら、そんな些《さ》細《さい》なことでも気絶の原因になりうるからだ。

慧月が笠を被り終えたちょうどそのとき、馬車は緩やかに停止した。

「わあ、どこも繁盛しているねえ」

屋台のひしめく大通りに出ると、隣を歩く景彰が楽しそうな声を上げた。

青空のもと、ゆったりと翻る「焼餅」の旗や、賑やかに飾り付けられた紙製の赤提灯。

方々で鍋が油を熱する音が響き、「焼き栗はいかが！」と叫ぶ店主の声や、揚げ菓子の甘い香りがあちこちに漂う。

炙り肉や饅頭、麺といった主食は、馬車から目にした大広場のほうが多かったようで、ここでは菓子や雑貨が主に売られているようだ。そのぶん、女性や子どもの姿が多く、逢瀬を楽しむ恋人たちの姿も、頻繁に見かけられた。

これだけ人が多ければ、雛女でも紛れ込みやすかろう。

だが、四方八方から熱気をぶつけられると、気に敏感な慧月はげんなりしてしまう。

馬車を降りたときの弾む気持ちはみるみるしぼみ、早くも「面倒」に傾きはじめた。

「人がごみのようだわ……」

「ほらほら、そんな暗い顔しない。声出して行こうよ、慧慧！」

「け、慧慧⁉」

ぽんっと肩を叩かれながら、思いがけない名前で呼ばれ、声が裏返りそうになった。

「な、なんなのよ、それ！」

「なにって、あだ名？」

詠国《えいこく》の、特に庶民間では、仲のよい弟妹や、恋人のことは、名前の一部を繰り返したり、「小」の文字を付けて呼ぶのが普通だ。愛情を込め、最初からそうした名を付けることもある。

玲琳のことも、兄たちは本当は「琳琳」と呼びたがったのだが、本人が微笑みながらも拒否したため、きちんと「玲琳」と呼んでいるのだという。

たしかに、あの女はそうした甘ったるい呼び方を嫌いそうだ、と慧月は思った。

「君って、『玲琳』って呼ぶと時々反応遅れるじゃない？　かといって『慧月殿』と呼んでしまっては、周りに正体がばれそうだし、『琳琳』じゃまったく反応してくれなそうだし。だから間を取って、今日のところは『慧慧』で行こう」

いかにも慧月のためのようなことを言いながら、景彰はうっとりと付け足した。

「実は、妹をあだ名で呼ぶのは密かな夢だったんだ。仲よし兄妹感が出て、いいよね……」

「兄妹感というか……」

うっかり恋人感が出てしまったらどうするのだ、と言いかけて、慌てて言葉を飲み込む。

この男にとっては、異性をあだ名で呼ぶのなんて、なんら緊張を伴う行為ではないのだろう。生まれてこの方、男と親しく言葉を交わしたことのない自分が、つい意識してしまうだけで。

（というか、この男にとって、『黄玲琳《わたくし》』は妹なのだってば！）

「ほら、慧慧。笠の紐をしっかり結んで。まだ足は痛くない？『兄様』の近くを離れてはだめだよ。喉が渇いたらすぐに言ってね。気絶する前にまずしゃがむ。とにかく我慢は厳禁。疲れたらすぐ僕が抱きかかえるからね。はい、これ手拭い。これは予備。これが小銭」

慧月が真っ赤になって固まっている間にも、景彰は頓着せず、てきぱきと世話を焼いていく。

その姿は、まさに過保護な兄そのものだ。

いや、ところどころ挟まる具体的な注意を聞くに、彼の妹はこれだけしないと、実際すぐに体調を崩していたのだとわかる。ということは、あながち「過」保護というわけでもないのか。

「あ、小銭の使い方はわかるかな。この、真ん中に穴の空いているのが——」

「さすがにそれくらいわかるわよ！」

なにげなく手を取られた瞬間、慧月は堪《たま》らず腕を振り払ってしまった。

だが、触れられて驚いたのだとは悟られたくなく、急いで、怒りの理由をこしらえる。

「馬鹿にしないで。買い物くらいできるわ。わたくしは、世間知らずのどこかの誰かとは違うの。王都の市だって、もう何度も足を運んだことがあるわ」

「えっ、そうなの？」

「ええ。どこの芝麻球《ごまだんご》が評判かだって知っているわ」

嘘だ。

田舎から出てきてずっと雛宮に籠もっていた慧月が、王都で評判の菓子など知るよしもない。

だが、勢いで言ってしまって引っ込みが付かなくなった彼女は、素早く周囲を見回し、「芝麻球」と書かれた旗を目がけて歩き出した。

芝麻球ならば、南領の田舎でもよく売られていた。餡入りの餅を揚げた菓子なら、どんなものでも美味に決まっている。

「あそこよ」

見たところ、旗も屋台も大きい。言い換えれば、それだけ資金力のある、人気の店なのだろう。

並ぶ客は、一見すると他よりやや少ないものの、列がぐんぐん進んでいることから、味が悪いからではなく、店主の手際がよいから客が溜まらないのだとわかる。

べつに事前情報などなくても、勘さえよければ美味しい菓子にはたどり着けるのだ。

「最後尾はここね。さあ、並ぶわよ」

「ふぅん。この列……ずいぶん進みが速いなぁ」

景彰は興味深げに、しげしげと行列を眺める。

慧月はふんと片方の眉を持ち上げて、得意げに言い切ってやった。

「それこそが人気店の証拠よ。よい店は客を待たせないものだわ」

世慣れた風を気取っても、しょせん景彰は大貴族の息子。買い食いも「久々」と言っていたし、さほど慣れているわけでもないのだろう。

南領時代には自力で買い物に行っていた慧月のほうが、数段世慣れているというわけだ。

「よくって？　ただ延々と行列が続いているのが、人気店の目印というわけではないの」

ふんぞり返ってご高説を垂れていた慧月だったが――ああ、この男より優位に立つというのは、なんて気持ちがよいのだろう――、最前列までやって来たとき、顔色を変える羽目になった。

「へい、らっしゃい！　嬢ちゃんから、青になるよ」

なぜか店主は、ほかほかの芝麻球ではなく、粗末な木簡を差し出してきたのである。

「は？」

「嬢ちゃんから、青の木簡だ。青だと……んー、だいたい午の終刻くらいかな。はい、次の人！」

ぽかんとした慧月を置いて、店主はさっさと、後ろの客に木簡を渡しはじめてしまう。

彼の手元には籠があり、そこには色分けされた、五種類ほどの木簡が山盛りになっていた。

店主の隣の若い男が、かんかんと鍋の縁を叩きながら「赤ぁ！　赤の木簡のお客さん！　お待たせしました！　今は赤の木簡だよぉ！」と叫ぶのを聞き、慧月はようやく、店の仕組みを理解する。

つまりこの店は、芝麻球を揚げる作業が追いつかないため、色分けした木簡を渡すことで、受取時間をずらしているのだ。

（屋台のくせに、予約制!?）

しかも自分の番から、なんと一刻半待ち！

瞬時に頭が沸騰するような心地を覚え、慧月は反射的に木簡を地面に叩きつけた。

「なんなのよ！」

顔から火が出そうだ。

そういう制度、そういう行列ならば、最初から看板等で説明すべきではないか。

（もういや！　なぜわたくしは、こんなに無様なの!?）

先ほどから静かな隣を振り返るのが怖い。

いや、振り返らずとも表情が見えるかのようだ。

どうせ彼は、深々と溜め息を吐いていることだろう。それとも、呆れて肩を竦めているか、冷ややかな嘲笑でも浮かべているのか。

雛宮で舞をし損じたとき、歌の音程を外したとき、字を間違えたとき、頓珍漢な受け答えをしてしまったとき。講師や雛女、女官たちがまとう冷え冷えとした空気を思い出し、慧月は目に涙を滲《にじ》ませた。

どうして自分はこうなのか――。

「――……ぶふっ」

だが、押し殺した震え声が漏れるのを聞き、慧月は怪訝な顔で横を振り返った。

(「ぶふっ」?)

見れば、景彰は己の両腕を掻き抱くようにして、俯《うつむ》いている。

いや、よくよく観察すれば、その肩や腕は、細かく震えていた。

嘲笑にしては、と、慧月は眉を寄せる。

揺れが長く続きすぎではないだろうか。

「……もしや、笑っているの?」

「い、いや、笑ってない。笑ってなんかな……ぐっ。いや、ごめん。ちょっと、ツボに……」

「どんなツボよ! 面白い要素なんて、全然ないでしょう!?」

「だって……君……一直線に……すごく誇らしげに、行ったのに……すごい勢いで空回るから」

堪《こら》えるのを諦めたのか、彼はひいひいと声を上げて笑い出した。

「わ、笑って、ごめん。でも君、すごいよ! 高速でオチをつける女!」

「狙ってないわよ、そんなもの!」

「しかも木簡を叩きつける! スパーンッ! って!」

なにがそんなにおかしいのか、彼は目尻に涙まで滲ませている。

「あはははは!」

「笑わないでよ！」

「いや、笑うよ！　なんでそんなに可愛いの、君！」

「かわ……っ」

慧月は真っ赤になって非難したが、景彰が叫んだ内容に、思わず言葉を詰まらせた。

「馬鹿にしているのね！」

「ごめんごめん、失礼だよね。いや、馬鹿にするつもりはなかったんだけど」

やがて景彰は笑いを収めると、転がっていた木簡を拾い、慧月に手渡した。

「僕のために、一番人気の芝麻球の店を探してくれたんだもんね。ありがとう。その顔で、表情がころころ変わるのって珍しいから、見ているとつい楽しくなっちゃうんだ」

穏やかに告げる。

たしかに、いつも淑《しと》やかな黄玲琳が、眉を吊り上げて激怒したり、半泣きで木簡を叩きつけたりすることはなかろう。

思いがけぬ方向から評価され、たじろいだ慧月が黙り込んでいると、景彰は「ことが済んだら、また午の終刻に買いに来よう」と軽く肩を叩き、するりと歩き出した。

どうやら、この話題には、これ以上触れずにいてくれるらしい。

（……こういうところは、気遣いがあるというか、女のあしらいが上手いのよね）

一歩遅れて歩きながら、認める。

黄景彰は強引だし意地悪だが、さりげなく先を歩いて道を歩きやすくしてくれるし、長々と人をからかったりしない。

　笠越しにちらりと覗く、鼻筋の通った横顔を見上げながら、王都でも一、二の人気を争う武官というのは本当なのかも、と、慧月はこっそり考えた。

「あ、見て見て。慧慧のぶちギレ芝麻球《ごまだんご》、あっちにも売っているよ。おお、こっちにもぶちギレ芝麻球。いくつか買って、食べ比べてみる？」

「ぶちギレ、ぶちギレ、ってうるさいわね！」

　こっそり考えたが、すぐに訂正した。

　やはり、黄 景彰は世界で一番しつこい男だ。


　さて、ぶちギレ芝麻球の一件で懲りたため、慧月は大人しく景彰の後に付いていくことにした。

　彼は妹の体調を気遣うのがよほど癖になっていたようで、最初の内は、数歩進んでは振り返る、というのを繰り返していた。

　数十歩歩いても「妹」が倒れないことに心底驚き、「すごいね」「本当に大丈夫？」「無理してない？」と繰り返すので、しまいには慧月が苛立って、それ以上尋ねたら張り倒すと応じたほどだ。

　数十歩の散歩で倒れる虚弱さとは、いったいなんなのだろうか。

　景彰はまたも大笑いしたが、それで安心したらしい。腹持ちのする菓子や焼餅を買って慧月に与えると、以降は振り返る頻度を減らし、のんびりと雑貨の並ぶ屋台を覗きはじめた。

刺繍《ししゅう》に髪飾り、布沓《ぬのぐつ》に香に化粧品。きちんと門を構える商館とは異なり、あくまで露店なので、どれも安物なのだが、その中からしっかりと「これは」というものを掘り当てる。

しかもそのまま買い上げるのではなく、矯《た》めつ眇《すが》めつし、隣の慧月に実際に着けさせ、色違いまでしっかり検討したうえで、値下げ交渉も怠らないのだ。

隣を歩く慧月――というか「黄 玲琳」の顔が笠越しにもわかるほど美しいせいか、長時間購入を悩んでみせても、店主たちは嫌な顔ひとつしない。それどころか、店に箔が付くぞとばかり、あれこれと商品を見せてきたり、茶を勧めたりさえする。

(やっぱり、「黄 玲琳《びじん》」って得よね)

と、慧月も満更でもない気分を味わった。

思えば南領時代、祭りや市に出向いたことはあるが、そこでちやほやされた経験などなかった。末端とはいえ貴族としての自負があった母親は、幼い慧月に、みだりに商人なんかと話すなと教えたし、慧月もそれを信じて、卑しい店主などとは目も合わせずにいたのだ。

次第に家計が苦しくなると、今度は惨めさから、顔を合わせることができなくなった。侍女が雇えなくなると、慧月はいつも同じ一張羅を着て、ろくに手入れのされていない顔を隠すようにして、買い物を済ませていたものだ。

だが、今は違う。誰もが黄 玲琳のたおやかな体つきに憧れの視線を向けるし、笠越しにも伝わる美貌を見てさっと道を譲る。店主も優しく話しかけてくる。

自分の体ではないとわかっていてなお、慧月は頬が緩むのを止められずにいた。

とはいえ――。

（いざ気遣い不要となったら、どこまでも歩くわね、この男）

半刻も歩く内に、慧月もさすがに疲れてきた。

一方の景彰は、やはり武官だからだろう、まだまだ体力は尽きぬようで、始終ご機嫌である。

特に今、露店にしてはかなり質のいい宝飾品を扱う店を見つけ、うきうきと腕輪を選んでいた。

「君はどれがいいと思う？」

などと聞くから、一瞬自分にも買ってくれるのだろうかと期待したのだが、候補が蓮の花の柄ばかりなのを見るに、やはり玲琳用のものを選んでいるにすぎない様子だ。

「いやあ、助かるよ。病弱な妹を連れ回すことなんてできなかったし、でも実際に当ててみないと、似合うかどうかわからないものって多いし。こんなに調子がいい日があるとはねえ」

要はこの男、妹に贈り物を買うための検証作業を、慧月で行っているわけである。

たった数個の菓子と引き換えに――一度に大量に食べると吐いてしまうかもと心配された――、延々と他人の買い物に付き合わされている状況に、慧月は次第に苛々してきた。

黄 玲琳を喜ばせるための作業に、なぜ自分まで足をぱんぱんにして付き合わなくてはならないというのか。

「そんなに細々と贈り物をする必要なんてないじゃない。いったいいくつ買うつもりなのよ！」

「まあ、二十種類はほしいかなぁ。ちょっとした贈り物があると、日常がぱっと輝くでしょ。だから女官とかにも預けて、渡してもらうんだ。彼女がいつも、僕の贈り物に囲まれていられるように」

「周囲まで巻き込んでなにをしているの!? 付き合い立ての恋人でもそんなことしないわよ。贈り物なんて、年に一度、誕辰《たんしん》にでも渡せば十分でしょう!?」

どうしてなのだろう。

黄 玲琳が方々から溺愛されているのは周知の事実なのに、改めて突き付けられると、腹立たしく感じてしまうのは。

彼女はなんでも持っている。なんでも与えられる。見知らぬ人々から親切にされ、会うだけで嬉しいと、喜びを滲ませながら贈り物を選んでくれる人だっている。

景彰の選ぶ品が愛らしければ愛らしいほど、色とりどりであればあるほど、その輝かしさが、なぜか慧月の心を翳《かげ》らせた。

「というか、あなたの買い物の仕方にも引くわ。なぜそんなに、女の好みに詳しいのよ」

とげとげとした感情は、もちろん景彰にも向く。

ついさっき「こんなに女心がわかるとは」と感心していたことすら忘れ、今では、とにかくなんでもいいから、この男を批判してやりたい、難癖を付けてやりたいという気持ちでいっぱいだった。

「いやぁ、あれこれ買っている内に、自然と詳しくなるんだよね。贈り物をするのが、もともと好きなものだから」

「ああそう。あちこちで女の歓心を買ってきたというわけ」

それなりに親交があるはずの「朱 慧月」は、一度として贈り物などもらったことはないけれど。

そんな思いが、一層言葉を尖らせる。

「色男を気取るのも大変ね。贈り物攻撃をしないと振り向いてもらえないなんて。まあ、あなたって……そう、お兄君や鷲官長《しゅうかんちょう》に比べれば、背が低いものね？」

素早く景彰に視線を走らせ、慧月はなんとかいちゃもんをひねり出した。

顔立ち――優れている。頭脳――明晰である。武芸――秀でている。会話――軽妙である。となれば、あとは身長くらいしかケチを付けられないではないか。

一般的には高いほうと見えるが、筋骨隆々とした黄景行《けいこう》や、異国の血の混ざる辰宇《しんう》に比べれば、かろうじて低い。逆に言えば、そのくらいしか文句を付ける要素がない。

「うわー、煽《あお》るねえ」

そしてそれは、景彰が密かに気にしていたことに、偶然にもぴたりと重なったらしい。

いくつかの腕輪を台に戻していた彼は、少々むっとした様子でこちらを振り返った。

「そういうの、やめようよ。べつに、低いというわけでもないと思うし」

「あーら、むきになっちゃって」

景彰が反応したことに、慧月はみるみる機嫌を上向かせる。

そうか。この男、いつも高身長軍団に囲まれているから、差を気にしているのか！

「あなたが妹とばかり一緒にいる理由がわかったわ。小柄な女といたら、自分が高身長に思えて安心するのでしょう。大柄な女とでは、そこまで身長差も出ないものね！　お可哀想だこと」

楽しい。とても楽しい。やはり誰かを嘲るのはすこぶる精神によい。

慧月は嬉々として、景彰の劣等感を煽ってやろうとしたが、

「そうかな？」

不意に、彼がぐいと笠を持ち上げてきたので、驚いて言葉を詰まらせた。

「実は、このくらいの身長だと、便利なことがたくさんあるんだよ」

笠の薄布をすいとかき分け、顔を寄せてくる。

彼が手を離した瞬間、ぱさ、と薄布が落ち、二人の周囲に帳《とばり》を巡らせたかのようになった。

馬車の中なんて比ではない、至近距離。

「本来の君のような、背の高い女性を相手にしたとき――」

入れ替わりに触れる内容だからだろう、声量を落とし、そっと囁《ささや》く。

「ちょうど、口づけしやすい」

「な……！」

顔を赤らめる、どころの話ではない。

「なっ、な、なな……っ！」

間近に迫った形のよい唇、薄布に閉じ込められた体温、すぐ目の前で細められた瞳。

襲いかかってくる情報のすべてに耐えられず、慧月は腰を抜かしてしまった。

――がしゃがしゃ、がしゃん！

咄嗟《とっさ》に足を引いたが、その拍子に物置台にぶつかり、宝飾品を薙ぎ払ってしまう。

「おいちょっと、嬢ちゃん！　なにすんだよ！　うちの商品は、そこらの安物とは違ぇんだぞ！」

「ああ、すまない」

景彰が代わりに謝り、笠から抜け出すと優雅に商品を拾う。

みっともなく台に手を突いたままの慧月を振り返ると、彼はふっと口元を綻《ほころ》ばせた。

「煽る、というのはこういうふうにするんだよ、慧慧」

「なっ」

「ああ。今にも泣き出しそうな君の表情って、とっても可愛いな。あの子では見られない」

のみならず、慧月が半泣きになったのを見て、それは楽しそうに笑みを深めるではないか。

「こ……っ！」

この男、呪ってやる！

慧月は息が止まるほど顔を真っ赤にしたが、どう考えても先に仕掛けたのは自分なので、なにも言えない。

そのまま打ち震えていると、景彰は店への詫びを込めてだろう、価格交渉をすることもなしに、候補にしていた腕輪を、二つとも買い取ると申し出た。

「毎度あり！　お客さん、お目が高い。そりゃあどちらも、一流の職人が名を得る前に手がけた品。金一両の価値は下らない新品だよ。でも特別に、それぞれ銀十匁《もんめ》でいい」

店主は途端に上機嫌になり、太い喉でがははと笑う。銀十匁と言えば、庶民の一ヶ月の食費くらいにはなるだろうか。商館で買うよりは手頃だが、露店の品にしては相当強気な価格設定だ。

（そりゃあ、商館の品と言ってもおかしくないくらい、ものはよさそうだけど）

ちらりと商品に視線を走らせた慧月は、そんなことを思う。

自分のせいで、不本意な買い物をさせてしまったのではないか。

特に、螺鈿《らでん》と真珠で蓮の花を象《かたど》った腕輪はともかく、一緒に買った腕輪は、色とりどりの宝石で架空の花を表現した派手なもので、黄 玲琳の好みとも思えない。

ばつの悪さとともに見つめていると、景彰が視線に気付いて振り返った。

「どうかした？」

「いえ。その、日々のちょっとした贈り物にしては、……高く付いたなと」

自分の責任として認めるのは躊躇《ためら》われて、詫びの言葉をごまかしてしまう。

「いっそ、誕辰の贈り物、ということにしたら？」

「うーん。それは無理かなぁ」

だがそこで、景彰は肩を竦め、思いもかけぬ返事を寄越した。

「あの子、誕辰の贈り物は絶対受け取ってくれないんだよ」

「は？　なんでよ」

「あの子の誕辰は、母親の命日だから」

あっさりとした答えだった。

いや、軽く聞こえるよう、あえて淡々と話しているように思えた。

（……そうだったわ）

慧月は、無意識に息を呑む。

黄 玲琳は、黄家の至宝。

一身に愛情を集めるのは、美貌や性格によるところも大きいが——彼女が、自身の誕生と引き換えに母親を失った、哀れな女だからだ。

親の愛の薄かった慧月でさえ、周囲に祝ってもらえると認識している日、誕辰。

だが黄 玲琳にとって、それは己の罪を噛み締める日なのだ。

黄 玲琳は誕辰を祝わない。その心を知る景彰も、誕辰に贈り物はしない。

だから代わりに、ささやかな贈り物を、こうして手に入れては渡すのだ。

何でもない日に、ごくさりげなく。ときに他人の手まで借りて。

好意が、愛情が、少しでも彼女のもとに届くように。

思わず黙り込んだ慧月に向かって、景彰は小さく口元を綻ばせると、先に包装が済んだ腕輪の一つを「はい」と差し出してきた。

「これは、君のぶん」

「…………」

慧月はのろのろと顔を上げ、神妙な表情で布袋を受け取る。

(わたくしからも渡せということね)

ひたすら面倒だと思っていた黄 景彰の長い買い物。

だが、事情を知った今となっては、その行為を暑苦しいなどと切り捨てられない。

「わかった。あなたが会いに来られない期間は、わたくしが渡しておくわ」

慧月が真剣に請け負うと、しかし、景彰は突然噴き出した。

「いやなんで。違うよ。これは君にあげるもの」

「え？」

素で驚いてしまった。

「腕輪、欲しそうにしていたろう？　この架空の花の柄も、君らしいと思って」

びっくりしすぎて、言葉が出てこない。

（わたくしに？　黄玲琳にではなくて……わたくしに？）

理解するとともに、じわじわと体温が上がり、変な汗が滲み出す。

礼を言うべきだ。いや、まずは一度遠慮してみせるのが礼儀だろうか。だが、それもあざとい気がする。

もっと素直に、いや待て、それではやはり無礼な感じが拭えない、いやいや、腕輪一つにここまで動揺してどうするのだ、そうとも、もっと毅然《きぜん》と、ふんと片方の眉を上げて腕輪を品評するくらいの態度で――。

「か……っ」

一度に感情が溢れすぎた慧月は、咄嗟にひねくれた物言いをしてしまった。

「架空の花が、ふさわしいってどういうことよ。馬鹿にしているの？」

言った傍から絶望する。

すごく嬉しかったくせに、なぜ自分はこんなふうに突っかかることしかできないのか。

「うーん、馬鹿にしているわけではなくて」

だが景彰は、それを混ぜ返しもせず、なんでもないことのように解説した。

「君は清廉な蓮、って感じではないでしょ？　艶《あで》やかな牡丹でもないし、潔い椿でも、可憐な水仙でもない」

「やっぱり馬鹿にしているのね！」

「でも、それをちょっとずつ交ぜ合わせた感じがする」

目を見開いた慧月から「ほら、貸して」と布袋を取り返し、景彰は腕輪を掌に載せてみせた。

「面白い意匠でしょ、これ。水辺に咲いているところなんかは蓮っぽいのに、花弁は牡丹、葉の形は水仙、色は椿」

ひとつひとつ指差され、慧月はまじまじと腕輪を見つめる。

おそらくは、他の腕輪で蓮に使われていた宝石、牡丹を象っていた端材などを、寄せ集めて作ったのだろう。

高貴さや品には欠けるが、色とりどりの石が集まった結果、素直に華やかと思える品だった。

「最近の君もそんな感じじゃない。いろいろな人と交わってさ、高潔なところも、可憐なところも、ちょっとずつもらって、花開いていく」

ああ、黄家の人間というのは本当に、聞いている人間が悶えてしまうような内容に限って、恥ずかしげもなく告げるのだ。

いっそ先ほどのように意地悪く笑ってくれたらいいのに、黄景彰はこんな時に限ってしみじみと腕輪を眺め、

「うん。色彩豊かで、すごくいい。とっても魅力的だ」

などと満足そうに頷く。

腕輪について評していいるだけ。

理解はしているのに、慧月は胸がいっぱいになって、なにも言えなくなってしまった。

「あ——あっそう」

骨張った指に撫でられている腕輪をなぜか正視できなくて、ぱっと奪い取る。

だが、手が汗ばんでいたものだから、その拍子につるりと腕輪を落としてしまった。

「やだ！」

きれいな円環の形をした腕輪は、地面でころころ転がって、屋台にかけられていた布の裾に潜り込んでしまう。

「ああ、いいよ、嬢ちゃん！　俺が拾うから」

店主が慌てて止めるのも聞かず、慧月は急いで地面に跪《ひざまず》き、布の内側へとぐいと手を突っ込んだ。

硬質な感触を頼りに、指先に触れたものを、咄嗟に握り締めて引き抜く。

(え……？)

しかしそこで、自らが手にしたものを見て、彼女は目を瞬かせた。

当然花柄の腕輪だと思ったものが、似ても似つかぬ、ほかの腕輪だったからだ。

「それはほかの在庫だよ。嬢ちゃんのは、こっち」

台の向こうで同時に屈《かが》んでいた店主が、苦笑しながら元の腕輪を渡してくれる。

「返しておくれ。そっちはまだ、店に並べる準備が済んでいないんだ」

声は、まるでねっとりと絡みつくよう。

笑みは、貼り付けたかのように、見えた。

「え、ええ……」

慧月は目を逸《そ》らしながら頷き、店主と腕輪を交換する。

先ほどまでとは異なる理由で汗が滲み、どっと鼓動が速まるのがわかった。

「お返しするわ」

台の下に隠してあった在庫。

宝飾店である以上、在庫を持つのは当然のことだ。

(今の腕輪は、なに?)

だが、指で触れた限り、「在庫」はやけに大量にあった。陽の下にかざした腕輪は、露店の商品にしてはずいぶん美しかった。

そして――一瞬見えた腕輪の内側に刻まれていたのは、「百年好合《ひゃくねんこうごう》」の文字と、女性の名前。

(婚礼品だわ)

それは、本来なら婚姻を結んだ女性がずっと身に付けているべきものだ。

死後ともに埋葬されるような代物で、簡単に手放すようなものではない。

「嬢ちゃん、どうかしたかい?」

笑みを浮かべた店主に問われ、慧月ははっと顔を上げる。

乾いた唇を湿らせ、

「あの……、この店の商品はどれも、新品、なのよね？」

と問うたが、店主が大げさに手を広げ、「もちろん！」と答えるのを聞き、後悔した。

この男、先ほどから、目が笑っていないのだ。

「わ、わたくし、行くわね」

嫌な予感がする。

胸の前で握り締めた花の腕輪、その内側を確かめたくなる衝動をぐっと堪え、慧月は店先を飛び出した。

「えっ？　ちょっと、慧慧!?　待って、まだ包装が終わってない――」

驚く景彰を残し、ずんずんと人波に分け入る。

背後から制止する声が聞こえたが、無視して一層足を速めた。

足を止めたくない。うんざりするような人混みに、今は紛れたかった。安心したかった。

(だって)

露店にしてはやけに上等な品を扱う店。

大量の腕輪。簡単には売り買いしないはずのそれ。

もし、女が腕輪を手放すことがあったとしたらそれは、強盗に遭いでもしたか、あるいは――

「借金のかた……」

ぽつりと呟く。

慧月は世の中に、そうした商売があることを知っていた。

彼女の母親が借金を重ねたとき、まさに婚礼品の腕輪を売り払っていたからだ。

元は金一両の価値さえあった品。だがそれを、目先の取り立てから逃れるために、二束三文で売り払う。

そう。驚くほど安く買い叩かれるのだ。だって、婚姻の証を、中古で済ませようと思い立つ人間は少ないから。裏に名前なんて入っていると、削る手間も掛かるから、ますます需要が下がる。

なのに、金に困った人間は後を絶たないものだから、母親が頼った怪しげな質屋には、上等な腕輪が無造作に転がされていた。

ちょうど、先ほどの露店のように。

(あの店、古金商では、なかった)

古金商、つまり金品の買い取りと販売は、金の価格変動に関わることから、国の認めた店しか行えない。特別な看板を掲げていなかったし、だいたい希少な認可店がこんな露店を構えるわけがないのだから、あれはけっして、正規の古金商なんかではないはずだ。

では、あの店主の主張するとおり、見習い職人が作ったお得な正規品を扱っているのかと言えば、きっと、それも違う。

彼らは、やましい経路で商品を手に入れているのだ。

借金のある人間から、剥ぎ取るようにして金品を奪い取る。そうして、売りにくかったり、足が付きやすそうだったりするものを、臨時の露店で処分している。

（もしかして、この腕輪も）

胸の前で腕輪を握り締めた瞬間、ぐいと肩を引かれる。

てっきり景彰が追いかけてきたのだと思い、勢い込んで振り返ったが、そこで息を呑んだ。

「お嬢ちゃん。急に駆けていくからびっくりしたよ」

目の前にいたのは、先ほどの店の主だった。

改めて見るとこの男、雑貨店の主というよりも、武具でも扱っているかのような、屈強な体つきをしている。肩を掴む力に容赦はなく、太い指が衣に食い込んだ。

「商品に、なにか不満でもあったのかな？」

猫なで声で尋ねる男を、悲鳴を上げながら突き飛ばす。

足をもつれさせながら踵《きびす》を返し、慧月は全力で走り出した。

逃げなくては。早く。早く。

本能ががんがんと警鐘を鳴らす。

人目が多い方が安全、そんな冷静な判断などしている余裕はなかった。人混みで行く手が阻まれると、捕まってしまうという恐怖ばかりが膨れ上がる。

とにかく、隙間へ。通り抜けられる空間へ。

結果、ふと人波が途切れた空間に本能的に飛び込んでしまう。

大通りの一部だと思ったそこは、実際には屋台と屋台の間に延びた薄暗い小道で、両側から土壁が迫る道をがむしゃらに進んでいた慧月は、やがて「あっ」と叫んで足を止めた。

行き止まりだったのだ。

「やあやあ、自分から袋のネズミになりに行くとはよお」

背後から愉快そうな声が掛かる。先ほどの男だ。

青ざめながら振り返った慧月の腕をぐいと引くと、彼は背後の壁に叩きつけるように、体を突き飛ばした。

「きゃあ！」

尻餅をついた拍子に笠がずれる。

内側から現れた顔を見ると、男はひゅうと口笛を鳴らした。

「こりゃ、信じられねえ上物だ」

ぎらつきだした瞳――そこに滲む欲望と愉悦の色を見て、慧月は歯ぎしりしそうになる。

女なら誰もが憧れる、「黄 玲琳」の淡雪のような美貌。

けれど、あまりにも繊細な美しさは、ときに見る者の嗜虐欲を刺激し、持ち主を危機に追い込んでしまうのだ。

「さっき見たことは、全部忘れな」

大通りからわずかに差し込む光を背負いながら、男がゆっくりと、屈み込んでくる。

「誰にも話す気がなくなるように、おじさんが『おまじない』をしといてあげよう」

伸ばされる毛むくじゃらの腕を、慧月は息を止めて睨みつけた。

怖くない、と、何度も自分に言い聞かせる。

薄暗い空間に押し込まれるのなんて、平気だ。敵意を向けられるのには慣れている。

誰も助けてなんてくれない。だから戦うのだ、いつものように。

自分はそのための武器を持っている。

(こんなやつ、道術で火だるまにしてやる。焚《た》き火なら、市のそこかしこに……)

だがそこで、不意に景彰の言葉を思い出す。

――備えるべきだ。

髪を掬い、真剣な声で諭してきた、彼。

――入れ替わりを気取らせない。大事なことだ。

火の気を集めて、暴漢を倒すことはできるかもしれない。

けれど、ここは市のすぐ傍。こんな人通りの多い場所で、突然火が暴れ出したら大騒ぎになる。

きっと注目が集まり、噂が広がり、人々は気付いてしまう。

この時代になっても道術が存在すると。「黄 玲琳」が、火を操っていたと。

(どう、すれば……)

心臓が肋骨にぶつかりそうなほど暴れている。

恐怖と焦燥が喉元までせり上がり、息もできない。

無意識に、胸に抱いていた腕輪を握り締めると、それを見た男が「おっと」と下卑た笑みを浮かべた。

「足が付いちゃまずい。そいつも、返してもらおうか」

ぐいと、無造作に腕を掴まれる。

力を込めた拳から、腕輪を強く引っ張られたその瞬間、焼け付くような衝動が慧月を襲った。

――嫌だ。

ざわりと、皮膚が震える。

足の爪先から頭の天辺まで、真っ白になるほどの怒りが駆け抜け、全身が熱くなった。

(だって、その腕輪は)

初めて、自分に捧げられたもの。

口の中に血の味が走る。ぐっと拳を握り、無意識に、周辺の火の気をたぐり寄せ始めた。

この男、焼き殺してやる――――!

「ちょっと待った!」

だが、慧月が眉間に力を込め、近くに感じる火の気を爆発させようとしたその瞬間、ごっ! と鈍い音が響いた。

「慧慧! 君、今なんか不穏なことしようとしなかった⁉ なんか屋台の焚き火がぶわってなってたんだけど!」

逆光を背負って現れたのは、黄 景彰である。

彼は助走を付けて小道に駆け込み、その勢いのまま、背後から店主に跳び蹴りを食らわせたところだった。

「ぐぁっ!」

男は濁った悲鳴を上げながら、慧月のすぐ隣に倒れ込む。

すると景彰は男の襟首を掴んで壁に叩きつけ、さらに、躊躇いなく腹に膝をめり込ませた。音から察するに、相当重い一撃だ。男は白目を剥いて崩れ落ち、完全に意識を失った。

悲鳴を差し挟む余地もない、一瞬の早業である。

「なんで僕を置いて自発的に攫《さら》われに行くんだ！　離れるなって言ったじゃないか！」

くるりとこちらに向き直った景彰を、慧月は尻餅をついたまま、ぽかんと見返した。

怒鳴られるのも想定外なら――そもそも、彼に助けてもらえるというのが想定外だった。

「ちょっと、聞いてる⁉　そりゃ、荷に気を取られた僕も悪いけど、なんで君、自力で、かつ最悪の方法で撃退する方向に思考が向かうわけ⁉」

この距離だよ、すぐ追いつくから僕を待ってよ！　とか、そもそも離れるなよ！　とか、景彰は珍しく感情も露《あらわ》に怒っている。

「だって」

何から答えればいいのかわからなくなった慧月の唇から、ぽろりと、言葉がこぼれた。

「腕輪を、奪われそうに、なったから」

「そんなもの捨て置けよ！」

景彰は信じられないという様子で叫んだ。

「どうでもいいだろう、そんな腕輪！」

まっすぐな怒声に、なぜだかがつんと胸のあたりを殴られたような衝撃を覚える。

衝撃は一気に体を駆け上がり、瞳までたどり着いた途端、ぶわりと涙になって溢れ出した。

「だって」

ぼろぼろと涙がこぼれる。

ひく、と、喉が引きつり、みっともなく声が震えてしまった。

だって、初めての贈り物だった。

どうしても手放したくなかった。

(なぜ怒るの)

いつも飄々《ひょうひょう》とした口調で話すこの男が、激情を隠しもしないことに驚いた。

そんなに愚かだったろうか。それほど迷惑をかけただろうか。それほど呆れられたのだろうか。

そう思うと、先ほど暴漢に毛むくじゃらの腕を伸ばされたときよりも、よほど、身の竦む思いがした。

「だって――」

「いや待って待って待って」

ぎゅうっと目を瞑《つぶ》り、縮こまりながら俯くと、頭上から困惑に満ちた声が降ってくる。

怪訝な思いで顔を上げると、景彰はなぜだか強ばった顔で跪き、視線の高さを合わせると、いきなり頭を下げてきた。

「悪かった。なにもかも僕が悪い。申し訳なかった」

「は……?」

「だから、それ。その、透明な液体を、早く引っ込めてくれないか」

狼狽も露に指摘され、慧月はようやく、彼が涙に反応したのだということを理解する。

理解はしたが——彼の動揺が意外過ぎて、慧月はまじまじと相手を見つめ返してしまった。

「あなたさっき、無様な泣きっ面を見るのが好きって、言っていたじゃない」

「『今にも泣きそうな表情』が好きと言ったんだよ！　実際に泣かれるのは別！」

景彰はなぜか叫ぶようにして主張し、袖を慧月の頬へと伸ばした。

「今わかったけど、僕のせいで泣かれるのって、最悪の気分だ」

それから、恐る恐るといった様子で、涙を衣に吸わせた。

「頼むから、泣き止んで」

秀麗な顔には、苦り切った表情が浮かんでいた。

（途方に暮れている。この意地悪な男が）

驚きのあまり、涙も止まってしまう。

もしや、黄 玲琳の体が生成する涙には、大の男すら怯ませる呪術的な効果でもあるのだろうか。

（ありえるわね、黄 玲琳なら）

非現実的な考えを巡らせてしまうほど困惑しながら、慧月は、ぐし、と頬に残った涙を拭った。

「……泣き止んだわよ」

「ありがとう」

なぜか真顔で礼を言われる。

どう反応してよいのかわからなくなり、慧月はつい、一番馴染んだ対応を取ってしまった。

すなわち、難癖をつけた。

「ふ、ふん。謝意を噛み締めなさいよ。あなたが泣かせたんですからね」

「その通りだ。反省している。申し訳なかった」

だが、自分の明らかに理不尽な主張にも、景彰はきっちり詫びを寄越してくる。

譲られている――。

相手が弱みを見せてくると、ここぞとばかりに付け込んでしまう。それは慧月の悪癖だ。

だが、わかっていてなお、優位に立っていると確信した途端、先ほどの追い詰められた心地から一転、心が急浮上するのを止められなかった。ともすれば、うっかり頰が緩みそうになる。

「そう。その通り。大地にめり込むほど頭を下げるべきよ。わたくしを守るべきだったというのに、なにをぼんやりしていたの？」

「面目ない」

「ましてや、怒るなんて」

「すまない。怒ったというか……慌てたんだ。すごく心配したから」

静かな声が、ひび割れていた心にみるみる染みこんでいく。

心配した、という言葉が、自分でも驚くほど甘美に響いた。

「しかもわたくしを馬鹿にしたわね。腕輪なんて、と」

「馬鹿にしたんじゃない。そうじゃなくて」

慧月がもはやうきうきとしながら非難の言葉をひねり出していると、景彰はそこで言葉を切り、ばつが悪そうに唇を歪めた。

「正確には、『そんな腕輪なんて』と言ったつもりだった」

「なにが違うのよ」

「僕が愚かにも質草だと見抜けずに贈ってしまった、汚点のような腕輪なんて、ってこと！」

早口で言われ、慧月は目を見開く。

景彰はきまりが悪いのか、はぁー、と息を吐きながら項垂《うなだ》れた。

「あの一帯、どの店の商品も質がよかったから、油断していたんだ。高めの値段を言われて、かえって安心してしまった。ちょうど君にぴったりのものが見つかって嬉しかったのもあるし。でも、君が血相を変えたのを見て、隠してあった商品を検《あらた》めてみたら……くそ、恥ずかしすぎる」

きちんと整えていた髪を、がしがしと掻きむしりさえする。

彼が、これまでになく己を恥じている様子が伝わってきて——だが不思議なことに、彼が忌々しそうにすればするほど、慧月の心は、甘く緩んで仕方なかった。

(なによ)

黄 景彰でも、失敗するのではないか。

(なぁんだ)

平静を装いつつも、はしゃいで、空回って——そんな己を恥じて。

(一緒じゃない)

そう思った瞬間、彼女は、先ほど芝麻球を買いそびれたときに彼が口にした言葉を、胸の内でなぞってしまった。

可愛い。

それは、侮るのとも、馬鹿にするのとも、また少し違う。

胸の内がほかほかとして、どうしようもなく笑み崩れてしまうような、奇妙な感情。

「とにかく、そういうわけだから、その腕輪はさっさと手放してくれ。質草を贈るなんて縁起でもないし、元の持ち主にも悪い気がするし。そんな腕輪のために戦うなんて論外だ」

ほら、としかめっ面で景彰が差し出してきた手に、慧月は素直に腕輪を載せた。

先ほど、この腕輪のために人を焼き殺そうとしたのが信じられないほど、未練なく返せた。

だって、誰かのものだった腕輪を後生大事に抱きしめるより、この男からねちねちと取り立ててやったほうが、きっと何倍も楽しい。

「当然、この埋め合わせはしてくれるのでしょうね？」

景彰に身を起こしてもらいながら、慧月はにやついてしまう。

いつだって世慣れた風を気取りたがる、自負心の強い色男は、この失態を長く引きずるだろう。

さあ、どれだけ付け込んでやろうか。「今度こそ、まともなものをくれるのでしょうね？」とでも言えば、金惜しみしない彼のことだ、どんなものでも贈ってくれそうな気がする。

もし贈り物が貧相だったら、黄 玲琳や、彼が身長差を気にしているほかの男たちに、この失態を言いふらしてやったっていい！

「もちろん。今すぐに取りかかるよ」

だが慧月は、どうも最近の自分が、悪巧みをすればするほど裏目に出る星回りにあるということを、失念していた。

「必ず、この落とし前は付けてみせるから」

「え？　落とし前？」

黄景彰の言い回しが、新品の宝飾品を買い直す、という意味にしては不穏だな、という気はしたのだ。そしてその時点で、止めるべきだった。

なのに、慧月が曖昧に「そう？」と頷いたものだから、彼はすっかりやる気になって、目を光らせてしまった。

「く、くそ……てめ――」

ちょうどそのとき、地面に伸《の》されていた男が、呻き声を上げる。意識を取り戻したようだ。

景彰は「おっと、おはよう」と、まるで気さくな隣人のように爽やかな声を掛けてから、予想もしない行動に出た。

「ちょうどよかった」

すなわち、笑みを浮かべたまま、男の髪をぐいと掴み、持ち上がった首に、短刀を突き付けたのである。

「ちょっと」

慧月は思わず顔を引き攣らせた。

だって、非正規品の腕輪を売りつけた男はすでに倒し、事件は解決を見たと思っていたから。

「代金なら、今のうちに店に戻って、取り戻せばいいじゃない。なにも刃物で脅さなくたって」

見たところ、店主の男は意識こそ戻ったものの、とても素早く動ける状態ではない。

今、店に引き返せば、悠々と金を取り戻せるだろう。

「代金を取り戻す？　そんな、そんな」

景彰はにこやかに短刀を食い込ませたまま、男を小突き、「ほら、起きて」と囁く。

さらには、小首を傾げて付け足した。

「君を襲い、この僕に恥を掻かせたんだよ。返金だけで気が済むはずないじゃないか。あくどい商売に手を染めているらしい、この男の店を根底から潰さなきゃ」

慧月はここでも思い知る。

自ら戦いを仕掛けることは滅多にないが、一度反撃を決意したなら徹底的にやり返す、黄家の者の性質を。

「質草を買い取る者、流す者、そもそも人を借金漬けにする者。そこそこ大きな組織が関わっているはずだよ。洗いざらい吐いてもらって——元締めのもとまで、連れていってもらおうか」

切れ長の瞳が、狩りを始めた獣のように細められる。

約束の正午まで、あと半刻。

残る時間をどのように過ごすか、決定づけられた瞬間であった。

3．幕間

柄の悪い男たちに連れられて――というよりは玲琳《れいりん》たちが自主的についていって、移動することしばし。

たどり着いた賭場・「三界楽《さんかいらく》」は、王都の中心よりやや西に逸《そ》れた、歓楽街の中にあった。

とは言っても、大量の赤提灯を掲げ、極彩色の布を巡らせた妓楼《ぎろう》と比べれば、その佇《たたず》まいは控えめだ。

看板は彫り文字に墨を載せた程度。白々とした土壁に、丸い墻窓《しょうそう》が配されているのが装飾代わりで、おそらくこんな小さな窓からでは、内側にほとんど日差しは入らないだろう。

税の対策もかねてなのか、道に面する門扉は、身を屈《かが》めねば通れぬほど小さい。

申し訳程度に、「酒」と染め抜かれた旗が揺れていることから、酒房の一つとして通しているのだろうが、どうにも、人を容易には踏み込ませない、また逃がさない、という意図を感じさせる門構えであった。

「美雨《みう》さん、とやらのお父君は、なぜこのような場所に出入りを？」

男たちに促され、よいしょと門扉をくぐりながら、玲琳は隣を歩く少女――鈴玉《りんぎょく》に尋ねる。

赤毛の彼女は、玲琳たちが賭場に向かうと告げたとき、自分もついていくと言って聞かなかったのだ。もともとこれは、自分たちが蒔《ま》いた種だからと。

「もし彼が自主的にこの場に来たというなら、わたくしどもも、強くは相手を非難できません」

「あたしたち、田舎で食い詰めて、上京してきたばかりで。旦那様は働き口を探してたんだ。そうしたら、いい儲け話があるって人に勧められて……騙された。旦那様は、うまい話に弱いから」

鈴玉は賭場に向かう道すがら、身の上を説明してくれていた。

彼女が旦那様と呼ぶ男は、もともとは王都の貿易商の末息子。西国出身の踊り子に入れあげて妻に迎え、美雨という名の娘を儲けたらしい。一方の鈴玉自身は、西国の奴隷が産み落とした孤児だったが、六年ほど前、飢えて彷徨っていたところを美雨に拾われた。年が近く、しかも西国人という点が買われ、美雨の世話係に収まったという。それが、鈴玉が七歳、美雨が九歳の頃だ。

ところがその数年後、美雨の母親は、あっさりと夫と娘を捨て、他の男と駆け落ちしてしまった。すっかり肩身を狭くした男と美雨は、鈴玉だけを連れて王都を出たという。

田舎の農村に落ち着き、この三年ほど、美雨や鈴玉はなんとか暮らしていたのだが、父親のほうは農民暮らしに音を上げてしまった。贅沢な生活を恋しがって王都に戻り、早急に金を手にしようと逸《はや》り──そこでまんまと騙されたというわけだ。

「『三界楽で賭けたら身の破滅』。そう言われているらしいのに、王都に戻ってきたばかりのあたしたちは知らなかった。ここ最近できたばかりの賭場らしくて。あこぎな商売をしてるのに、役人に金を渡して、お上に届かないようにしてるんだって」

わずかな賭け金から、簡単に大金を得られると聞いて、美雨の父親は飛びついたらしい。だが、勝ったのはたった数回。見る間に負けが込み、十日もせぬうちに借金が膨れ上がった。

賭場の用心棒と名乗る男たちに痛めつけられ、証文に血判を押せば許してやると脅されたため、意識をもうろうとさせながら判を押したのだという。

そしてそこには、借金のかたに、娘を妓楼に売るとの内容が書かれていた。

どうやら「三界楽」は屈強な用心棒を雇い、力にものを言わせて理不尽な取り立てを行っているようだ。最初はその横暴さに抗議する者もいたようだったが、訴えた者はことごとく男たちによって半殺しにされ、今ではすっかり注意する者もいなくなったとか。

用心棒たちはそれをよいことに、我が物顔で町を闊歩し、特に飲食店の類いは多大な迷惑を被っているらしい。

「先週、ここの男たちが、お嬢様を攫《さら》っていった。寝込んでた旦那様は、血判状の内容をようやく読んで、……今さら青ざめてる」

十三歳という年の割には、大人びた話し方。

鋭い目つきや、痩せた体を見るだけで、幼い少女がどれだけの苦労を負ってきたかが窺える。流されやすく、夢見がちな父親に代わり、小さな体で主人を必死に支えてきたのだろう。

「正直、自業自得の旦那様はどうでもいいんです。でも、巻き込まれてしまったお嬢様を、なんとか取り返したくて」

話を聞いていた玲琳たちは、やるせなさに息を吐いた。

とにかく、この理不尽な目に遭っている少女たちを、二人とも救ってやりたい。

それは、先頭を歩く尭明《ぎょうめい》も同様らしく、彼はちらりと背後の鈴玉を振り返った。

「ひとまず、ここでは我々に任せることだ。……世の中に数人くらいは頼れる大人がいると、おまえも知ったほうがいい」

穏やかに告げてから、彼は再び、前方に広がる空間へと視線を戻した。

「さて、着いたな」

奇妙な造りの建物だった。

道に面した扉をくぐり、建物内に入ったのかと思えば、また壁がある。

壁に窓は一つもなく、代わりに、やはり小さく作られた、鉄の門扉が取り付けられていた。

なぜか扉の上の扁額には、たった一文字、「地」と書かれている。

「なんだ、この門は。奇妙だな」

「へへ、ようやく、自分たちが飛んで火に入る夏の虫だってことに気付いたか?」

ここまで尭明たちを案内してきた男は、やけにきびきびと付いてくる獲物に道中ずっと困惑していたが、眉を寄せた尭明を見て安心したらしい。調子を取り戻し、大仰に両手を広げた。

「ここは三界楽――天地人、三界すべてを合わせたどこよりも、快楽に満ちた場所。儲けりゃ極楽が見られるが、負ければ地獄もある。そこで客はまず、中間の『地』の扉からくぐるのさ」

そう言って、男はぎぃと軋《きし》む扉を開けてみせる。

途端に、まるで洪水を起こしたかのように、建物内の喧噪が外へと溢れ出した。

「あぁん、お客さん。もっと賭けてぇ」

「大！　大！　大だ！　来い！」

「おい、酒はまだか！」

一階の空間をすべて貫いたような広い室《へや》は、ざわめきに満ちていた。

男性客の腕にしなだれかかる酌女。唾を飛ばし、卓に伏せられた壺皿に身を乗り出す男。

噎《む》せ返るような酒の匂いと、舞女の撒《ま》く脂粉の香りが充満し、怒声と歓声とが入り交じる。

天井には、禍々《まがまが》しい笑みを浮かべた悪鬼が、涙を流して顔を歪める天女を引き倒し、交わる姿が描かれ、その卑猥さは毒々しいほどであった。

あまりに享楽的な光景に、玲琳たちは目を丸くし、尭明は不快げに顔を顰《しか》めた。

「見ろ、あれが勝者の姿だ。女も酒も好き放題。帰りは『天』の扉から、接待つきでお見送りだ」

男が親指でくいと指し示した先には、金彩が施された「天」の扉が見える。

扉の先に歓待用の室《へや》があるようだが、扉の手前からすでに、大量の銀子を掻き集める者や、酒を甕《かめ》ごとひっくり返して浴びる者、はてには、酌女を壁に押しつけて裾をまくり上げる者までおり、ただれた空気に満ちていた。

だが、とそこで、男は邪悪に唇を吊り上げる。

「負ければ地獄。身ぐるみ全部剥いででも、支払うものを支払ってもらう」

ちょうどそのとき、反対側から絶叫が響き渡り、一同はさっと視線を向けた。

「天」の扉とは反対側の室《へや》の奥、「人」と書かれた扉のある場所だ。

「『人』の扉の先は、ごみ捨て場さ。扉の手前にいるやつらは、ごみ寸前のクズどもだ」

男の説明に被せるように、「人」の扉の手前から、苦悶に満ちた悲鳴が聞こえる。

「おい、止めろぉ！　止めてくれよ——ぐああああ！」

見れば、貧相な出で立ちの男が壁に括りつけられており、手前に立った男たちから、次々と短刀を投げつけられているのだった。

「止め……っ、ああああ！」

「ははっ、いいぞ、いいぞ！　盥《たらい》の血が満杯になりゃ、さっきの負けは帳消しにしてやる」

短刀を投げる男たちのそばでは、屈強な男が酒を啜《すす》りながら、上機嫌で体を揺すっている。

状況を呑み込めずにいた玲琳たちに、道案内役の男が下卑た笑みを浮かべた。

「支払いの方法は様々ってことだ。金品や娘があるなら、そいつを売りゃいいが、独身男じゃそうはいかねえ。そうしたやつらは、ああやって、てめえ自身が娯楽の種になって金を稼ぐのさ。言っとくが、投げる側も客だぜ。『的』に短刀が刺されば金がもらえるから、お互い必死なのさ」

あまりにも悪趣味だ。

と、短刀投げを見物しながら酒を啜っていた男が、視線に気付いてか立ち上がった。

「おう、どうした？　ずいぶん身なりのいい客を連れてよお」

「それがね、九垓《くがい》の兄貴。こいつら、このチビの仕える嬢ちゃんを買い戻したいって、のこのこ自分たちからやって来たんですよ。必ず勝つと思ってるみたいで」

「へえ、そいつぁいい。強気な客は大歓迎だ」

九垓と呼ばれた男――おそらく賭場の主――は、のっしのっしとこちらに近付いてくる。

身の丈は六尺を優に超え、無精髭を生やした顔には、目から頬にかけて大きな傷があった。見せつけるためだろう、諸肌《もろはだ》を脱いだ肩には大きな竜虎の刺青があり、一目でその筋の者とわかる風貌である。

「ひ……っ」

鈴玉はすっかり及び腰だ。

身を強ばらせた少女を、莉莉《りーりー》は咄嗟《とっさ》に抱きしめたが、彼女もまた恐怖を隠せずにいた。

九垓は、酒臭い息を吐きながら一同を見下ろし、特に身なりのいい尭明たちに目を留めると、にいと顎を撫でた。

「おやおや、上客じゃねえか。ようこそ、たんまり賭けていってくれや」

「あいにくだが、賭けに来たのではない。急いでいるから、場主に直接話をつけに来ただけだ」

代表して尭明が淡々と応じる。

「はあ⁉　賭場に、賭けもしねえつもりで来たって？」

だが九垓は、手にした短刀をくるくる弄びながら笑うと、次の瞬間には、声を低めて凄んだ。

「賭けなきゃ帰さねえよ」

男にとって、「賭けさせる」と「破滅に追い込む」が同義であることは明らかであった。

「いいか、こっちにゃ腕利きの用心棒がいる。役人だって、一声掛けりゃ飛んで来る。俺たちを捕縛するんじゃなく、てめえらを痛めつけるためによ。こっちは、真っ当な商売をやってんだからよ」

「役人が、飛んで来るのか」

「それは困りましたね。飛んで来るのは、ほかの方のほうがよいですね」

ただし、九垓がにやりと笑って脅しを決めるのに対し、尭明や玲琳は、どこかしらけ気味だ。

むしろ時間が気になるのか、九垓の長口上をしきりと遮ろうとする有り様だった。

「おいおい、なに躊躇《ためら》ってんだ。賭場に来たからにゃ、賭けるんだよ。元手がねえなら融通してやろうか？　そこの『的』の手足に当たりゃ銀十匁《もんめ》、顔に当たりゃ金一両、恵んでやるよ」

「いや、だから」

「賭けないってんなら、てめえらはただの侵入者だ。どう甚振《いたぶ》ってやろうか。爪を剥がすか、手足をもぐか、それとも体中穴だらけ、ってのもいいな」

「いえ、ですから」

賭けない、と言っているのに、いつまでもだみ声の脅しをやめない九垓に、尭明はどんどん眉間の皺を、玲琳は笑みの角度を深めていった。

これでは、交渉が完了する頃には正午を過ぎてしまう。

「はあ、やれやれ、勝てば極楽が見られるってのに、負けて取り立てられることばっか考えて、びくびく怯えるとはなあ！　てめえらよっぽど、度胸のねえお坊ちゃんに箱入り娘――」

脅しつけても反応が悪いと踏んだ九垓は、今度は馬鹿にする戦法に出たようだが、挑発を最後まで紡ぎきるまでに、言葉を飲み込んでしまった。

なぜならば、

――ガッ！

――カッ！

尭明が九垓の短刀を奪い、また玲琳も素早く袂《たもと》から短刀を取りだし、勢いよく天井に向かって投擲《とうてき》したからである。

どれほどの膂力《りょりょく》を込めたのか。尭明の短刀は、描かれていた悪鬼の顔に、ほとんど抉るような勢いで突き刺さり、風穴を開けている。

玲琳の短刀は、さすがに尭明ほどの威力は出なかったようだが、偶然なのか、はたまた意図的なのか、悪鬼の醜悪に誇張された男性的な部分に突き刺さっており、それはそれで、見る者の背筋を凍らせた。

「顔に当たれば金一両」

「手足に当たれば銀十匁、と仰《おっしゃ》いましたっけ」

愕然《がくぜん》とした九垓の前で、ふ、と笑みを浮かべた二人がゆっくりと振り返る。

彼らは、ひらりと手を翻し、ぽかんとしている賭場の主に掌を突き出した。

「もう面倒だ。そちらの流儀に則《のっと》り、賭けてやろう。さっさと元手を寄越せ」

「脅しも挑発ももう結構。早くお話を進めてくださいませ」

凄みのある笑みに、鈴玉が「ひっ」と声を上げ、莉莉にしがみつく。

「な、なんで、このお兄さんたち、真面目な感じなのに、突然あいつらより怖くなるの⁉」

「いやぁ……」

約束を絶対に守ろうとする、過剰なほどに真面目な人間だからだ。

おおかた、このまま九垓の脅しを聞いていては時間が掛かるし、役人が集まってしまってはお忍びが露見してしまうと考えたのだろう。

「まあ、いろいろと事情があって」

言葉を濁す莉莉をよそに、尭明や玲琳は、さっさと賭場へと歩き出してしまう。

「ほら、さっさと席に案内しろ。説明？　いらん。このくらい、慣れているからな」

「はいはい、進んでくださいませ。わたくしは別の席で結構ですわ。一人で賭け事ができる程度には、世慣れておりますから」

（この二人）

やたらと「世慣れた感じ」を強調する二人を見て、莉莉はふと思う。

彼らが相手の流儀に乗ることを決めたのは、時間を惜しむためもあっただろうが――

（さては、「世間知らず」と罵られたことに、カッと来たな……!?）

暴力をちらつかされても平然としているくせに、「自立していない」と侮辱されると、簡単に着火してしまう黄家筋《こうけすじ》の二人を、莉莉は顔を引き攣《ひ》《つ》らせながら見守った。

＊＊＊

（莉莉たちの視線を、ものすごく感じます……。またも向こう見ずな行動をしていると、きっと呆れているのでしょうね）

賭場の中を歩き回りながら、玲琳はばつの悪さにこっそり頬に手を当てた。

今彼女は、未成年の二人を控え席に残し、賽子《さいころ》賭博が行われているあたりを一人で見物しているところだった。

札賭博のあたりを見ている尭明とは、あえて別行動をしている。儲けようとするなら——そしていかさまを見破ろうとするなら、手分けしたほうがよいからだ。

（賭ければ確実に客が破滅する賭場。真っ当な商売などとんでもない。いかさまを働いているに違いありません）

そう。玲琳たちが賭博に手を染めることにしたのは、ただ進まない話に焦れたからではない。いかさまの実態を把握し、賭場の罪を明らかにするためだった。

（やたらと屈強な用心棒や、残虐な敗者の扱い方……。どうもこの賭場は、ほかにも後ろ暗い稼業に手を染めているようです）

この賭場には、まだまだ余罪がありそうだ。それを知ってしまった以上、単に美雨を取り返して話を収めるなどできない。

民の上に立つ者として、この賭場をすぐにでも摘発できるよう、違法の証拠——手っ取り早い点で言えば、いかさまの実態を探っておこうと思ったのである。

幸い、賭場の男たちは、突然短刀を投げた玲琳たちに警戒の視線こそ送ってくるが、場内を自由に歩き回らせている。賭けさせさえすればこちらのもの、とでも思っているようだ。

負けさせて身ぐるみを剥ぐ手口に、よほどの実績と、自信があるのだろう。

(一刻もあれば、大兄様のもとに鳩がたどり着くでしょうか)

玲琳はちらりと、天井に突き刺した短刀を見やった。

実は、先ほど投げた玲琳の短刀は、やたらと誘拐や暗殺未遂に遭い続ける妹を見かねて景行《けいこう》が授けたもので、柄の部分にちょっとした細工がしてあった。小さな穴を開け、そこを風が通り抜けると、鳥笛の役割を果たしてくれるのだ。

鳥にだけ聞こえるその音は、景行が都のあちこちに放っている鳩を呼び寄せ、鳩は、兄や、彼が信頼を置いた部下のもとへとたどり着く。

つまり、先ほど二人は、怒りのまま短刀を投げたと見せかけて、その実、尭明は天井に風穴を開け、玲琳はその近くに鳥笛を配置したのである。

——飛んで来るのは、ほかの方のほうがよいですね。

役人に来られるのはまずいから、兄に来てもらおう。

短いやり取りだけで、事情を知る尭明とは意志を疎通できてしまったのだが、さすがに莉莉たちにそれを察しろというのは無理な話だろう。

かといって、こちらの手の内を、九垓たちのいる前でぺらぺらと話すわけにもいかない。

(ごめんなさい、莉莉。後でお伝えしますからね。兄が来たら後を託して、このお忍びを完遂させる

つもりです。わたくし、そこまで考えなしではないですからね）

胸の内で必死に言い募り、せめて思いよ伝われと、莉莉たちの席に向かって軽く力こぶを握る。

だが莉莉は、賭博にやる気満々だとでも思ったか、ますます不安そうな表情になったので、玲琳はちょっぴり悲しくなった。

（わたくし、そんなに、賭博にのめり込みそうな人間に見えるでしょうか……）

あくまでも冷静に臨んでいるのにな、と、改めて賭場を見回す。

見たこともないほど身だしなみを崩した人々。

充満する酒の匂い、嬌声と隣り合う怒号、背徳と堕落の気配。

後宮にいたのでは、まず遭遇できなかったであろう、これが――裏社会。

（なんでしょうか。食虫植物が虫さんを捕捉する瞬間を見守るのに似た、この奇妙なときめきは……はっ、いけません）

怖いもの見たさに、身を乗り出して周囲を凝視していた自分に気づき、玲琳は咳払いをした。

べつに、いくらこうした体験が初めてだからといって、約束を控えているのに賭博に夢中になるほど、自分は軽薄な人間ではない。

（そうですとも。いくら初めてだからといって……珍しいからといって……そういえば、賭場は、さすがの慧月《けいげつ》様もいらしたことはないでしょうか）

己を強く戒める傍から、ふと思考が逸れてゆく。

慧月は自身が末端貴族――平民に近い出だということに劣等感を抱いているようだが、だからこそ世事に通じているところがあって、玲琳はそこに並々ならぬ憧れを抱いていたのだ。

彼女は、こちらが庶民に人気の恋物語を知らなかったり、小銭の扱い方がぎこちなかったりするたびに、「あなたって本当に世間知らずね」と馬鹿にしてくるが、もし、賭博などという高度に世慣れた知識を披露できれば、どうなるだろう。

きっと、あの感情豊かな目をまん丸にするのではないだろうか。

(「あなたってなんて世慣れているの、黄 玲琳!」などと、言われてしまったりして)

緩みそうになる口元を、両手で覆うことで、なんとか引き締める。

とにかく、民を救うためにも、慧月をあっと驚かせるためにも、この退廃的な空間をよく観察することが重要だ。

玲琳は、今一度ごほんと咳払いしてから、改めて賭場に視線を巡らせた。

(場内に据えられている卓は、大小合わせておおよそ二十)

賭博の種類に応じて、同心円状に区分けされながら並んでいる。

賭け金の高い賭博を行う席は、中央近くの数段高くなった空間に。

賭け金の低いものは壁近くの薄暗い空間に、といった具合だ。

台にかじりつく男たちを見下ろすかのように、上階にせり出した舞台が取り付けられ、天女の格好をした女たちが舞っている。

おそらくは、金払いのよい上客を、舞台により近い高い位置に座らせることで、優越意識をくすぐろうという寸法だろう。

篝火《かがりび》も、段を上るほど多く焚かれ、高い場所ほど華やかな空間であるかのように、演出が凝らされている。

卓につく賭博客は、賽子の目を競うものならば最小で二人。札や棒を配って役を揃えるものならば四人以上。

そこに、鋭い目つきをした胴元の男と、屈強な用心棒、そして賽子賭博については、壺を持った「壺振り女」がそれぞれ配置されていた。

壺振り女は、文字通り、壺皿に賽子を入れて振る女のことだ。

遊戯の公正性を保障するためか、卓を頻繁に入れ替わる。

だが薄布をまとい、客に酌をしてまわったりするところを見るに、彼女たちは公正性を確保するというより、男たちの興奮を引き出す役目のほうを求められているのかもしれない。

事実、見目のよい壺振り女には、酔客が熱心にまとわりつき、身をまさぐりながら口説く光景があちこちで見受けられた。

もしや客が壺振り女に夢中になっている間に、札や賽子をすり替える不正が働かれているのかとも疑ったが、観察した限りでは、そうでもなさそうだ。

胴元は酒に酔っているのか、時々客と一緒に舞の鑑賞にのめり込むほど注意力散漫な様子だし、壺振り女もまた、淡々と同じ動きを繰り返しているだけ。

用心棒は、時折、弱腰の客を挑発して、賭け金を上げさせたりもしているが、たしかに強要とまでは言えないだろう。

むしろ、女たちにちょっかいを出す客を追い払ったりして、意外に真っ当な仕事をしているようにさえ見える。

（ならば、賽子に仕掛けがあるのでしょうか）

訝《いぶか》しんだ玲琳は、卓の間を歩きがてら、賽子の様子を見て回ったが、「この卓では三だけが出続けている」といった様子もなく、目は不規則な順に変わり続けている。

そこで次は、目の合計が奇数か偶数かを賭ける台に近付き、実際に賽子を手に取ってみた。

が、目の並びは標準的で、一面だけ削られて特定の目が出やすくなっているということもない。

あえて言うなら、木ではなく、金を塗った軽い金属でできている、という点が珍しいが、豪華さを演出するためと言われれば、納得できる範疇だ。

「さあ、ようこそ、お嬢ちゃん。丁半は初めてかい？」

賭博台に腰掛け、舞台を鑑賞していた胴元は、玲琳に気付くとぱっと立ち上がり、呼びかける。

壁に近い――つまり賭け金の低い初心者向けの賭博だからか、ずいぶん親しみやすい態度だ。

彼は、賭博のとの字も知らぬ玲琳のために、慣れた口ぶりでやり方を説明してくれた。

二つの賽子を投げて、出た目の合計が偶数なら丁、奇数なら半と呼ぶ。

客は事前に結果を予想し賭け金を置く。当たれば相手の賭け金をもらえるし、負ければ自分の賭け金を渡すという、わかりやすい決まりだ。

「まあ、全部賭けろとは言わねえからよ。そのちっこい銀子の一粒だけ、やってみるかい？」

胴元の勧めるがまま、玲琳はひとまず一度、賽子賭博をやってみることにした。

ちょうど一人、男性客が付近をうろついていたので、胴元が強引に誘い込む。

男は勝ちが続いていたのか鷹揚《おうよう》な様子で、「この嬢ちゃんに練習させてやりたいんだがよ」と胴元に頼まれると、すんなりと誘いに応じた。銀子の一粒くらいなら、失っても構わないらしい。

用心棒はちらりとこちらを見たが、仁王立ちのまま動かない。

壺振り女が、淡々とした顔つきで「酒はいかがですか」と勧めてきたが、玲琳はそれを断った。女は特に気にする様子もなく、恭しい手つきで賽子を掲げ、壺皿に入れる。

彼女が掛け声とともにガラガラと壺皿を振る間に、胴元が問うた。

「丁か、半か⁉」

玲琳が思わず確率を計算していると、胴元が「割り切れる数のほうが縁起がいいんじゃねえの？」と笑ったので、ひとまず丁に賭けてみた。男性客のほうは、必然的に半に賭ける。

――ぱんっ！

景気のよい音とともに壺皿が伏せられた。

そろりと壺皿を持ち上げた結果――出た目は一と三で、丁。

「やるじゃねえか！」

胴元がぱんっと肩を叩くのに、玲琳は思わず苦笑しそうになった。

（あからさまな誘導……それに従うと、勝つようにできているのですね）

なるほどこうやって、物慣れぬ客は胴元に信頼を寄せるようになってゆくのだ。

もしかしたら、常連のように見える男性客も、実は賭博場側の人間で、初心者を勝たせるために配置されているのかもしれない。

そしてもう一つ。

やはり彼らは、出目を操る、または把握することができる。

「さあ、ちっとだが元手が増えた！　どうだい、続けるかい！」

胴元が陽気に誘いかけてきたので、玲琳はそれに乗ることにした。

今度こそ、いかさまの手口を把握したい。

「では、増えた分だけ賭けましょう」

「ほいきた！　丹《たん》の旦那はどうする？」

「俺もやるに決まってらあ。銀子を取り返さねえと」

男性客も誘いに乗ったので、再度場が成立することとなる。

やはり彼は賭博場の回し者なのだろうかと、玲琳はこっそり視線を送った。

向かいの席で、頬杖を突きながら腰掛ける彼は、賭博場の空気に慣れた様子で、態度が堂々としている。年の頃は、三十半ばか。

酒で顔が赤らんでいることを除けば、彫りの深い顔立ちの男前で、肉厚の唇と髭は、自信と女癖の悪さの両方を感じさせる。

物怖じしない振る舞いから察するに、裕福な商家の旦那、といったところだろうか。

胴元から「丹の旦那」と呼ばれているから、姓が丹なのか、詠国《えいこく》のやや西に位置する丹地方の出身ということなのか。

もしかしたら、丹地方の交易品を扱う商家なのかもしれない。

（あるいは、商家を装った関係者？）

だが、男はこちらの探る視線には気付かず、にやにやと壺振り女の腰つきを眺めるだけだ。

ふらりと腰に伸ばそうとした手を、用心棒に叩き落とされ、情けない悲鳴を上げている。

どうやら、単に女好きの博打打ちであったらしい。

玲琳はそう結論して彼から視線を剥がし、代わりに、賭博の流れを改めてじっくりと観察した。

客が席に着く。胴元から進め方の説明がある。大抵このとき、壺振り女が客に酒を振る舞う。

客はべつに、飲んでも飲まなくても咎《とが》められない。二度目の今回は、玲琳も味見してみたが、理解力を鈍らせる薬などは入っておらず、きりりと冷えた美味い酒だった。

胴元も同じものを飲んでいるところを見るに、やはり有害なものではない。

客が酒で上機嫌になったところで、壺振り女は恭しく、篝火近くの台に置かれている賽子を取り上げ、「いざやいざ、『三界楽』の運試し！」と叫びながら壺皿に入れる。

身をくねらせながら壺皿を振り、勢いよく台に伏せる。

胴元が目を尋ねる。客が答える。女が壺皿を持ち上げる。客は己の勝敗を知る――。

（壺に仕掛けが？　ですが、先ほど見た中には、怒った客が壺を割って、湯飲みで代用していた卓もありましたね）

となれば、やはり壺ではないのだ。

と、視線を感じて振り返ると、少し離れた卓に着いていた尭明と目が合う。

彼も玲琳同様、いかさまの仕組みを掴めずにいるようで、わずかな動きで首を振ってみせた。

意外に、隙がない。

「はい出た！　半！　お嬢ちゃん、ついてるねえ！　まだ二回目だろ？　なのに、もう銀子が二倍になった。あんた、才能があるんだよ。ほら、この銀子、全部あんたのもんだよ」

だが、今また、玲琳が賭けた通りの目が出たところを見るに、絶対になんらかの仕掛けがなされているはずなのだ。

「おいおい、嬢ちゃん。俺の大事な銀子を奪ったってのに、ずいぶんしらけた態度じゃねえか」

「え……っ」

考え込んでいたばかりに、反応が遅れた玲琳に、くだんの男性客――丹が不審げな顔になる。

焦った玲琳は、ばっとその場に立ち上がり、急いで銀子を掻き集めた。金銀財宝を見慣れている雛《ひ》女《め》ならともかく、市井の人間が、銀子に興奮しないのはおかしい。

「お……おお！　銀子ですね、銀子！　嬉しいなあ銀子！　三度頂くお食事より大好きな銀子！」

だが悲しいかな、もともと金銭欲にとぼしい玲琳は、貨幣を前にしたときに人々が浮かべる、舌なめずりするような表情を再現できない。

「い、いえーい！」

仕方なく、銀子を握った両手を突き上げ、その場でくるくる回ってみることにした。

黄家の人間は、愛くるしい生き物を見つけると、しばしばこうした行為に出る。賭博客が金を好きで好きで仕方ないというなら、ひとまずそれに倣《なら》っておけば、問題ないだろう。

「おお、なんと愛おしいのか銀子！　撫で回したいですね銀子！　頬ずりして、名を呼んで、毎日優しい言葉をたくさんかけて、一緒のお布団で眠りたーい！　銀子！」

「そこまで好きかよ」

胴元はなんとも言えない顔で顎を引き、丹も、微妙な笑みを浮かべている。

ともあれ、無事にごまかせたようだと判断した玲琳は、せっかくなので、くるくる回っている間に、賭博場全体を見渡した。

煌々《こうこう》と焚かれた篝火。どの卓にもきっちりと配置された用心棒と壺振り女。

高台の舞台で披露される舞。金色の賽子。振る舞われる酒。

どこかにきっと、いかさまの種がある。

（賽子の面を削ったわけではない。特定の目が出続けるわけでもない。けれど、賭博場側の思うがままの目が出る。いったい、どうやって？）

先ほどから胴元は、しきりに目を誘導してくる。その彼は時折、舞い女たちのほうを見ている。

舞台は賭博場の中で最も高い場所にあるし、賭け金の高い卓は、篝火で煌々と照らされているので、目のよい舞い女なら、壺振り女が投げる前に、賽子の目を「読む」ことができるかもしれない。

そうして、舞い女たちが密かに、胴元へと目を伝えているのかもしれない。

だがそれにしたって、なぜ狙った目を出せるのかが不思議だ。

面積に細工がないというなら、重さでも変えているのだろうか。

（たとえば、投げる直前に、狙った目とは反対側の面に米粒などを押しつけて、重くするとか……）

再び席に着きながら、玲琳は軽く首を振った。

（いえ、こんな金ぴかの賽子に米粒が付いていたら、すぐ気付きますよね。台で食事は出ませんし）

食事を取れるのは控え席だけ。賭博台で出されるのは酒だけだ。

だめだ。望んだ面だけを重くする方法など、思いつかない。

「なあ、姉ちゃん。こうきんきんに冷えた酒ばかり飲まされたんじゃ、腹が冷えて仕方ねえや」

とそのとき、向かいに掛けた丹が、傾けられようとしていた酒器をぐいと押しのけ、壺振り女へと訴えた。

「寒い冬だぜ？　熱燗はねえのかよ。さっき食った豚肉揚げの脂が、これじゃ胃の腑で固まっちまう。俺はあったかぁい酒が飲みてえなあ」

甘えるように語尾を伸ばすと、壺振り女の手を握る。

「うわ、冷てえ手だ。冷や酒ばっか注いでるからだろうが。そうだ、俺が温めてやろうか？」

「やめてよ！」

女は焦った様子で手を振り払うと、隙を封じるように酒瓶を握り直した。

「お客さんよお、冷えた酒を振る舞うのは、少しでも頭が冴えるようにっていう、店側の配慮だぜ。そいつに文句付けるのはいただけねえ。だいたい賭博場《ここ》は、蒸し暑いくらいだろうが」

客側のちょっかいを不快に思ったらしい用心棒が、地を這うような声で凄む。

丹は恐れをなしたか、すぐに「失礼」と顎を引き、用心棒のご機嫌を取るように付け足した。

「たしかに、こうあちこちに火が焚かれてるんじゃ、暖を取る必要なんてねえな」

「わかりゃ、結構。女の手を握りてえんなら、そこのそばかす女の手でも握ってな」

「ええ？　ひでえな、俺にだって好みはあるのに」

丹がぶつぶつ言いながら引っ込むと、用心棒は鼻で笑い、再び、元の仁王立ちの姿勢に戻る。

一連の会話を見守っていた玲琳は、まじまじと壺振り女の手元を見つめ、それから、篝火と賽子の位置、そして、酌女たちが次々と卓に運び込む酒を、順繰りに確認した。

（そういう、ことですか……！）

ばらばらに溜め込んでいた情報が、すっと一本の糸に繋がれるのを感じる。

きっかけを与えてくれた丹に、思わず感謝の視線を向けていると、それに気付いた彼が、にやりとこちらを振り向いた。

「なんだ、嬢ちゃん？　期待してんのか？　まあ、顔は十人並みだが、胸は許容範囲内だな」

「まあ」

腕を伸ばしてきた男に、にこりと微笑み、人差し指だけを掴んで勢いよく反対側に折り曲げる。

朱　慧月《しんゆう》を侮辱する人間は万死に値するという、ごく素朴な信念に従ったからだ。

「痛え！」

「折れませんでしたね」

残念な気持ちで呟いてから、玲琳は素早く立ち上がった。

「おい、嬢ちゃん！　せっかく勝ったのに、次を賭けねえのか？」

「ええ。一度休憩です」

引き留めにかかる胴元を軽くあしらい、賭博台の間をすり抜ける。

賽子のいかさまの仕組みは、おおよそ見当が付いた。後は実例の観察を重ねたかったのだ。

幸いなことに、賭博台を五つ通り過ぎる頃には、仮説は正しかったと確信が持てた。

（賽子は、振られる前、必ず篝火の近くに置かれている。そして壺振り女さんたちは、皆、賽子を振る前に、手を冷酒瓶で冷やしている）

気分が高揚するのに任せ、玲琳は弾んだ足取りで、壁側に控える莉莉たちの席へと引き返した。

4. 冬雪と景行

通された二階の室《へや》は、こぢんまりとはしているものの、きちんと風が通され、調度品の類いも上質で、清潔感があった。

よく掃除された寝台に、丸めた枕と鬘《かつら》を置き、自らが着ていた豪奢《ごうしゃ》な朱色の外衣を掛け、さらに上から布団を被せる。

まるで、姫君が横たわっているかのような状態を作り上げると、女——黄麒宮《こうきぐう》筆頭女官・冬雪《とうせつ》は、ふうと一つ息を吐いた。

折しも外では、午《うま》の初刻《しょこく》を告げる鐘が鳴ったところ。腹の減ってくる頃合だ。

「やれやれ、雛女《ひめ》の衣装などというのは、重くて肩が凝る。なんと災難な役回りだ」

ぼやきながら、彼女は外衣の下に押し込んでいた藤黄色《とうおういろ》の袂《たもと》を整える。

装飾の少ないその衣は、黄麒宮の上級女官がまとう女官服だ。装飾は少ないが、限られた者にしか許されない、この美しい色に、冬雪は誇りを持っていた。

薄手であっても、北領を治める玄家《げんけ》の血も引く彼女には、まったく応えない。

「そうか？　よく似合っていたのに。おまえが朱色の衣を着て、髪を下ろすなど珍しいではないか。

もう少し、そのままにしておけばよいのに」

と、髪を結いはじめた冬雪に、声を掛ける者がある。

手際よく窓に御簾《みす》を下ろしていた彼こそ、黄家長男・景行《けいこう》であった。

彼は、いつものように額に巻いた鉢巻きはそのままに、被っていた旅笠をぽいと隅に投げ捨てる。

手近な椅子を引き寄せると、どかりと腰を下ろし、背もたれに肘まで乗せて寛《くつろ》ぎはじめた。

「よい旅籠《はたご》だ。主人は真面目そうだし、下の酒房の飯も美味そうだった。北市も近い。あー、新鮮な魚を買ってきて、ここで捌《さば》いてもらったら最高だろうな。なあ、冬雪？」

「お言葉ですが、景行様。我らは物見遊山に来ているわけではないのですよ。美食を堪能してどうするのです」

気さくに話しかけられても、冬雪はぴしゃりと返す。

「我らの役目は、万一に備え、『朱《しゅ》 慧月《けいげつ》』がここで休んでいると周囲に思わせることです」

片方の眉を吊り上げて言い放つと同時に、つい溜め息が漏れる。

彼女は、今日に至るまでのことを改めて思い返していた。

敬愛する主人・黄 玲琳《れいりん》と、皇太子・尭明《ぎょうめい》が、「道術露見回避のため、町に下りて入れ替わりを解消したい」と告げてきたのは二日前。

雛女が城下に、という点を危ぶみはしたものの、冬雪はそれに同意した。

主人の命を女官が退けられるはずもないし、たしかに、非常時を想定した行動を訓練しておくべきだと思ったたからだ。

大人数で移動しては怪しまれるので、少人数に分かれて城下で落ち合う。これはいい。

「朱 慧月」の体に入った玲琳は、莉莉《リーリー》とともに女官に身をやつして酒房に向かう。主人の護身術の練度は理解しているため、これもいい。

「黄 玲琳」の体に入った慧月は、黄家の男である景彰《けいしょう》を伴い、馬車で黄家祠堂《しどう》に詣でる振りをする。本当に黄家に寄るなら、弁の立つ景彰にいてもらったほうがよいと思うので、これもいい。

「朱 慧月」はそのとき別方向に移動していたと周囲に印象づけるため、彼女に扮した女官を馬車に乗せ、適当に城下を周遊してから戻る。問題はここだ。

なぜ自分が、「朱 慧月」なんかに扮さなくてはならないのか。

（いや、事情を知る女たちのうち、「朱 慧月」に体格が似ているのは、わたくししかいないとは、理解している）

入れ替わった状態の玲琳が「朱 慧月」として別方向に移動してしまったら、入れ替わりが解消できないし、小柄で赤毛の莉莉では、「朱 慧月」を演じるのは難しい。

（だが、なぜ景行様まで一緒なのだ）

不満はそこに尽きた。

冬雪はいつもの女官風へと髪形を整えながら、座る景行をちらりと見やる。

精悍な体つきに、男らしく整った顔。雅やかさには欠けるが、気さくではっきりとした性格が清々しく、王都で一、二の人気を争う武官と評判だ。

彼と半日、秘密を共有し、行動を共にするとなれば、多くの女官は胸を弾ませるだろうが――。

「真面目だなぁ、おまえは。玲琳なら、大はしゃぎで魚を捌きたがると思うが。ふふん、魚の捌き方は俺が仕込んだのだ」

「ああ、三枚下ろしが二枚半下ろしになってしまう、あの大味な捌き方ですか」

上機嫌に告げる黄 景行に、冬雪は冷ややかな笑みを浮かべて応じた。

「わたくしが修正しておきました。玲琳様に、誤った知識を持たれては困るので」

そう。

冬雪は、至高の主人である黄 玲琳に、「誤った」教育を施そうとするこの男が、邪魔で邪魔で仕方がなかったのである。

雛女付きとなって、早一年半。

天女のように麗しく、金細工のように繊細な佇《たたず》まいをしながらも、その実大の男を圧倒するほどの気骨を持ち合わせる黄 玲琳は、変わらず冬雪の理想である。

水のように清らかで、大地のように堅牢。

対極の美を同時に成立させる主人を見るにつけ、冬雪は奇跡を思わずにはいられない。必ずやこの女性にふさわしい、至高の地位を掴み取らせねばと使命感がうずいた。

だが――これは付き合いを深めてみねばわからぬことなのだが――黄 玲琳にはときどき、馬鹿馬鹿しく、泥臭い行為に憧れる一面があるのだ。

具体的には、野宿をしたがったり、雷の日に屋根に上って叫んでみたがったり、というのがそれである。もっとも、体調的な事情で、実現することはなかったが。

まるで、思春期前の男児がやるかのような、豪快で危険な遊び。

冬雪が思うに、主人がそうした幼稚な行為に憧れるのは、ひとえに乱暴者の長兄の影響だ。

彼がしきりと「自ら獲った猪を煮た鍋は最高でなあ！」だとか、「大嵐の中で袖をはためかせながら叫ぶのは、格別な爽快感だぞ、わはは！」だとか言うものだから、素直な末姫は「まあ」と目を輝かせてしまうのである。「なんと豪胆なことでしょう。根性ですね」と。

だが、冬雪からすれば、そんなものは根性ではない。

単に阿呆で無計画で力任せの危険行為だ。

玲琳にはぜひ、偉大なる黄絹秀《けんしゅう》のように、揺るぎない貫禄を備えた皇后になってほしい。

そのために、ぜひ根性や迫力を身に付けてほしいと願ってはいるが、べつに、それは彼女に汗臭くなってほしいというわけではなかった。

たとえば刺客に襲われても、ふっと低い声で笑いながら手刀で沈めてほしいのであって、「気合いだーっ！」と叫びながら頭突きしてほしいわけではないのだ。

慧月あたりが聞いたら、「どっちも同じくらい常軌を逸していて、差がわからないわよ！」と叫ぶだろうが、冬雪からすれば、これは重大な教育方針の違いだった。美学の違いだ。

そんなわけで、なにかと主人に脳筋な価値観を植え込もうとする景行のことが、冬雪は煩わしくて仕方がない。

景行も景行で、せっかく素直に自分の教えを吸収していた妹が、口うるさい女官によって考えを変えてしまうのが癪《しゃく》なようで、会えばなにかと優位を見せつけてこようとする。

二人は、知る人ぞ知る、犬猿の仲なのであった。

「おい、誤った知識とは何事だ。研がれた包丁ではなく、野営中に短刀で捌くことを想定すると、あした捌き方になるんだ。俺はおまえの一歩先を行っているのだ、わかっているか？」

（は、熊が人語を話している）

背後で景行が喚くのを、冬雪はすいっと首を傾げて聞き流す。

幼少期を玄領で過ごした冬雪は、暑苦しい話し方というのにいつまでも慣れない。

（こんなことなら、鷲官長《しゅうかんちょう》様をもっときちんと引き留めておくべきだった。相槌役くらいにはなっただろうに）

それから再度溜め息を吐いた。

本当なら、この道中にはもう一人、鷲官長・辰宇《しんう》がともにいるはずだった。

というか、いたのだ。ついさっき、旅籠の前で別れてしまうまでは。

「検問に引っかかることなく宮門を出る。そのための生きた印籠が俺の役目だ。役目は終えたから、俺はこれで失礼する」

馬車に連れ立って馬を走らせていた彼は、そう言ってあっさり、馬首を返してしまった。

せっかく町に下りてきたから、買い物でも楽しみたい、と付け足していたが、冬雪が思うにそれは嘘だ。だって、あの淡々とした青い瞳には、買い物を前にした楽しそうな色など、かけらも滲《にじ》みはしていなかったから。

おおかた、いつまで続くともしれぬ、景行の暑苦しい話にうんざりして、場を去ったのだろう。

それか単純に、この空間には、彼の興味を引くものがなかったのだ。

(存外、あの方もわかりやすい性格をしている)

冬雪は複雑な気持ちで唇を歪めた。

皇帝の血を引く男にして、異国の奴隷の子。冷酷非道な、後宮の処刑人。

すべてを突き放すような目をして、淡々と日々を過ごしていた彼が、最近になって、本人も無意識に追いかけているものがあるのを、知っている。

しきりと気にかけ、行動を把握し、言葉を交わすと高頻度で、口元を綻《ほころ》ばせてしまう存在があるのを。

(……厄介ごとの、種にはならないだろうか)

誰からも愛されてしまう主人は、冬雪の自慢だ。

だが思わぬ方向から捧げられる情愛は、時として、禍《わざわい》をもたらしてしまう。

あの男の心はまるで、緊張を湛《たた》えた水面のよう。

ぽとり、ぽとりと滴を集めるようにして溜まった、玄家特有の執着心が、なにかをきっかけに堰《せき》を切ってしまわないか――冬雪にはそれが恐ろしかった。

「おい、どうした、さっきから黙り込んで。腹でも下したか?」

無言で考え込んでしまっていた冬雪に、景行が首を傾げて問うてくる。

気遣いではあるのだろうが、最後の一文が余計だ。

(こういうところだ)

冬雪はつい仏頂面になる。

「いえ、雛女様の頭上に、妙な暗雲が立ちこめやしないかと、ふと心配になっただけです」

どうせこの大ざっぱな男には、心の機微などわからないだろうと考え、適当にあしらった。

「ほほー。ま、大丈夫だろ。そういうときは、雲をこちらに抱き込めばよいのだ。気合いだ気合い」

案の定、椅子にだらりと背を預けた男からは、ちっとも役に立たない相槌が寄越される。

いらっとした冬雪は、つい男を睨みつけてしまった。

「どうやって雲を従えるというのです。現実的でない根性論を、雛女様に吹き込むのはおやめいただけますか」

否応なしに口調が尖ってゆく。

そもそも冬雪は、むさ苦しくて暑苦しい、男という生き物全般が好きではないのだ。

やつらときたら、図体ばかり大きくて、乱暴者で短絡的で、女と見るや時期を問わず欲情する。その見境のなさときたら、発情期を春に限定している犬猫を見習えと言いたくなるほどだ。

獣以下の知性の持ち主でしかないくせに、家でも政《まつりごと》の場でも大きな顔をして、自らは暴力を賛美するくせに、女には従順さと、か弱さを求める。

その身勝手な二枚舌ぶりが、冬雪の最も受け入れがたいところだった。

たとえば、これまで冬雪に求婚してきた男たちは、玄家筋とあって皆、武技を誇り、「魅力とはすなわち強さだ」と言って憚《はばか》らなかったが、いざ冬雪が彼らを上回る技量を見せると、「乱暴な女性はちょっと」などと嘯《うそぶ》き退散したものだ。

そんな彼らを見るたび、冬雪は喝破したくなる。

ふざけるな。己には粗暴な振る舞いを「力強い」として許しておきながら、女にはそれを禁じる、その道理はなんだ。

自分は獣じみた知性しか持たないくせに、相手に自律や繊細さを求めるな。

そんな怒りが根底にあるからこそ、豪放な黄 景行を見ると、つい苛立ちが募る。

男というのはいいご身分だ。泥まみれになってがははと笑い、それですべてが済まされて。

だが女はそうもいかぬのだ。その苦労も知らぬのに、勝手に己の、暑苦しくてむさ苦しい、男でしか許容されない価値観を植え付けようとしてくれるな——と。

(どうせ景行様も、いざ女が雄叫びを上げだしたら、困惑するくせにな)

冬雪には確信があった。

顔を引き攣《ひ》《つ》らせて退散していった、数多の求婚者が、その証拠だ。

だから冬雪は、玲琳に猛々しくならない方向性の教育を施す。身勝手な、腹立たしい男の理屈めと思いながらも、彼女がそんな男たちに愛され、優位に立てるように。

「だいたい、雛女となった以上、玲琳様の教育は後宮の者に一任されております。景行様は単なるお兄君であり、師匠ではない。余計な手出しは控えていただけますか」

冬雪が剣呑な口調で踏み込むと、景行は「なにを言う！」と椅子から身を起こした。

「師匠となるのに最も重要な要素は、肩書きではなく、弟子との相性だ。その点、俺と玲琳の気質はそっくり。完全に通じ合っていると言っていい。すなわち、俺は彼女の生涯にわたる師匠だ」

「なにをもって通じ合っていると？　玲琳様とあなた様のような猪脳筋では、天と地ほどの――」

「冬雪。おお、冬雪よ。聞くがおまえは、これまで玲琳からいくつ、香袋をもらった？」

いよいよ苛立ちを募らせ、言い返していると、景行は大げさに両手を広げながらそれを遮る。

「あの子は、気に入った相手に、感謝を込めて香袋を縫う癖があるのだ。彼女の師匠を自認するなら、当然おまえももらったことがあるはず。言え。いくつだ？」

「……三つ、ですが」

あからさまな優越感を滲ませる相手に、警戒心を抱きつつ、冬雪は答える。

途端に、景行は「ははは！　三つ？」と誇らしげに顎を上げ、指を突き付けてきた。

「俺はこれまでに十もらった。まさに桁違い。これこそ、俺と妹が通じ合っている証だ！」

鼻の穴を膨らませる景行。だが、彼はすぐに眉を寄せる羽目になった。

残酷な現実を突き付けられて意気消沈するはずの女官が、ふ……と静かに肩を揺らしたからだ。

「おやおや。お可哀想に、お気づきになりませんか」

「なに？」

「あなた様は玲琳様と、十五年近くもの年月を共に過ごしてきた。玲琳様が五歳で刺繍《ししゅう》を始めたとしても、香袋贈答可能な状態の玲琳様と、十年共にいたわけです。引き換え、わたくしが玲琳様にお仕えしはじめたのは、せいぜい一年半前のこと」

日頃表情に乏しいはずの女官の顔には、今、満面の笑みが浮かんでいた。

ただしそれは、世に言う「嘲笑」であったが。

「つまり、愛情の単位を一香袋とすると、十年に対して十もらった景行様は、年あたり、しょせん一香袋。一年半で三もらったわたくしは、年あたり二香袋。二倍です。密度が違うのです、密度が！」

「奇妙な単位を作るな！」

景行は声を荒らげたが、そもそも比較指標に香袋を持ち出したのは彼である。

「まったく、ああ言えばこう言う！　俺は出かけるぞ！」

口では敵わないと踏んだのか、ふんと鼻を鳴らし、そのまま室《へや》を出て行こうとした。

「そんな、景行様。まがりなりにも護衛である我々が、この場を離れようなど」

「護衛とて飯くらいは食うだろう。もともと俺は、鷲官長殿も交えて三人で、下の酒房で飯でも、と楽しみにしていたのだ。だが、一人は途中で離脱するわ、一人はずっと突っかかってくるわ。一人で食いに行くしかなかろうが」

「……そこまでお見送りいたします」

拗《す》ねた口調で言われては、さすがの冬雪もばつが悪くなる。

たしかに、ここ最近の景行への態度は行き過ぎていたかもしれない。

一女官が、黄家令息にここまで無礼な口をきくべきではないし、だいたい、彼の苛立たしいほどの脳筋ぶりは、今に始まったことでもないというのに。

「もともと、愛想が悪い性質なのです。不快な思いをさせてしまったなら、大変申し訳ございませんでした。この室《へや》の安全はわたくしが守りますゆえ、どうぞごゆっくりと」

冬雪が退いたことで、景行はすぐに機嫌を直したらしい。

笠を差し出されると、「悪いな」と受け取る。冬雪がさっと身なりを整えるのを待ってから、彼女と連れだって、にこやかに階段を降りはじめた。

「ま、すぐに戻るさ。実は本当の目的は、飯ではなく、武具店にあるのだ」

「……武具店?」

だが、そのとき、すっと冬雪の目が細まったことに、景行は気付かない。

「ああ。北市の片隅に、知る人ぞ知る、『鋭月堂《えいげつどう》』という武具の名店があるのだ。店主はちと偏屈なんだが、武道を愛していてなあ。卸す刀は月にたったの十本、しかも、店主の前で相応の武技を披露した相手にしか売らんのだ」

話を聞けば聞くほど、冬雪の顔からどんどん表情が消えてゆく。

「最近じゃ、刀を求める者が増えてきたとかで、武技を披露するのさえ抽選になってしまった。申し込んでおいて、この木簡が返送された約二十名が、まずは一次関門突破というわけだ」

景行が誇らしげに袂から木簡を取り出すと、冬雪は無意識に己の懐を押さえた。

「……さようでございますか」

武を愛する玄家筋の女。

装身具よりも武具を熱心に買い集めている冬雪の懐に、まったく同じ、「鋭月堂」の紋つき木簡が収まっていることを、景行はまだ知らない。

「景行様」

そのまままっすぐ酒房を通り抜け、外に出ようとする景行の背に、冬雪は咄嗟《とっさ》に呼びかけた。

相変わらず感情を窺わせない顔の、その内側では、めまぐるしい速度で思考が渦巻いていた。

護衛が二人とも室《へや》を離れるなど、あってはならない。

たとえ中身が人形だとしても、いいや、だからこそ、警備が手薄になってしまうのは不自然だし無防備だ。となれば、外出は一人ずつが望ましい。

それぞれ四半刻ほど席を外すくらいなら、許されるだろうし、違和感もなかろう。

問題は、どちらが先に、ということだ。

(景行様はかなりの手練《てだれ》。武技を披露すれば間違いなく、刀の購入を許されるだろう)

ということは、景行を先に行かせてしまうと、枠がひとつ、確実に減る。

今月、「鋭月堂」が卸すのは、女性にも握りやすそうな短刀で、玲琳にぜひとも贈りたいと、冬雪が前々から狙っていたものだった。

(絶対に欲しい)

武技で店主の眼鏡に適う自信はある。

景行にだって、自分の後でさえあれば、ゆっくり買い物を楽しんでもらって構わない。

だが絶対に、自分よりこの男を先に、店に向かわせるわけにはいかない。冬雪はそう考えた。

考えて、即、打つ手を決めた。

(よし。景行様を、酒で潰そう)

頼んでも聞かないだろうし――むしろ一層意固地になる恐れすらある――、取っ組み合いになれば力では敵わない。

ならば、一番手近な毒、すなわち酒で潰すしかないではないか。

なに、四半刻ほど気持ちよくなってもらえば、それでよい。

主人の兄に酌をするというのは、礼儀を弁《わきま》えた女官として至極当然のことである。

理論武装を済ませた冬雪は、振り返った景行に、神妙な表情で話しかけた。

「先ほどの無礼な発言、猛省しております。やはり、酒房でお昼をご一緒させていただけませんか。お詫《わ》びに、酌がしとうございます」

「なんだと？」

目を瞬かせたのは景行だ。

この、社交性の存在が疑問視される女官から、まさかこれほど温かで良識的な誘いを受けるとは思わなかった。

もちろん、誘いに乗るのにやぶさかではない。

彼は大人数で食事をするのが好きだし、これでこの女官のことを気に入っていたからだ。

黄 景行の人の好みは、刺身の好みと一緒。

つまり、活きがよくて歯ごたえのある人間が好きだ。

だというのに、王都の人間、特に女などというのは、誰も彼も、しなしなくねくねとしていて、景行はそこが本当に頂けない。

こちらは素朴な感想を述べただけだというのに、やれ嫌味を言われたと泣き出すし、親愛を込めて軽く肩を叩いただけで、打ち据えられたと怯え出す。

正直なところ、妹以外の女性には、一対一でどう接していいのかわからない。

弟の景彰などは、「兄上、それじゃ剛力で人間を潰してしまうと怯える怪物だよ」と言って笑うが、実際そのようなものだ。

本来、気に入った相手のことは、それが男であれ女であれ、頬ずりして、ぐしゃぐしゃと撫で回し、力いっぱい抱きしめてぐるぐる回りたいのが景行だ。

会話の応酬も、触れ合いも、直截的《ちょくせつてき》なほうが楽しいに決まっている。

だというのに、ちょっと接近しただけで、相手を怯えさせてしまうなど。

その点、冬雪はとっつきにくさはあるものの、なまなかなことでは泣き出さない動じなさがあって、頼もしかった。

好き嫌いがはっきりしていて、大切な者を守るためなら戦闘も辞さない過激さも好ましい。

もっとも彼女とて、こちらが本気を出せば、怯えて萎縮してしまうのだろうが。

妹の玲琳ほど、景行の放つ威圧に耐性のある者はいないので、冬雪は十分稀有な存在と言えた。

「おまえからそんな殊勝な言葉が聞けるとはな。ははっ、もちろんだ、共に食おう！」

ご機嫌になって、景行はつい部下にするのと同様に、冬雪の肩をばしんと叩く。

「…………っ」

「おっと、すまん、強すぎた。好きな物をなんでも奢ってやるからな――」

と、打撃でよろめいた冬雪が、咄嗟に押さえた胸元から、かさっと何かが擦《こす》れるような音が聞こえ、景行はふと笑みを引っ込めた。

(今)

衿元から飛び出した、四角いなにか。

慌てて冬雪が衿に押し込んだ木片には、見慣れた焼き印が押されていなかったか。

景行の木簡に刻まれているのと同じ、「鋭月堂」の家紋が。

(……ほほー?)

景行は力任せな性格をしているが、けっして愚鈍なわけではない。

むしろ、獣じみた勘を持つと評判の男である。

論理的思考を追い抜き、彼は一足飛びに、冬雪の陰謀を悟った。

つまり、冬雪が突然昼食を共にしようなどと言い出したのは、親交を深めるためなどではない。

単に、酒で潰すなり大量の食事を押し付けるなりして、こちらを足止めするためだったわけだ。

(なるほどなるほど?)

なぜだろうか。

つい先ほどまで冬雪に感心していた、その落差からなのか、実に不快な気分だ。

「……身持ちが堅いと評判のおまえから誘われるなんて、光栄だなぁ」

景行は白々とした笑みを浮かべる。

冬雪もまた、強ばった口の端を一生懸命持ち上げて、渾身の愛想笑いで応じた。

「わたくしも、皆の憧れである景行様と、こうしてお昼を共にできるなんて、身に余る光栄でございます」

この局面にあっても、「わたくしの憧れの」ではなく「皆の憧れの」としか言わない正直さに、感服すべきか、むっとすべきか。

「あー、楽しみで仕方がないなぁ」

「わたくしもでございます」

にこっと笑みを交わし、階段を降りることしばし。

一階の酒房の入り口が見えてくると、二人はすっと真顔になって、異様な早足で扉を目指しはじめた。

(この脳筋男を)

(この無情緒女を)

絶対、潰す。


さて、少し時を遡り、一階の酒房——その片隅にある食料庫でのことである。

二階の室《へや》に客を通した旅籠の老主人は、気前よく弾まれた駄賃を、ありがたく礼を捧げてから甕《かめ》にしまい込んでいた。

売上げとはべつの駄賃は、こうしてへそくりにして、祝い事があるときに使用人たちに弾んでやるのだ。

旅籠「吉祥客桟《きっしょうきゃくさん》」は、美味い食事と良心的な経営者で評判の店であった。

（さすがは黄家のお方じゃ。大らかでいらっしゃる）

入り口に寄せられたのは、紋の付いていない質素な馬車。

聞くところによれば、中にはなんと朱家の雛女が乗っていて、後見妃がいない彼女のために、友人である黄家の雛女が、誕辰祭《たんしんさい》の散策を楽しむための移動手段を融通してやったらしい。

彼女は馬車だけでなく、護衛として、兄である武官や腹心の女官までつけてやったそうだ。

黄 玲琳は慈愛深い、という噂は聞いていたが、まこと、友人思いの雛女のようである。

ところがこの朱 慧月、せっかく馬車で市を見物しに来たはよいが、車酔いを起こしてしまった。

そこで、急遽町歩きを中断し、旅籠の一室で休憩したいとのことだ。外出など滅多にできないだろうに、不運なことである。

昼の間、酒房の営業にかかりきりになるぶん、旅籠のほうはほったらかしだ。

数刻休むだけなら、お代はいらぬと申し出たのだが、武官だという男はにかっと笑って、「突然のことだし、取っておいてくれ」と、相場の倍近い額を払ってくれた。さすがは貴族である。

では貴族らしく、あれこれ要求を付けてくるのかと思えば、望んだのは「雛女をそっと休ませてくれ」ということだけ。

荷物も自分で運び、下人をつける必要もないという。

ちょうど酒房が忙しくなりはじめた時分だったので、正直なところ助かった。

よく見なかったが、「女官も一緒に上がる」と言っていたから、あとで三人分の茶くらい届けたほうがよいかもしれない。

庶民的な旅籠である「吉祥客桟」が、高貴な客人を迎えることは滅多にないので、誇らしくもあるが、緊張もしている。とにかく、粗相がないようにしなくてはならない。

「旦那様！　大変でございます。また、西南のやつらが」

とそこに、客席のほうから給仕係が息を切らせて飛び込んでくる。

報せを聞いた途端、主人は大きく顔を顰《しか》めた。

「またか」

西南のお方、と彼らが呼ぶのは、この王都の西南地域に居を構える者たち――言ってしまえば歓楽街で働く人間たちのことだ。夜のお方、とも、月のお方、とも言う。

もともと、商売女や博打屋、客を標的にした借金取りなど、後ろ暗い商売人を指す言葉ではあったが、ここ最近の「吉祥客桟」にとっては、より厳密で、より悪い意味を持つ。

すなわち、悪名高い賭場「三界楽《さんかいらく》」の用心棒たち、という意味である。

「三界楽」は警備に相当金をかけているらしく、彼らの雇う用心棒は皆腕っ節が強いと評判だ。苦言を呈する者は、ことごとく痛めつけられてしまうため、いつしか皆、「三界楽」からは顔を背け、口を噤《つぐ》むようになったのだった。

西南で大人しくしてくれていたらまだよいのに、最近の用心棒たちは、歓楽街の飯に飽きたのか、こうして北市の近くにまで足を延ばしてくる。

なんの因果か、「吉祥客桟」の料理は彼らに気に入られてしまったらしく、こうして連日のように、酒房を荒らされるようになったのだった。

「おぉい、酒！　酒持ってこいやぁ！　あと飯！」

柄の悪い男たちに気に入られて、よいことなどひとつもない。

彼らは料理を食べ散らかし、酒を飲んでは吐き、給仕係の衣に手を突っ込む。ほかの客に向かってだみ声で罵倒を飛ばし、機嫌が悪ければ剣を振り回すのだ。

つけ払いを望む客には、木簡に額を記し、年末に支払いが済めばそれを折って捨てる決まりだが、彼らには先日、その木簡を切り捨てられたばかりだった。

つまり無銭飲食である。

「この時間までには炒めとけって言っただろうが！　のろまな料理人をぶち殺してやろうか？」

だが、彼らを刺激すれば、害はこちらに及ぶ。用心棒どもは脅しだけで済ませる人種ではなく、彼らが殴ると言えば殴るし、殺すと言えば本当に殺すのだ。

先日殴られた腹の痛みを思い出しながら、老主人は慌てて客席へと飛び出していった。

「も、申し訳ございません！　すぐにご用意いたしますので、ひとまず酒でも」

用心棒たちは、厨房にまで押しかけようとしていたので、甕いっぱいに注いだ酒を持ち、彼らに押し付ける。

背後に庇《かば》った給仕係に顎をしゃくり、「早くこの場から逃げろ」と促した。

若い娘が身を暴かれでもしたら、彼女の親に申し訳が立たない。

「おう、多少はわかってんじゃねえか。だが、まさかひと甕だけとは言わねえよなぁ？」

「は、はい……。すぐに、もうひと甕」

「足りねえよ！　あと三つは持ってこい！　今すぐだ！」

筋骨隆々たる、無精髭の男たちが三人。

小柄な老主人では太刀打ちできるはずもない。

「あと、飯。連日炒め物じゃつまんねえ。西南の酒房じゃ、火鍋もやってんだ。こっちでも出せよ」

「いえ、ですが、材料も専用の鍋も、うちでは」

「つべこべ言うんじゃねえ、じじい！　『三界楽』を敵に回してえのか！」

がんっ、と壁を蹴られ、身が竦《すく》む。

この力であばらでも蹴られたら、きっと死んでしまうだろう。

「い、いえ、滅相も……」

昨年亡くなった妻と、大事に営んできた旅籠だった。幾多の経営難も乗り越えてきた。

こんなことで、店を失うわけにはいかない。お上に助けてもらえなくても、やり返すことはできなくても、なんとか身を丸めて、嵐をやり過ごすのだ。掌に残ったわずかな使用人を、守る。

「鍋のひとつも買えねえのかよ！　そこの扉ひとつ取ったって、上質な一枚板に、真鍮の飾りまで付けてるじゃねえか。相当儲かってんだろ？　俺ぁ、目はいいんだ。ごまかせると思うなよ」

「いえ、あれは、この町の職人たちのご厚意で作っていただいたもので、けっして儲かっているなどということは。お客様からは、先日のお支払いも頂いておりませんし」

「ああ？　ちょっとの飯代くらいでがたがた言うんじゃねえよ。旅籠のほうで儲けりゃいいだろ」

「そういうわけには……」

慎重に応じながら、はっとする。

そうだ、二階には今、高貴な客人がいる。

彼らを巻き込んでしまってはことだ。

折しも午の刻に差し掛かったばかり。ちょうど昼時になるが、まさかこの場にやって来たりはしないだろうか。

もし用心棒──人から取り立てることが大好きな彼らに目を付けられれば、厄介なことになる。

(来ないよう、注意を促さねば)

ああ、だが、世の中というのは、祈りに反したことばかり起きるようにできているのだ。

酒房の扉を隔てた向こう、二階から繋がる木製の階段が、ぎしぎしと軋《きし》みだしたのを聞き取り、主人は思わず天を仰ぎそうになった。

(いかん)

身なりのよい貴族の好青年と、世間知らずであろう女官。

そんな彼らが、荒くれ者の極みである用心棒たちと対峙して、無事であるとは思えない。

慌てて扉のほうへ向かいかけるが、気付いた男の一人に胸ぐらを掴まれる。

「おい、聞いてんのかよ、じじい」

「う……っ」

思いきり衿を引き絞られた後、突然手を離され、店主は尻餅をついた。

これからこの身に降りかかるだろう暴力の気配に、全身が竦んだ。

（くそ……とにかく、彼らを巻き込むわけには——）

殴られてでも忠告を、と、叫び声を上げるべく息を吸い込む。

だがその瞬間、ばん！　と大きく扉が開かれたため、彼は天を恨みそうになった。

ああ、この老体の犠牲だけでは足りないというのか。

客人は、腹を空かせてわくわくと参じてくれたに違いないのに、この柄の悪い男たちに目を付けられてしまうだろう。

手段を選ばぬ卑劣な男どもに、殴られ、蹴られ、散々な目に遭わされるだろう。

同行しているという女官もまた、狙われてしまうかもしれない。そうなれば、「吉祥客桟」は貴族連中をも敵に回すことになる。

だが、

「頼もう！　酒をひと甕、こちらの殿方に！」

「あと、干し豆腐の和え物と青菜の醤油炒め、蒸し春巻きとワンタン、肉団子の蒸し煮と鶏肉の香草炒め、揚げ豚の甘酢あんかけと、海老と春雨のにんにく蒸しも頼む！」

「……は？」

くだんの二人が、外野などなんら視界に入らぬ様子で——据わった目で注文するのを見て、老主人は怪訝な顔つきになった。

気取られた――。

景行が歩調を速めた瞬間、冬雪は、己の企みが相手に悟られてしまったことを理解した。

なるほど、敵は動物じみた勘の持ち主。これまでずっと突っかかっていた自分が、いきなり酌をしたいなどと申し出たら、怪しまれるのも当然だろう。

だが幸いと言うべきか、相手は誘いを受けることにしたようだ。

この流れに乗じ、逆に冬雪のことを潰してやろうという気迫を感じる。

(ふ……、結構)

攻撃を仕掛けた以上、やり返されることは覚悟の上。

相手はあくまで「ともに食事を」という白々しい状況を演じきるつもりのようだから、自分もその意を汲んでやろう。すなわち、あくまで食事行為から逸脱しない範囲で、相手の動きを止める。

手始めに、冬雪は酒を注文した。

自分もさほど強くはないが、黄家の男たちが酒に強いという話もまた聞いたことがない。

とにかく、一刻も早くこの男に酒を飲ませるのだ。

「頼もう！　酒をひと甕、こちらの殿方に！」

「あと、干し豆腐の和え物と青菜の醤油炒め、蒸し春巻きとワンタン、肉団子の蒸し煮と鶏肉の香草炒め、揚げ豚の甘酢あんかけと、海老と春雨のにんにく蒸しも頼む！」

酒房に踏み込むなり叫んだが、すかさず景行に被せられて冬雪は驚いた。

最小限のつまみで済ませると思っていたのに、いったいどれだけの量を頼むつもりなのか。

（旅籠の主人も驚き顔ではないか）

だが、景行がにやりと笑って続けた内容に、冬雪は彼の意図を悟った。

「すべて、このご婦人のもとに並べてくれ。残さず食うから。これは祝いの『空皿《くうべい》』だ」

酒に対する「乾杯」、そして食事に対する「空皿」という文化が、ここ詠国《えいこく》にはある。

すなわち、祝い事の席で振る舞われる料理にはよい気が宿っているので、最初に口を付けた者は、皿が空になるまで料理を食べきらねばならない、というものである。

宴で遠慮する者がないように、という配慮から生まれた食習慣だが、食の細い者には拷問にも等しい文化だ。善意はときに害悪になりうる、という実例のような行為を、景行はこの場で実践しようとしているようだった。

つまり、料理が並ぶまでの間、そしてそれを食べきるまでの間、冬雪はここから動けない。

（させるものか）

冬雪は、立ち尽くしている主人に聞こえるように、

「ご冗談を。いち女官が、武官様より先に食事に手を付けるわけにはまいりません。料理はぜひ、景行様が先にお召し上がりください」

と、しっかり牽制《けんせい》しつつ、自らは攻めに転じた。

「それよりも、お酒を。わたくしがお注ぎしましょう」

愛想よく言って、素早く周囲を見渡す。

その時になってようやく、風体の悪い男の一人が我に返った様子で、

「おい、おまえ！　今は俺たちが――」

　とかなんとか叫びかけたが、彼が酒の甕を持っているのを見て取ると、冬雪は瞬きも許さぬ速さで、甕を奪い取った。

「おお、酒がここに！　注文前から用意しているとは、さすがの気遣いです」

「へっ？　……てめえ！」

　両手を空にした男が、一拍置いて憤怒の形相になったが、今はそんな些事《さじ》を気にしている場合ではない。

「さあ、景行様」

　冬雪は嬉々として、いけ好かない男に向かって酒を注ごうとした。

「おい、突然なんなんだ、このアマ――ぐおっ！」

　背後から、酒を奪われた男が肩を掴んでくるので、さりげなく顔に裏拳を叩き込んで黙らせる。

　会話中の割り込みは御法度。

　女官の長としての鉄拳制裁癖が、つい発動してしまった結果だ。

「いやいや、冬雪」

　だが、そんな冬雪を見守っていた黄　景行は、ただならぬ男。

　彼は、ひょいと肩を竦めたかと思うと、目にも留まらぬ速さで、冬雪から酒の甕を奪い取った。

　のみならず、もう片方の手で冬雪の腕を引く。彼が軽く力を込めると、視界がぐるんと回るような心地がして、気付けば冬雪は手近な卓に着いていていた。

「なっ⁉」

「立ち飲みとは行儀が悪い。席に着かねば。それに、女が酌をする時代はもう終わった。これからの世の中、男が先に、女に酒を注いでやらねば。なあ？」

あまりに技が軽やかで、本人すらなにが起こったのか理解するのに時間がかかったが、今、冬雪は投げ飛ばされたのだ。

（なんという滑らかさ）

力任せに見えるが、骨も折らずに相手の体を回転させるなど、よほど繊細な技術がなければできないことだ。

なまじ武技に優れているだけに、景行の技量の凄まじさを思い、冬雪は気を引き締めた。

これが、黄家嫡男の実力。

「さあ、杯を持て」

景行は、着席した冬雪の片腕を掴んだまま、今度はその先の手に杯を握らせようとしてくる。

冬雪は拳を握ってそれを拒んだが、景行は笑みを浮かべたまま、指を一本ずつ摘《つま》み開いた。

「遠慮するな」

ぐぐ、ぐぐ、と、静かな攻防の後、とうとう膂力《りょりょく》に圧し負け、冬雪が掌を見せる。

「さあ、たんと飲め」

強引に杯を握らせ、そこに向かって柄杓《ひしゃく》を傾けた、その瞬間である。

――ぱんっ！

鋭い破裂音が響いた。

なんと、冬雪が握り締めた杯が、粉々に砕け散ったのである。

「おおっと、割れてしまいました。これでは酒が飲めませぬ」

「そこまでするか⁉」

棒読みで呟く冬雪に、さすがの景行も目を丸くする。

だが、冬雪の予想と異なる点があるとすれば、ついで彼は歴代求婚者のように青ざめるのではなく、ふっと笑ったのだった。

「やべえ、楽しいな」

ぺろりと舌を舐め、低く呟く。

男の目が、輝きはじめていた。

「え？　今、杯が……？」

「なんで片手であんな粉々になるんだ？」

一方、困惑を隠せないのは用心棒たちのほうだった。

自分たちの食事に割り込み、酒を奪い、仲間を殴った無礼者。

そんな身の程知らずは、即座に痛めつけてやるべきであったが、正直なところ、先ほどから彼らの動きが速すぎて、まったく間合いに踏み込めない。

なにが起こっているのかを理解するので精一杯だ。

「こいつら、酌の譲り合いをして……るのか？」

「趣旨としては、たぶん」

だがその直後、事態は、さすがに「譲り合い」などという表現では済まされない展開を見た。

――と……っ！

腕を掴まれたままの冬雪が、立ち上がり、さらに椅子を蹴って跳躍。

相手の肩を支点にくるりと宙返りを決めると、背後から、肘で景行の首を拘束したのである。

「な⁉」

「今、なにが起こったんだ⁉」

「やはり、ここは高貴な方から召し上がらないと」

周囲のざわめきをよそに、冬雪は淡々と告げる。

景行の首に回した右手には、先ほど割り砕いた酒器の破片が握られていた。

それが首に食い込めば、どうなるか。

破片で相手の動きを封じたまま、冬雪は空いた左手で柄杓を奪い、景行の口元に近付けた。

「さあ。わたくしがお酌いたしますゆえ。そのまま大きく口をお開けになって」

「おまえ、俺に凶器を向けたことの重大さを理解しているだろうな？」

「はて。これは凶器などではありませぬ。先ほど不用意に割ってしまった食器の一部を、偶然握り締めているだけでございます」

景行が片方の眉を引き上げて問うても、冬雪はぬけぬけと応じるだけだ。

水は日頃凪《な》いでいても、ひとたび荒ぶってしまえば、なにもかもを押し流さずにはいられない。

無表情のまま、すっかり勝負に夢中になっている女の過激さに、景行は笑みを深めた。

「すまんな、飲む気分ではないのだ！」

そして、笑んだまま、冬雪の腕を掴み直して、背負い投げを決めた。

女だから、と手加減するのでは、この相手には失礼だと気付いたのだ。

そう。彼女相手には、思う存分力を発揮できる。

今、ものすごく、景行は楽しかった。

「くっ」

案の定、凄腕の女官は、目こそ見開いたものの、床の上をしなやかに転がって、完璧な受け身を取る。

——がこっ！

「ぐあっ！」

手を離れて飛んでいった柄杓が、狙い澄ましたかのように、ごろつきの一人——先ほど裏拳を打ち込まれた男——の顔面を強打したが、もはやそんなことを気にしている場合ではなかった。

「お待たせしました、青菜炒めと、揚げ豚の甘酢あんかけをお持ちしました！」

と、これまで厨房で必死に鍋を揺すっていたのだろう、用心棒たちに脅されていた料理人が、なんとかこしらえた炒め物を持って客席へと飛び出してくる。

「ほかの料理もすぐにお出ししますから！　どうか、旦那様やほかのお客様にご無体は」

おやめください、と続けかけた彼の口が、途中であんぐりと開かれた。

なぜなら、暴力的なはずの用心棒三人組の内、一人は顔を押さえて気絶し、残る二人は青ざめて立ち尽くしていたからだ。

代わりに、ごろつきとは対照的な、身なりのよい男女が、身を屈《かが》めながら互いの間合いを測っていた。

「へ……？」

客席に、なんとも言えない沈黙が訪れた。

「ほう。さては景行様は、空腹でしたか。それは、気が利かず申し訳ございません――」

次に静寂を破ったのは、やはり冬雪のほうだ。

彼女は、料理人から、空気がびゅっと鳴る速さで皿を奪うと、躊躇《ためら》いなく、菜箸ごと景行へと投げつけた。

「先に肴を、どうぞ！」

遠心力が効きすぎて、肉汁が飛び散る暇もない。

高速で投擲《とうてき》される皿はまさに凶器。

これが頭蓋に当たれば昏倒《こんとう》間違いなしの威力だ。

この時点で、食事を装って相手を無力化する、という体裁はほぼ完全に消滅していたが、それに気付く冬雪ではない。

彼女もまた、どれだけ本気になっても一向に決着の付かない勝負に、久々に血が騒いでいた。

――ばしっ、ばしっ！

だが景行は、床を蹴り、華麗に皿を受け止める。

回転しながら、皿を迎えるようにして掴んだため、やはり醬油の一滴すら周囲に飛び散ることはなかった。

なお、一拍遅れて飛んできた菜箸も、皿を掴んだままの指二本で受け取っている。

「す、すごい！」

給仕係や料理人が、思わず拍手すると、景行は愛想よく笑い返すことでそれに応じた。

「て、てめえらぁ！　大道芸人かなにかか⁉　調子に乗ってんじゃねえよ！」

「そ、そうだ！　俺らを虚仮《こけ》にするのも大概にしろよ！」

一方、無事な用心棒二人は、次第に我に返ってきたようで、血走った目で剣の柄に手を掛ける。

だが、それに頓着する景行ではない。

皿を手近な卓に置いた彼は、男たちの存在を完全に黙殺し、背後に立つ女官を振り返った。

「なあ、楽しいなあ、冬雪。なぜおまえともっと早く、飯を食いにこなかったのだろう。強い女は最高だな！」

「なん、ですと……⁉」

よほど意表を突かれたのだろう。無愛想なはずの女官殿が、珍しく呆然と口を開ける。

「だが、すまない。不満をひとつだけ。坊ちゃん育ちの俺には、肉が大きすぎるようだ。だから」

景行はすっと目を細め、その口めがけ、摘み上げた豚肉揚げを勢いよく投擲した！

「おまえが先に食え！」

――びゅっ。

風が唸る。

それはまるで、戦場を誇らしげに駆け抜ける鏑矢《かぶらや》。

だがもし、その甘酸っぱい匂いがきゅんと胃をくすぐる、肉汁をたっぷりと閉じ込めた凶器を口に受けてしまったら、無事では済まないだろう。

熱そうだし、喉を打って昏倒しそうだし、最初の一口を食べてしまったら、残りもすべて食べきらないといけない決まりだ。

よって冬雪は、ぎらりと瞳を光らせ、即座に策に打って出た。

すなわち、

「おい、聞いてんのかてめえら！　殺すぞ！」

「うおおおお！」

「ちょっと失敬」

雄叫びを上げて剣を振り下ろしてきた男たちをかいくぐり、その内の一人から、強引に剣を奪ったのである！

まっすぐな軌跡を描いて飛んでくる豚肉揚げ。

ほうき星の尾のように一拍遅れてついてゆく肉汁。

ぎょっと振り返る男たち。

世界が速度を落としたかのように、すべての光景がゆっくりと見える。

すらりと抜かれた白刃。

滑らかな切っ先が、沈むようにして肉塊を切り裂いていく。

――すうっ。

「二等分でよろしいでしょうか」

唐突に、世界に音が戻る。

いまだ宙に舞っている、二等分された豚肉揚げを、女は剣の側面を使い、打毬《だきゅう》でもするかのようにまとめて打ち返した！

「めしあがれ！」

立て続けに宙を駆ける二つの肉塊は、もはや砲丸。

さしもの景行も、これには驚いたようだが、なにを思ったか、彼は構えを解き、両手を広げて肉塊を待ち受ける素振りを見せた。

「どうも！」

「な……!?」

しっかりと一つ目の豚肉揚げを歯で噛み止め、続くもう一つは、なんと素早く取り上げた菜箸で受け止める。かと思えばそれを、意表を突かれて口を開けた冬雪のもとへと、再び投げ返した。

「おはえひは！」

口が塞がっているが、お返しだ、とでも言いたかったのだろうか。

「ぐ……っ!?」

あまりにも精確に投擲された豚肉揚げは、あやまたず冬雪の口に飛び込んだ。

再びの、沈黙。

硬直し、激しい応酬を凝視することしかできない観衆の前で、はふ、はふ、と男女が豚肉揚げを頬張る音がなぜか響く。

そういえばこの二人、ここまでの時点で、肉汁一滴さえ零す粗相はしていないのであった。

「……うまいな」

「……おいしいですね」

飲み下した瞬間、二人はぼそりと呟いたが、ついで、

「で」

と、なぜだか用心棒たちを振り返った。

「飲み込んだのは、こいつのほうが先だったよな？」

「先に口腔内に豚肉揚げを入れた彼のほうが、当然『先に食べた』ことになりますよね？」

どうやら審判役を求められているようだが、もちろん荒くれ者たちには、そんな役目を引き受けてやる義理もない。

「ざっけんなよ！　俺らが知るかよ！」

「なぜ？」

一番大柄な男が唾を飛ばした途端、景行がずいと彼に迫る。

「まさか見落とした？　どんな家財も見逃さないほど、目がよいと豪語していたくせに？」

にこやかに見えるが、瞳の輝き方は獰猛《どうもう》だ。

先ほどの店主との会話を聞かれていたのだと悟り、用心棒は顔を強ばらせた。

「な、なんのことだか」

「このように美味なる豚肉揚げにも支払いをすることなく、ご主人を恫喝《どうかつ》していたようですね」

だが、ふいと視線を逸《そ》らした先で、今度は女の方に迫られる。

男の方と違って重圧感はないが、人間味のない淡々とした表情に、異様な気迫を感じた。

「兄貴」

情勢が悪いと踏んだ一番小柄な弟分が、こっそりと顎をしゃくり、「行こうぜ」と促してくる。

たしかに、この男女は滅多に遭遇しないほどの使い手だ。

一度「三界楽」に引き返し、手勢を集めて報復に来るべきだろう。

「ちっ、覚えてろよ！」

いまだに顔を押さえて転がっている仲間は放置することにして、大柄な男は、捨て台詞とともに酒房から走り去ろうとした——のだが。

「冬雪、箸！」

「はっ！」

——だだだだんっ！

扉に手を掛けようとしたその瞬間、顔すれすれのところを、矢のような速さで何かが飛んできて、かくんと身がつんのめる。

え、と思ったときには、男たちは扉に口づけるような格好で、磔《はりつけ》にされていた。

なにが彼らの衣を板に縫い付けているかと言えば、一本は、先ほど奪われた剣。

そしてそれ以外は、なんと箸である。

女は長剣を、そして男は、彼女から渡された箸を投げつけていたのであった。

「な……っ、なっ、なっ、な！」

なんの変哲もない木の棒が、それなりの厚さの冬着を貫いて、扉に深々と刺さっていることに、剛の者である用心棒たちも動揺を隠せない。

蜘蛛《くも》の巣にかかった獲物のように、じたばたともがいていると、背後から例の二人が、ゆっくりと近付いてきた。

「まったく、質問に答えず立ち去るなんて、失礼ではありませんか」

「いいや、俺にはわかるぞ、冬雪。彼らは、おまえが先に食べた決定的瞬間を見てしまったのだ。だが、あまりにおまえが恐ろしいので、それを言い出せず、逃げることにしたのさ」

「そんなわけがないでしょう」

二人は状況にそぐわぬ軽口を叩き合う。

うち、女のほうが、袖に刺さっていた剣を引き抜くと、切っ先を男の背に当てた。

「ねえ？」

それなりの重さがある剣だが、刃先は小揺るぎもせず、衣を貫き、肌から髪一本分だけ隙間を残したところに静止している。

刃を突きつけられている男も、それを横目に見た弟分も、どっと汗を噴き出した。

「ひぃっ！」

「て、てめえ！　信じられねえ！　女のくせに剣振り回しやがって……この化け物が！」

弟分のわめき声に、冬雪はわずかに眉を寄せる。

虚勢とはいえ、こんな風に罵られて気分がいいはずもない。

(箸で厚板に楔《くさび》を打つ景行様のほうが、よほど化け物じみているだろうに。なぜ、女というだけで、こうも余計に罵倒されねばならぬのか)

だがそのとき、景行までもが思わぬことを口にした。

「たしかになあ。俺もその気持ち、ちょっとわかるぞ」

なんと、用心棒たちの肩を持ったのである。

「ありえないよな、長剣を投げるなど」

顔を顰めながら放たれた言葉に、すうっと心の臓が冷える心地がした。

ほら見ろ、と思った。

男などというのは、粗野で阿呆で乱暴で。力任せの世界を愛しているくせに、いや、だからこそなのか、女が少しでも強さを見せると、すぐにこちらを疎んじる。

それにしても、なぜだろうか。

黄 景行のその発言は、ほかの男たちのそれより、一層心に重くのしかかる――。

「こういうときは、やっぱ短刀だよな」

しかし続く言葉を聞いて、冬雪は思わずまじまじと景行を見つめてしまった。

「……は？」

苦り切った彼の視線は、冬雪ではなく、彼女の投剣によって穿《うが》たれた、扉の穴に向かっていた。

「見ろよ、ずいぶんでかい穴ができちまった。扉の修理も大変だし、だいたい、扉の向こうに客でもいたら、どうするつもりだったのか。ちゃんと場面に応じた武器を選ばないと」

どうしたことか。

発言が予想外すぎるうえに、常識外すぎて、なんと相槌を打ってよいのかわからない。

絶句した冬雪の肩を、景行は励ますように叩いた。

「もっと修練しろよ、応援するから。『鋭月堂』も、おまえが先に行ってこい。譲るよ。おまえも、あそこの短刀を狙っていたのだろう？」

「え」

「なに、考えてみれば、俺は長剣や槍のほうが好みだ。短刀などなくても、箸を投げれば事足りるしな。だから、遠慮せず行ってこい。おまえなら間違いなく『鋭月堂』の店主のお眼鏡に適うだろ」

そこで景行は、まるで悪童仲間に対してするかのように、にかっと笑う。

「言っておくが、こと武器や戦にかけて、こんなに譲るのは、俺が認めた相手にだけだからな。おまえは強くていい女だ、冬雪」

「それは」

冷静沈着にして、泰然自若。

常に表情を動かさず、淡々と受け答えをすると評判の藤黄女官は、この日、珍しく、言葉を噛んでしまった。

「こ、光栄至極に存じます」

耳の端が熱い。店内に火鉢を入れすぎているのかもしれない。

冬雪が視線をさまよわせていると、ふと、目が合う者があった。

「あのう……!」

使用人たちと手を取り合いながら、遠巻きにこちらを見守っていた、老店主である。

彼は、ようやく会話に入り込めたと、ほっとした様子で、こちらに駆け寄ってきた。

「お客様方。このたびはどうもありがとうございました。我々が解決すべきところを、お客様にお力添えいただいて、申し訳ない限りでございます」

「本当に! なんとお礼を申し上げていいやら」

「わたくしどもの不手際で、申し訳ございません」

給仕係や料理人たちも呪縛が解けたらしく、次々と参じては、頭を下げてくる。

「なあに。礼も詫びも必要ない」

床に膝まで突こうとした老人の肩を、景行はそっと押しとどめた。

「我らは単に、どちらが先に『鋭月堂』に行くかを巡って、軽くじゃれ合っていただけだからな。ほしい刀が手に入るかどうかの瀬戸際だったので、つい熱くなってしまったのだ。むしろ、周囲を巻き込んでしまって申し訳なかった」

そう。彼らが店主に状況を問いただささず、いきなり「じゃれ合い」を始めたのは、自分たちが店を「助けた」という構図を避けるためだった。

助けられたら、礼をせねばならない。

近所の住民が相手ならともかく、貴族相手に礼を尽くすのは、この素朴な旅籠には負担だろう。

「とんでもないことでございます！　どうか、お礼のひとつもさせてもらえませぬか」

だが、景行たちの意図を悟った老主人は、慌てた様子で首を振った。

「食事のお支払いは結構ですし、あとはたとえば……今、『鋭月堂』に向かうと仰《おっしゃ》っていましたね。あそこの店主は、私の古なじみなのです。この、真鍮の飾りつきの扉も、彼が作ってくれたもので。もしあそこの刀がお望みでしたら、私が口を利きましょうか」

「なんと！」

これには、景行と冬雪も顔を見合わせる。

なるほど、貴族には貴族の付き合いがあるのと同様、町民には町民独自の繋がりがあるのだ。

「それは、魅力的な申し出だな。甘えてしまってもよいだろうか」

「もちろんです。月替わりの刀剣をお望みなのですよね。まだ昼前ですし、このまま買いに行けば、すんなり手に入るかもしれないので、お礼というにはおこがましいですが」

「なにを言う。ここ最近の『鋭月堂』の人気は目を見張るものがあるのだぞ」

一度は冬雪に短刀を譲った景行だが、やはり内心では気になっていたらしい。

無論、冬雪としても、二人ともが短刀を入手できるのならそれに越したことはないので、剣を引き、大人しく成り行きに任せていた。

「おい！　ざけんな！　さっさとこいつを抜きやがれ！」

「てめえら、覚えてろよ！　『三界楽』を敵に回して、ただで済むはずがねえんだからな！」

一方、まるで大人しくないのは用心棒たちである。

彼らは、相変わらず手足を扉に縫い付けられたまま、顔を真っ赤にしてもがいていた。

「うーん、意外に懲りないな。逆恨みでもされたら厄介だ」

景行は眉尻を下げ、背後から男たちの頭を掴む。

呼吸するような滑らかさで、がん！　と頭を扉に打ち付けた。

「それに、『鋭月堂』の店主作だという扉に、こいつらのせいで穴を開けてしまった。心証を悪くするかな。困ったぞ」

「人型の門環を、新たに取り付けたということにしては？」

門環とは、扉の取っ手に取り付ける鉄の輪で、叩き金に打ち付けて来訪を報せるものである。

「客が来るたびに、こうして頭をがんがんと戸板に打ち付けるのです」

「馬鹿だな、冬雪。そんなことをしたら、扉がどんどん汚れてしまう」

「そうですね、現実逃避はやめましょう」

軽やかに退けた景行に、冬雪も素直に頷き、「ふむ」と改めて扉を見つめた。

男たちはすでに気絶し、ぐったりと扉に貼り付いている。

「景行様。わたくしが思いますに、やはり扉は弁償すべきかと」

「そうだな。俺もそう思う」

「ですが、わたくしにはそのような持ち合わせがございませんし、振り返ってみれば、質問に答えず逃走を図ったこの者たちが悪いので、弁償費用は、彼らが持つべきと愚考いたします」

「やはりな。俺もそう思う」

「とはいえ彼らも、飲食代を惜しむ程度には貧しいわけでしょう。なので、ここは彼らの雇用主に、費用を工面していただくべきかと」

「気が合うな。俺もそう思う」

冬雪と景行は、まるで長年連れ添った相棒同士のように、つらつらと語り、うんうんと頷く。

自分たちの「じゃれ合い」のせいで発生した被害を弁償し、ついでに、復讐心に燃えた用心棒たちに旅籠が報復されぬよう、組織ごと根絶させる――ふざけた会話をしながらも、互いにそう考えていることが、手に取るようにわかった。

「悪いが、店主。短刀は取り置いてくれと、口を利いてくれぬか。後の予定がある身なのでな」

「恐縮ですが、食事も包んでおいていただけると助かります。後払いで。あ、二階の室《へや》には立ち入らないでくださいませ、主はぐっすりと眠っておりますゆえ」

名目上は、「朱 慧月」の護衛として町に下りた二人だ。この後、夕方ごろまで馬車で王都を巡って「朱 慧月」の印象を残す、という計画を考えると、あまりこの旅籠にばかり、かかずらっているわけにもいかない。

だが、この程度の用心棒の集まりならば、ものの一刻で壊滅させられるだろう。

いや、もっと早いかもしれない。

（この相手とならば）

冬雪と景行は、ちらりと視線を交わし合い、満足げな笑みを浮かべる。

「『三界楽』と、言ったっけ」

「よい運動になりそうですね」

ぽかんとして会話を見守る店主たちに対し、軽く会釈して店を去った。

「景行様。西の歓楽街というと、徒歩では少々時間が掛かります。馬車を使いますか？」

「馬車？　いやいや、おまえと俺なら、徒歩で十分――」

だが、酒房を出て、二人で歩き出したそのときである。

景行はふと言葉を切ると、剣呑な顔で宙に手を伸ばした。

――ばさばさっ、ばさっ！

途端に、影が空から落ちてくる。正体は、艶やかな羽をした鳩だった。

鳩は、一度腕に止まった後も、再び宙に舞ってはまた腕に戻り、を繰り返している。さらには、もう一羽の鳩が後から追いかけてきて、同じ動きを繰り返した。

よく見れば、鳩は規則的な回数ごとに羽を打ち、かつ、西に向かって弧を描いていた。

「一号、七号。西だな？」

景行は深刻な顔で二羽の鳩を見つめると、やがて冬雪に向き直る。

「冬雪。やはり馬車にしよう。幸か不幸か、西に急ぐべき理由が増えた」

相手が鳩を巧みに操ることを知っている冬雪に、もちろん異論はなかった。

文も括らぬ鳩が、景行に急を告げるとなれば、それは、妹姫に関わることに他ならない。

「はい」

冬雪が御者に話を付けるべく走り出すと、その間に景行は鳩を両肩に止まらせる。

いや、少し考え、彼は一羽の鳩を手に乗せ、再び宙に放った。

「案内は一羽で十分だ。七号、おまえは、ほかへの報せを頼む」

賢い鳩は何もかも心得た様子で、まっすぐに天を目指す。

すっきりと晴れた冬の空に向かい、景行は目を細めた。

「妹の頭上に暗雲など立ち込めさせん。雲を使うべき時が、来たようだな」

とそのとき、「景行様！」と戻ってきた冬雪が、馬車ではなく、馬そのものに乗っていたため、目を丸くする。

「馬車はどうした？」

「我々のことを追いかけさせます。身軽なほうがよいかと思い、別に馬を借り受けました」

鳩の足取りを追いながら移動するには、屋根のある馬車よりも、小回りの利く馬のほうがいいと考えを巡らせたらしい。

「さすが。やはりおまえは最高だな！」

機転の利く筆頭女官に、心からの賛辞を贈る。

それから景行はひらりと冬雪の後ろにまたがり、馬の腹を蹴った。

5. 幕間

さて、玲琳《れいりん》が賽子《さいころ》賭博の卓に着き、いかさまの仕組みを探っているそのとき、尭明《ぎょうめい》は少し離れた席で札賭博に興じながら、さりげなく婚約者の様子を見守っていた。

（やれやれ、あれで演技をしているつもりか？）

両手を上げ、くるくると回りながら「おお銀子、おお銀子」と叫んでいる姿に、つい噴き出しそうになってしまい、咄嗟《とっさ》に頬の内側を噛む。

さてはよい札が巡ったのかと、向かいの客が探るような視線を寄越してきたので、尭明は軽く眉を寄せてから溜め息を吐いてみせた。それから、さも今相手の視線に気付いたというように、表情を取り繕うふりをする。向かいの客は満足げにほくそ笑んだ。

そう、演技というのはこのようにすべきもので、「おお」「おお」と力任せに叫ぶ行為を指すのではない。

黄《こう》玲琳は、諸芸に秀で、人格も備えた素晴らしい女だが、どうも演技だけは下手くそだ。

彼女には、嘘をついて人を騙したい、傷付けたいという欲が、基本的にないのだろう。

（いや、目的がきちんとあれば、かなり狙い澄ますようだが）

天井の絵のとある部分に、深々と突き刺さる短刀が視界に入り、尭明はそっと視線を逸《そ》らしながら訂正を入れた。

今後、彼女と口論することがあるなら、刃物を遠ざけてから行おう。

(芯が強いとは昔から思っていたが……ここまで好戦的とはな)

玲琳が、増えた銀子を抱えて席を立つ。

どうやら、控え席で待つ莉莉《りーりー》たちに声を掛けに行こうとしているようだ。

賭場にあっても臆することなく、きらきらと目を輝かせる彼女を見ながら、尭明はそっと頬を緩め、思った。

まったく、最近の黄 玲琳は、なんとふてぶてしく、苛烈で――愉快な女になったことかと。

そんな彼女の変化は、隠されていた本性が徐々に明らかになったというよりも、朱《しゅ》 慧月《けいげつ》との出会いを通じて、いちどきに引き出されたものであるように、尭明には見える。

朱 慧月。感情的で未熟で、不運な女。

黄 玲琳が慈しむ相手。

これまでの玲琳は、自身が愛されるばかりで、溢れんばかりの庇護欲を注ぎ込む相手がいなかった。

自分自身の体調を整えるくらいしか熱意の矛先がなかったものだから、ついやる気を損ない、淡々と、傍から見れば穏やかに、日々を過ごすしかなかったのだ。

だがそこに、朱 慧月が現れた。

守り育むべき対象がいる環境は、大地を司る黄家の者にとって、至上の喜びだ。

玲琳はたちまち生き生きとし、友人のためのあらゆる助力を惜しまず、彼女を救うためならばと、多種多様な無茶まで働くようになった。

その玲琳の気持ちが、尭明にはよくわかる。

なにしろ彼もまた、黄家の血を引く男だからだ。玲琳は悪戦苦闘する朱 慧月を見ると血が騒ぐようだが、友人のために暴走する玲琳を見ていると、今度は尭明の血が騒いで仕方がない。

心配を掛けられるたびに、「いい加減にしてくれ！」と叫びたくなるのは事実なのに、だがやはり、向こう見ずな姿を見ていると、彼女のためになにかしてやりたくて堪《たま》らなくなるのだ。

以前の彼女は繊細優美な胡蝶《こちょう》そのもので、そこに垣間見える気高さや、芯の強さを、自分は愛でているのだと思っていた。

最近の彼女は、芯の強さを通り越して豪快な感じで、なんというのか、胡蝶が脱皮して猪が現れたかのような衝撃があるのだが、尭明はそれを見ても、不思議と幻滅を覚えない。

それどころか、一層目が離せなくなるのだ。

美しいだけだった紙人形に、すうっと生気が吹き込まれた様を見るようで。

生まれたての彼女の魂は、赤子のように野放図で、危なっかしく、制御も利かない。

だが、とびきり無垢《むく》で愛らしく、見ているだけで胸の内が震えるような魅力があった。

それでつい、どれだけの無茶を働かれようと、心配を掛けられようと、尭明は彼女を甘やかしてしまう。

鑽仰礼《さんぎょうれい》で徹底的に存在を排除されようが、こうして町歩きを持ちかけてしまう程度には。

(さて。あとどのくらい遊ぼうか)

そこそこよい役が揃ってきたのを見ながら、ぽいと不要な札を投げ捨てる。

さすがに賭博場で賭けたのは初めてだが、男の尭明は、玲琳に較べればまだ賭けごとに慣れている。どの身分、どの時代にあっても、男というのは、密かに頭を突き合わせ、少々の金を賭けて札遊びをする生き物だから。

「おや、兄ちゃん。もう上がっちまうのかい?」

「ああ。今回はこの程度勝てれば十分だ。次は頑張ろうかな」

なにかとよい札を回してくる胴元には、軽く応じて賭けの継続を匂わせる。

今は彼らも、こちらの動向を見守っている最中だろう。

どれだけの金を引き出せそうか。相手の弱みはなにか。

じっくりと判断したうえで、徐々に負けを込ませ、危険な賭博へと引きずり込む。

だが、そうしている間に、尭明たちの呼んだ手勢が肉薄しつつあるのを、彼らは知らない。

(さすがに入れ替わり解消がかかっている状況下、切った張ったの騒ぎを起こしてはまずいしな。長々とこの件にかかずらっているわけにもゆかぬし、景行《けいこう》を呼んで、後のことは託すとしよう)

別行動の予定だった景行を呼び寄せるのは、尭明としても忸怩《じくじ》たる思いだ。だが、皇城に戻ってから対応したのでは遅きに失するだろうし、鳩で今すぐ呼び出せる人物となると景行しかいない。

それに景行の傍には、今、辰宇《しんう》もいるはずだ。陽動作戦のほうは辰宇に託して、景行だけが来てくれれば、心置きなく後を任せられる。

(景行のことだ。そのへんの判断を誤ることはないだろう。せめてこちらは、悪事の証拠を押さえて、彼の負担を減らそう)

尭明はそう割り切り、賭博場を観察することにした。

玲琳は賽子に注目しているようだが、尭明は先ほどから、舞台で舞を見せる女たちのことが気になっていたのだ。

(あの、舞い女たち)

賭博場は、中央に向かって段を重ね、高く盛り上がるように設計されているが、女たちが舞う舞台は、床半分を切り落とした上階に据えられ、賭博台よりも遙か高みにある。

男性客が下から足を見上げやすいようにするためか、とも思われたが、真相はたぶん違う。きっとあれは、高い場所から、女たちが賽子の目を読めるようにするためだ。

(右袖を二回、左袖を――三回。楽の音に動きがまるで合っていない)

芸に慣れぬ賭博場の客たちは、舞い手の袖が揺れる回数など、気にもしないだろう。だが、後宮の女たちによる、高水準の舞に触れ続けてきた尭明にはわかる。

楽にも合わせず、主題もない、あの舞は「おかしい」のだ。

女が袖を振ってから、しばらくもせぬ内に、尭明の斜め後ろの席から「はい出た、二と三だ!」という声が聞こえる。

確信を持つには、十分すぎた。

(どの女がどの席を担当しているかまでは、見当が付いたな)

流れを見るに、舞い女たちが合図を送るのは、賽子が振られる直前だ。

舞い女たちの指示に従って、壺振り女が目を操っているのかとも考えたが、その割には、壺振り女たちはほとんど舞台を振り返らない。熱心に舞を見ているのは、胴元たちのほうだ。

ということは、目を決めているのは壺振り女。

舞い女たちはそれを読み、胴元へと伝える。胴元は目を把握した状態で、賭けを誘導する。

目を完全に操作してしまわないで、「誘導」に留めるのは、賭博場側が不自然に勝ち続けてしまうのを避けるためだろう。この場で最も従順に見える壺振り女たちに目を決めさせるのは、周囲に怪しまれないようにするためだ。

(それにしたって、壺振り女たちは素人の集まりに見えるが。この人数を皆、賽子が操れるまでに教育するのは至難の業ではないか?)

尭明はそこが気にかかる。壺振り女たちは、派手な化粧こそ施されているが、立ち居振る舞いに玄人っぽさはなく、むしろ、おどおどとしている者が多い。

それも、頻繁に席を入れ替わるため、結構な人数だ。

借金のかたに売り飛ばされた娘たちの中から、見目がよく大人しい者を集めたと見えるが、しかし、平凡な市井の娘をこの人数、いかさま賭博師に仕立て上げるのは相当難しいはずだ。

(であれば、道具のほう——賽子に仕掛けがあるのだろうな)

尭明はすんなりと結論を導いた。

おそらく玲琳もそう考えて、熱心に賽子を見つめていたはずだ。

（まあいい。まだ時間はある）

ここまで、手を抜いた賭け方をしてきたので、手元の金子は増えてもいないし減ってもいない。

先方も、どの頃合いで攻め込むべきか、決めあぐねているはずだ。

となれば、こちらも味方が揃うまで、せいぜいゆっくり、慎重に、敵の動向を探って――。

「このアマ！」

だがそのとき、九垓《くがい》の怒号が響き渡り、尭明は動きを止めた。


少し時を遡る。

玲琳や尭明がそれぞれいかさまの仕組みを探っているその頃、控え席に残された莉莉は、鈴玉《りんぎょく》とともに、身を強ばらせて賭場を見つめていた。

成人していない彼女たちに、おおっぴらに手を出そうとする輩《やから》はいない。

だが、少し離れた場所から、屈強な用心棒たちが相変わらず視線を寄越してくるのが恐ろしいし、賭場中に充満する、噎《む》せ返るような香や開けっぴろげな嬌声、時折届く絶叫や血の匂いに触れるだけで、気がおかしくなりそうであった。

『ここの連中、みんな、どうかしてる』

鈴玉は、ぎっと賭場を睨み付け、西国語で呟いていた。

『お嬢様は、絶対……絶対、取り返す』

強く握り合わせた両手は、しかし、怒りを堪《こら》えるためというよりも、恐怖を押し殺すためのものに、莉莉には見えた。

赤みの強い髪、詠国《えいこく》の人間にしては鼻梁の高い横顔。震える手を握りしめて感情を抑えようとする仕草まで含めて、莉莉には、この少女がとても他人とは思えなかった。

(この子は、ありえたかもしれないあたし自身だ)

血統を重んじる詠国において、西国人の血を引く人間に対する当たりは強い。幼少時に飢えて彷徨っていたというからには、相当大変な思いをしたのだろう。同時に、居場所を与えてくれた美雨《みう》に対しては、強い感謝と敬慕の念を持っているはずだ。互いに西国人の血を引く者同士、単なる主従というより、同志のような関係でもあったのだろう。

精神的な支えをこんな形で奪われて、いったいどれだけ心細いことか。

唯一の希望であった母親を失い、悪意渦巻く後宮で身を縮こめていた莉莉には、その気持ちが痛いほどわかった。

小さな体を竦《すく》め、毛を逆立てている少女に、大丈夫だよと告げて、背中を撫でてやりたかった。

(玲琳様が、銀朱の衣であたしを包んでくれたときのように)

自分にも差し出される手がある。そう実感できたあの思い出は、莉莉の宝物だ。

『大丈夫。きっと、あのお二人がなんとかしてくれるよ』

久々に使う西国語で、囁《ささや》きかけてみる。

すると、鈴玉はぱっと顔を上げたが、すぐに難しい表情になると、視線を逸らした。

『一緒に来てくれたことには、感謝してる。……けど、返り討ちにあって、かえって状況を悪くしたり、しない？　あとは、「よくも巻き込んだな」って怒り出したりとか』

やけに具体的な発想が出てくるということは、そうした事態に遭遇したことがあるのだろう。

鈴玉は、思わしげな表情で、賭け台につく玲琳を見つめていた。

今は賽子の目の大小を競う賭博をしているようで、無事に勝ったのか、両手を挙げて大はしゃぎしているところだ。

年齢以上に思慮深い鈴玉は、その姿を見て安堵するより、不安に駆られたようだった。

たしかに莉莉も、きっと玲琳のことだから、何かしら計略があるのだろうとは思いつつも、「おお銀子！」と叫ぶ主人を見ると、若干の不安に襲われる。

監視の目が厳しく、真意を聞き出せないことがもどかしかった。

『お兄さんのほうは冷静に賭けているみたいだけど、お姉さん、のめり込んでない？　途中まで勝たせて、夢中になったところで身ぐるみ剥がす、っていうのがやつらの手口なんだ。大丈夫かな』

『まあたしかに、少し……いやかなり、浮かれてるようには見えるけど、あの人は、簡単に騙されるような人じゃない。なんか喜び方も変だし、あれは逆に冷静だってことだよ。……たぶん』

『でも、仕草とか話し方を見るに、すごく箱入りの、世間知らずのお嬢様なんでしょ、あの人』

どうやら、玲琳のおっとりとした佇《たたず》まいは、田舎の少女にも伝わってしまうものらしい。

莉莉は『まあ、それはそうだけど……』と言いよどんでしまった。

『だろうと思った。虫も殺さぬお嬢様、って感じがするもん』

『いや大丈夫、虫はめっちゃ殺す』

ただし、続く発言にはきっぱりと否定を返した。

黄　玲琳は、敵と判断した存在に対しては、アブラムシを前にした農家のように、果断な態度を取る人間だ。

『詳しく話せないけど、あのお二人は、すごく高貴な方々なんだ。それは、カモにされやすいってことじゃなくて、すごく強いってこと。いい？　あの人たちにかかれば、みんな、こうだから』

雰囲気を和らげるべく、莉莉はおどけて、親指で喉を掻き切る仕草をしてみせる。

舌を「こっ」と鳴らしながら喉を切るその仕草は、下町の人間が喧嘩相手に「ぶっ殺してやる」と伝える際にするもので、人前でまずやってはいけないとされる下品なものだ。

だが、鈴玉は、莉莉の勇ましい態度に親しみを感じ取ったらしく、緊張に強ばっていた顔をほんのりと緩めた。

『そりゃ、頼もしいや』

「まあ、なにを仲よく話していますの？」

とそこに、噂をすれば影とばかり、玲琳がやって来る。二倍に増えた銀子を握り締めているあたり、どうやら戦果を見せに来たようだ。

「その仕草はなあに？」

喉を掻ききる仕草を目撃してしまったらしく、無邪気に尋ねてこられたので、良識を弁《わきま》えた莉莉は慌てて話をごまかした。

「いえまあ、『ばっちり決める』みたいな意味です。鈴玉が不安がっていたので、心配しなくていいよと伝えていたところで」

「まあ」

人を疑うことを知らない主人は、感心した様子で莉莉に頷きかけ、ついで、鈴玉に優しく微笑みかけた。

「ありがとうございます。わたくしたちを心配してくださったのですか？」

「それは……。迷惑を掛けちゃ悪いし、それに、お姉さん、ちょっと騙されやすそうに見えたから」

「ふふ、どちらも大丈夫ですよ。迷惑だなんて思っておりませんし、こう見えてわたくし、世事に通じておりますから。お姉君は必ず取り戻します。ご安心ください」

玲琳の目がきらきらと輝いている。

なにかと世話焼きの黄家は、頼られたり、頼もしいと評価されたりするのをことさら喜ぶものだ。

今も、誇らしげに胸を張り、鈴玉にこんな提案をしてみせた。

「そうです、なにかお料理でも頼みましょうか？　こうしたところでは、食事もできるのですものね。ええ、わたくし、よく存じておりますわ」

「絶対ぼられるやつだからやめてください！」

いそいそと破滅への道に踏み出そうとする主人に、莉莉はひやひやだ。

こうした場所で食事が適正価格で振る舞われることなどなく、賭けに勝っても、法外な請求額のせいで借金をこさえる羽目になることがあると、この主人は知らないのか。

「え？　ぼ、られる？　ぼら？」

「むさぼられる、の略です！　対義語はぼる！」

「なるほど……ぼらず、ぼり、ぼる、ぼれ、ぼろう」

初めて聞く下町言葉を、真剣な様子で覚え込む「お嬢様」を見て、鈴玉が心配そうに莉莉の袖を引っ張ってくる。

こっそりと立てた人差し指を、くるくると宙に向かって回す仕草を翻訳するなら、

――この人、大丈夫？

といったところだろうか。

心配されているのは主に頭部であり常識だ。

「莉莉、この、指をくるくるとする仕草はなんですか？」

「『混乱しているようですね』みたいな意味です！　とにかく、あたしたちに食事は必要ありませんから！」

苦労性の莉莉は、主人の自尊心を守るために、力業で事態をごまかした。

『ごまかさないで、ちゃんと教えといた方がいいんじゃない、こういうの？』

玲琳の世間知らずぶりと、莉莉の過保護ぶりに、鈴玉が呆れた視線を寄越す。

たしかに莉莉自身、主人にはなにか策があるのか、それとも本当に世間知らずのあまり賭博にのめり込みそうになっているのか、見極めがつかず不安になってきたので、ようやく事情を問いただすことにした。幸い、男たちもちょうど尭明のほうを向いている。

「食事なんて頼んでいる場合じゃないですよ。うかうかと相手の口車に乗って賭博なんかして、大丈夫なんですか？　ここまで勝っているからと、調子に乗ってないでしょうね。次には負けますよ」

そして、その先に待つのは身の破滅だ。

莉莉ははらはらしながら尋ねたが、玲琳はおっとりと微笑むだけだった。

「まあ、大丈夫ですよ。だってね」

そっと声量を落とし、既に鳥笛で景行に救助を頼んでいることや、彼に後を託すためにいかさまの手法を探っていたこと、すでに目星が付いたことを告げる。

九垓に唆《そそのか》されたからではなく、約束を守るため、冷静に賭博に臨んでいたのだと知って、莉莉はほっと胸を撫で下ろした。

「そういうことでしたか。なら後は時間稼ぎをしながら、景行様の到着を待つだけですね」

「ええ。わたくしはここまで勝ち続き。そろそろ先方も負けさせようと狙っているはずですから、ここで手を引きますわ。意味もなく賭けなどいたしません」

「ま、待って……！」

だが、そこで口を挟んだのは、会話を横で聞いていた鈴玉である。

彼女は不安そうに胸元を押さえ、身を乗り出してきた。

「け、景行さんって人に、後を託すんですか？　お嬢様を、今すぐ救ってはくれないんですか？」

主人を攫《さら》われている身としては、少しでも解決を急ぎたいのだろう。

幼い少女の訴える不安と焦燥感に、玲琳が躊躇《ためら》いの表情を浮かべた。

「すみません、そう聞くと不安になりますよね。ですが、彼なら確実に――」

「おう、おう。なに話してんだぁ？」

とそこに、野太い声で話しかける者がある。

噂をすれば影。九垓だ。ぞろぞろと子分を引き連れ、手には酒で満たした杯を持っていた。

「はっ、半刻粘って、増えた銀子はその程度か。これじゃ、娘っこを取り戻すなんざ、無理だろうなあ。もっと大胆に賭けねえと」

案の定というべきか、彼は玲琳にもっと賭けさせるべく促しに来たようだ。

彼なりに、「この女にはおだてより挑発が有効」と見定めたのか、歯をむき出しにし、大層耳障りな笑い声を立てた。

「ま、そんな度胸もねえか。怖がりな嬢ちゃんじゃなあ」

玲琳のこめかみが、ぴくりと動く。

（まずっ）

やり取りを見守っていた莉莉は、思わず冷や汗を掻いた。

この主人が、一見穏やかに見えて、その実喧嘩っ早いことを知っているからだ。

特に、無力さを侮られることは黄玲琳の、というか黄家の逆鱗である。

「ええ、まあ。奥ゆかしいものでして」

「はっ、そんな賭け方じゃ、娘を買い戻す額は永遠に集まらねえだろうよ。もっと手っ取り早く儲けられる、倍率の高い賭けが、あるんだがなあ？」

「なるほど。堅実な客のことは、そうやって危険な賭けに追い込んでゆくわけですね」

だが思いのほか、玲琳が穏やかに応じてみせたので、莉莉はほっと胸を撫で下ろした。

これは相当自制が利いている。

「つまんねえ女だなあ。俺ァ、おまえが大負けして、泣きながら酌女に回るのを楽しみにしてたのによお！」

挑発に乗ってこない女に気分を害したらしく、九垓が「ちっ」と酒を啜《すす》る。

だが彼は、隣に立つ莉莉を視界に入れると、いやらしく口元を緩めた。

「まあ、酌をさせるなら、こっちの赤毛のほうがいいか。なにせ西の女は胸がでかい——おっと」

ぐいと手を伸ばしてくるので、莉莉が反射的に振り払うと、杯に手が当たってしまう。

結構な量の酒が残っていたようで、裾にばしゃっと浴びてしまった。

（うわ、酒臭っ）

まったく男たちときたら、西の女と見るや、すぐに体つきだなんだと言い出すから度しがたい。

（まあ、幸か不幸か、この手の視線には耐性があるけど——）

濡れた裾をどうにかしようと、身を屈《かが》めたところで、莉莉はぎくりと顔を強ばらせる。

「…………」

主人が、莉莉が命名するところの「アブラムシ微笑」を浮かべていたからだった。

（やば……っ）

こうなってしまった主人の厄介さは知っている。

莉莉はさあっと青ざめたが、何がおかしいのか、九垓たちは笑い転げるばかりだった。

「ははは、赤毛の濡れネズミだ。どれ、衣を剥いで乾かしてやろうか？」

「そうだ、こいつに賭けさせればいい。しこたま飲ませて、皆で可愛がってやりましょうぜ、兄貴」

「ちょっ、あの……っ」

九垓か、それとも玲琳か。どちらを宥《なだ》めるべきかわからない。

自身は生臭い水を浴びても感動していたくせに、なぜ一介の女官が酒を浴びせられただけで、そこまで怒ってしまうのか。

「おら、床にこぼれた酒を舐めとれよ、濡れネズミ」

「ちゅーちゅー。異国の民は、意地汚く餌を漁るのがお得意だもんな？」

「やめましょう！　そういう発言、ほんとやめましょう！」

莉莉は必死に男たちに訴えたのだったが――。

――パンッ。

説得が実を結ぶよりも先に、鋭い音があたりに響き渡った。

発生源は、玲琳。

すっと屈んだ彼女は、転がっていた杯を拾い上げ、勢いよく床に伏せたのであった。

「わたくし、ネズミさんを蔑む発言って、大嫌いなのですよね」

しん、と静まり返った場で、玲琳が「丁か、半か」と呟いた瞬間、ぱかりと杯が真っ二つに割れる。

どうやらこれは、壺皿を伏せる行為を再現したものだったらしい。

力なく床に転がる破片を見下ろすと、玲琳はやおら立ち上がり、九垓に微笑みかけた。

「なんだか急に、倍率の高い賭けをやってみたくなってしまいました」

のみならず、「こっ」と舌を鳴らしながら喉を掻き切る仕草をしてみせる。

「『ばっちり決め』られるよう、頑張りますね」

（「ぶっ殺す」って宣言しちゃったああああ！）

自制から一転、大胆にもほどがある挑発に、莉莉は絶叫寸前だ。

「てめえ」

慎重なはずの女からの、突然の侮辱に、九垓の眉が吊り上がる。

「ずいぶん舐めた真似するじゃねえか」

「あら、お誘いに乗っただけなのに、なぜ怒るのです？　『混乱しているようですね』？」

玲琳は、わざとらしいほどの困惑顔になり、指先をこめかみ横でくるくると回してみせた。

翻訳するならばそれは――「おまえ、頭おかしいのか」。

「このアマ！」

九垓はいよいよ、怒りのあまり顔を赤黒くする。

「おい、てめえら！　この女は最高額の賭け、『三界楽《さんかいらく》』を受けて立つとよ！　縛ってでも、紅卓《こうたく》に連れて行け！　てめえが負けた暁には、この場の全員でマワしてやるからな！」

そうして周囲の男たちに声を掛け、玲琳を中央にある紅色の卓に連れて行けと命じた。

どうやら、店名を冠した「最高額の賭け」が始まるようだ。

「ど、どうするんですか！　どうするんですか！　なんであんな挑発しちゃうんですか！」

「挑発？　なんのことです？　わたくし世間知らずだから、意味がちょっとわからない……」

「嘘つけえええ！」

優雅に頬に手を当ててみせる玲琳のことを、莉莉はがくがくと揺さぶる。

「せっかく我慢してたのに、どうしてあたしなんかのために、賭けに乗っちゃうんですか！」

「まあ、莉莉。『あたしなんか』などと、悲しいことを仰《おっしゃ》らないで。あなたはわたくしの大切な女官ですのに」

恥ずかしげもなく言い切ってから、玲琳は「それにね」と、莉莉の耳に唇を寄せ、囁いた。

「ちょうど、確認したいこともありますの」

「え……？」

莉莉が、目を瞬かせたそのときだ。

「おい、いったいどういうことだ！」

騒ぎを聞きつけた尭明が、慌てた様子で駆けつけてきた。

玲琳が用心棒たちに取り囲まれつつあるのを見ると、輪に割って入り、男たちを睨み付けた。

「その気のない女を、無理矢理に賭博の席に着かせるのがおまえらのやり口か」

「はっ、やる気がないだと？　このアマのほうから喧嘩を売ってきたんだ。てめえの言葉に従ってもらうだけさ」

「彼女のほうから喧嘩を売っただと？　そんなわけが」

「いいえ、本当です」

尭明は、用心棒たちから玲琳を解放しようとしたが、当の本人がおっとりとそれを制止した。

「わたくし、どうしても最高額の賭けで、『ばっちり決め』たくなってしまって」

「なんだと?」

困惑する皇太子の前で、玲琳は穏やかに鈴玉を見つめる。

「だって、騒ぎにならぬよう、時間に間に合うよう、と賭けを控えておりましたが――それで救いの手が遅れることがあってはなりませんもの」

幼い少女は、はっとしたように息を呑み、感謝に目を潤ませた。

「お姉さん……」

「時間に遅れるのが心配だからと、売られた喧嘩を買わずに済ますのではなく、時間に間に合うよう、迅速に喧嘩を買い上げればいい。そういうことですね。勉強になりました」

玲琳は穏やかに微笑み、鈴玉のほつれた髪を撫でてやっているが、果たして雛女《ひめ》の学びとして、それでよいのか否か。

「さあ、最高額の賭けとやらに、さっさと連れて行ってくださいませ」

困惑する莉莉を置いて、玲琳はくるりと九垓たちに向き直る。

そうして彼女は、きっぱりと言い切った。

「賽子で、ぎったぎたに打ちのめして差し上げますわ」

女の声とは思えぬ凄みに、莉莉はびくりと肩を揺らし、九垓も少し気圧されたように後ずさる。

「……」

そして尭明は、無言で天を仰いでいた。

危なっかしい黄 玲琳を見ていると、「おいおい」と叫びたくなるときと、「だがそれこそが彼女の魅力だな」と胸がときめくときがある。

今は前者だった。


「『三界楽』は、特別な賭博だ。場主の俺自らが相手をする」

玲琳、そして追いかけてきた尭明を強引に賭博台に着かせると、九垓は向かい側にどかりと腰を下ろし、剣呑に目を細めた。

「決まりは至って簡潔。壺振り女が投げる三つの賽子の目を予想すりゃいい。二回賭けて、最終的に得た金子が多かった方が勝ちだ。もし勝てば、敵だろうが犯罪者だろうが、『天』の扉をくぐって、その先にある歓待室で極楽を見られる」

慣れた口ぶりで説明し、彼はちょっと首を傾げた。

「ま、女は歓待室に用はねえか？　だがまあ、そこの見習いに、捜している娘っ子もいるかもしれん。好きに連れ帰るといい。だが」

彼はそれからくいと親指で、背後にあるもう片方の門を示してみせた。

「負ければ――わかるな？　『人《じごく》』の扉にサヨウナラだ。ああ、女なら、舞台に上がって体を売る、という手もあるな」

人、と刻まれた扉と言えば、先ほど男たちが短刀を投げ合っていたあたりだ。煌々《こうこう》と火が焚《た》かれた最上段からでは、薄暗い扉付近はよく見えなかったが、喧噪に紛れて、今も男たちの悲鳴や泣き声が聞こえる。酸鼻な光景が繰り広げられているものと思われた。

一方、女たちの舞う舞台は、「人」の扉に比べれば流血沙汰こそ起こっていないが、後列で踊る女たちの表情は暗い。

甚振《いたぶ》られるか、それとも体を暴かれるか。

「人」の扉に追われようが、舞台に上らされようが、待つのは地獄ということだった。

「三つの賽子の目、すべてを予想して賭ければよいのですか?」

「いいや、賭け方は様々だ。合計が偶数の『丁』か奇数の『半』か、十よりでかい『大』か十以下の『小』かだけを賭けてもいいし、一つ一つの出目を予想して賭けてもいい。前者で的中しても配当はしょぼいが、後者で的中すりゃ一気に百倍近く元手が膨れ上がる」

「なるほど」

見れば、賭博台には、「丁」「半」や「大」「小」、そして賽子の目と同じ数字が彫られた盤が置かれている。これと決めた場所に賭け金を置くということだ。

どれほど精密に予想するかは自分次第。「大」や「小」に賭ければ勝率は二分の一だが、それでは儲けが少なくなってしまう。相手が大胆に賭けた場合、あっさり負けてしまうだろう。

相手の出方を探り、駆け引きをする――心理戦の要素も大きいということである。

「俺が代わろう。おまえは、腹芸が得意では……いや、好かぬだろう？」

直情径行の婚約者を案じ、尭明が耳打ちを寄越したが、玲琳は少し考え、首を横に振った。

「いいえ。この勝負はわたくしが。たとえ負けて、舞い女としてあの舞台に上がらされようと、自分で責任を取りとうございます」

ちらりと舞台を見上げてみせる。

視線を追った尭明は、わずかに目を瞬かせた。

だがすぐに意図を察したらしく、にやりと頷いてみせた。

「ほう、そうか。では責任を取ってもらおう」

彼は九垓に向き直り、こうも付け足してみせた。

「場主よ。もし彼女が負けても、俺は責を負わん。この向こう見ずな女を舞い女に堕としてしまってくれ。俺は後から彼女が助けを求めようが、けっして聞き入れないと決めているからな」

ずいぶんと冷ややかな物言いだ。

だが、玲琳はそれを聞いて、思わず笑い出しそうになってしまった。

彼が、獣尋《じゅうじん》の儀でこちらの主張を聞き入れなかったことを、この世のなにより悔いていると、玲琳は知っている。

だからこそ、天地がひっくり返ろうと、彼が玲琳の言葉を「けっして聞き入れない」ということだけは起こりえないのだ。

（つまり、殿下の主張は正反対の意味）

彼は何を措《お》いても、こちらを助けてくれるだろう。

そこで玲琳は、即座にこう返した。

「おお、あんまりでございます、あなた様のことが信じられません」

尭明がちらりと顔を上げ、二人はごく一瞬、見つめ合う。

彼はすぐに視線を外してしまったが、玲琳の意図が確実に伝わっているのは、口元にかすかに閃いた笑みを見れば明らかだった。

「おお」などと叫ぶのは、演技の証拠。

だからこの意味は――

(さすがです。殿下を信じております)

二人は顔も合わせぬまま、完璧に意志を疎通し合って、前を向いた。

「おやまあ、旦那にまで見捨てられて、哀れなこったなあ」

事情を知らぬ九垓は、肩を竦めてせせら笑った。

「まあ、兄ちゃんの言うとおりにしようや。一回目は女、おまえが賭ける。負けたら、おまえは舞い女に堕とされて、続きは兄ちゃんに譲る、と」

彼はやはり、商品価値が高そうな尭明を、自らの土俵に引きずり込みたいようだった。

「で、兄ちゃんのほうも負けちまったら――哀れ、二人揃って地獄行き、と」

「我々が勝つ場合をまるで想定していないようだな」

尭明が指摘しても、九垓はもはや鼻で笑うだけだ。

「で、どこに賭ける？」

賭博台に頬杖を突いた彼は、玲琳たちの先回りをするかのように、賭博場のあちこちを指差した。

「言っておくが、俺たちはいかさまなんざしていない。証拠に、見ろ、賽子は俺から見えないあんな高いところに用意してあるだろ？　気になるなら、今のうちに見に行って、手に取ってもいい」

指し示す先では、たしかに、賭博台からは見上げようもない高さの台に、賽子が置かれている。

「壺振り女が怪しいと思うなら、おまえが好きな女を指名してもいい。三つの賽子ぶん、三人な。目を読んだり、合図したりもできないよう、目隠しも付けてやる」

ついで指差す先には、ずらりと並ぶ壺振り女たち。

玲琳が適当に三人を指名すると、彼女たちは恭しく膝を折って酌をして回り、さらには、黒い布でできた目隠しをした。

鼻先まで覆う幅があり、それぞれ、「天」「地」「人」と刺繍《ししゅう》が施されている。どうやら、三つの賽子を、彼女たち三人が別々に振るらしい。

九垓はわざわざ彼女たちの目隠し布までこちらに検分させると、とうとう壺振りを指示した。

「天にまします神にも恥じぬ、『三界楽』の真剣勝負」

「地に生ける者すべてが羨む、『三界楽』の夢の夢」

「人よ、己のすべてを賭けよ、『三界楽』の楽土は近し」

女たちは賽子を篝火《かがりび》近くの台から取り上げ、口上を述べながら恭しく周囲に掲げてみせる。

よほどこの賭けが神聖であることを印象づけたいようだ。

仰々しい仕草で賽子を壺皿に入れると、勢いよく振りはじめた。

「いざやいざ、『三界楽』の運試し」

「いざやいざ」

「いざやいざ」

ガラガラと猛々しい音が響く中、九垓が「どこに置く？」と急《せ》かしてくる。

『丁』『半』『大』『小』に賭けて的中すりゃ、倍率は一番低い二倍。三つの賽子すべての目を的中させりゃ三十倍だ。ぞろ目だったら最高の百五十一倍になるが――」

「あら、それは素敵ですね」

まず出ることはねえな、と続けようとした場主を、玲琳は朗らかに遮った。

「ならば、ぞろ目でいきましょう」

元手の銀子を、無造作に盤の上に並べてみせる。

天の二。地の二。人の二の位置に。

「なぜ『二』に？」

不思議に思ったらしく、尭明が首を傾げる。

「最近お気に入りの数なのです」

玲琳は微笑んで応じ、遠くで身を寄せ合っている莉莉と鈴玉のことを見つめた。

足の竦むような状況にあっても、寄り添ってくれる人がいれば、きっと心を強く保てる。

「人を無敵にしてくれる、奇跡の数字ですのよ」

それから、隣り合って勝負に臨む尭明と自分、手を取り合って後宮を生き抜いてきた慧月と自分、といった「二人」についても、思いを馳せた。

同じ方向を見つめてくれる人がいれば、力強く前に進める。

正反対を向いている相手がいれば、背中を預けられる。

一ではなく、二。

この数字は、ずっと一人で闘病していた玲琳にとって、新たに開かれた世界の象徴だったのだ。

「おいおい、さすがにあんな目、出ねえだろ」

「あの女、自棄《やけ》になったのか？」

周囲がどよめいている。

「ははっ、思い切りがいいこった。俺は『大』にしよう。目の合計が、十以上になりゃ俺の勝ちだ」

九垓は嘲笑を浮かべ、手堅い賭けに出た。

はたして結果は――三、六、四。合わせて十三。

九垓の勝ちだった。

場内がざわざわとする。

恐れ知らずにも場主に挑んだ愚かな女、その哀れな末路が、あまりにもあっさり決まってしまったからだった。

「はっ！　当たり前だ、出るわけねえだろ、ぞろ目で『二』なんか！　なにが打ちのめすだ、世間知らずの嬢ちゃんがよお。さっさと薄布姿になって、股をおっぴろげながら踊ることだな！」

九垓がだみ声で笑い、突き付ける。

「次は、兄ちゃん。あんたが、代わりに賭けを続けると言うんだな？」

「ああ」

細めた目で睨みつけられても、尭明は冷然とした佇まいを崩さない。

用心棒たちによって、舞台に促される玲琳のことを、振り返りもしなかった。

「さっさと行け」

「ええ」

玲琳もまた、あえて視線を合わせず頷く。

光の加減から察するに、賭場にやって来てからもう一刻以上。

きっと景行のもとに、すでに鳩はたどり着いている。じきに、助けに来るだろう。

（すでにいかさまについての仮説は立てたので――後は実地検証ですね）

どうせやるなら、徹底的に。

玲琳は凜と顔を上げて、舞台へと続く階段に足を掛けた。

＊＊＊

「うーん。たしかにこれは、実に酒精が強い酒だね。こちらの肉も新鮮だ。料理人の腕前もさることながら、素材そのものの力強さを感じるよ」

「ちょっと、いい加減にしなさいよ」

黄　景彰《けいしょう》が上機嫌に肉を頬張っていたら、すぐ隣に腰掛けた、天女のように麗しい妹姫――の顔をした朱　慧月が、居心地が悪そうに膝を叩いてきた。

「歓待を受けてどうするの。はっきり言って、今のあなたのほうがよほど邪悪に見えるわよ」

「いえいえ、そんな！　お待ちいただいているわけですから！」

すると、二人の前で酒を注いでいた男が、慌てた様子で訴える。

屈強な体つきとは裏腹の、怯えた雰囲気。こめかみと喉元には血が滲《にじ》んでいた。

そう、この男、先ほど慧月に襲いかかったところを景彰に制圧された、雑貨屋の店主である。

景彰によってさんざんに痛めつけられた彼は、元締めのもとに案内するよう求めると、先ほどまでとは一転、へりくだった態度で二人をこの「三界楽」へと招いた。

元締めは九垓といって、ここで賭場の経営をしている。彼をすぐに呼んでくるから、しばし歓待室で待っていてほしい――そう頼み込んできたのである。

歓待室「天の間」は豪華なしつらえで、目を見張るような調度品や、大陸中から集めたような美酒美食が、壁一面、卓一面を彩っていた。

室《へや》の中央では、しどけない装いをした舞い女が身をくねらせている。

急なもてなしに慧月はむしろ警戒を覚えたが、景彰はあっさり懐柔されてしまったようだ。

男の勧めるままに酒を飲み、呑気に椅子にもたれているのだった。

「この『天の間』は、賭場で勝った客をもてなすための場ですからね。女も酒もかなりのものです。気に入ってもらえたようで、なによりですよ」

男は笑みを貼り付け、それから、揉み手せんばかりに付け足した。

「代わりと言ってはなんですが……俺の商売について、兄貴に報告しに行くっていうのは、やっぱりやめませんかね。九垓の兄貴は、しくじった配下には、そりゃ厳しい処分を下すんでさ」

なるほど男がこうも低姿勢なのは、景彰以上に元締めを恐れているからかと、慧月は理解した。聞けば九垓とやらは、賭場の経営や質草の処分だけでなく、売春の斡旋も行っている、黒社会と繋がりのある男らしい。一般客に転売を見抜かれてしまった間抜けな部下など、残酷に切り捨ててしまうそうで、どうか九垓に報告してくれるなと、男はせっせと歓待しているわけだ。

「話が違うじゃない。元締めのところに案内するというから、ここに来たのに！」

「まあまあ。どうです、旦那。今いる舞い女が気に入らなけりゃ、賭場から呼んできますよ。賭場は、そこの『天』の扉から繋がってるんでさ。毎日新鮮な娘っこが入ってくるから、選び放題です」

「ふぅーん、そうなの？」

ろくな抗議もせず、軽く身を乗り出した景彰を見て、慧月はむっと眉を寄せる。

(信じられない。正義漢ぶっていたくせに、女を差し出されたら容赦するわけ？)

だいたい、横に自分がいるというのに、舞い女を傍に招こうというのか。

「ええ、ええ！　連れのお嬢さんを見るに、小柄な女がお好みですかい？　だったらちょうど、まだ

十二、三くらいの若いのが――」
好感触と踏んで、男は口調に熱を込めたが、彼が最後まで言葉を紡ぐことはなかった。

「不潔だなあ」

景彰が肩を竦めながら、ばしゃりと酒を浴びせてきたからである。

「ぎっ、ぎゃああ！」

酒精の強い酒は相手の目を焼き、男はその場にもんどり打った。

「な、なにを！」

「なにって、消毒？　女の子を差し出して自分の罪を帳消しに、とか、品性卑しすぎるでしょ」

「この……っ！　鼻の下を伸ばして、いそいそ付いてきたくせに！」

目を押さえた男が、敬語をかなぐり捨てて叫ぶ。

だが景彰は、心外そうな顔になって、蹲《うずくま》った男をさらに床に蹴り倒した。

舞い女たちは一瞬悲鳴を上げたが、賭場側の人間が倒されたのはいい気味なのか、顔を見合わせ、景彰のことをちらちらと窺いはじめている。

「誤解を招く表現は止めてくれる？　元締めのもとに連れて行くっていう君の言葉を、一度信じてあげただけじゃない。組織を裏切って詫《わ》びるなら酌量の余地もあったのに、最悪の方法を選ぶとはね」

妹を溺愛する景彰にとって、年端も行かない少女を身売りさせるなど、逆鱗にほかならない。

すっかり床に伸びてしまった男を冷ややかに見下ろしてから一転、景彰はにこやかに慧月へと手を差し出した。

「さあ。元締めがいるようだし、次は賭場に向かってみようか」

「……繰り返すようだけど、酒も食事もしっかり堪能しておいてこの仕打ちって、どうなの？」

悪人を倒すのはよいことのはずなのに、景彰があまりに強すぎて、なんだかこちらのほうが悪役に思える。

慧月は顔を引《ひ》き攣《つ》らせたが、景彰は「ええー？」と無邪気に首を傾げるだけだった。

「正直、堪能なんてしてないよ。酒はたしかに強かったけど品がなかったし、肉は新鮮だったけど、逆に熟成が足りなかったもの」

それに、と、彼は目配せをしながら付け足した。

「これは重要な情報だから、言うべきかどうか悩んだんだけど、僕は小柄な子より、背の高い子が好みなんだよね」

「大陸一どうでもいい情報だから一生黙ってなさい！」

「そうかな？　ついでに、こちらは正真正銘大陸一どうでもいい情報すぎて、言うべきかどうか悩んだんだけど——大量の用心棒がこっちにやって来てるみたい」

なぜか屈伸を始めた景彰に、慧月は怒鳴るのをやめて目を見開く。

「は？」

そのとき、後方の扉、まさに「天」の金彩文字が施された扉が大きく開き、いかにも手練《てだれ》の男たちがなだれ込んできた。

「おい、楽しくやってるようじゃねえか！」

「がはは、まんまと俺らに囲まれてるとも知らずによお！」

「ぶっ殺してやる！」

酒でも浴びたのか、皆興奮した状態で武器を手にしている。

「うーん、急に低姿勢になって歓待室に招いたのは、やはり時間稼ぎのためだったか。まったく、絵に描いたような卑劣さだ」

景彰はあくまでのんびりと準備運動をしていたが、隣の慧月が打ち震えているのに気付き、首を傾げた。

「慧慧？」

「そ……っ」

「『そ』？」

直後、慧月の絶叫が響き渡る。

「そういうことは、さっさと言いなさいよおおお！」

「あはは！」

早速突進してきた男を、膝の一蹴りで見事に沈めながら、景彰は声を上げて笑い出した。

「本当に君っていう人は、すぐに睨むしすぐ怒鳴る！」

手つきだけは優雅に、慧月を卓の下へと避難させると、景彰は愉快そうに目を輝かせながら、戦闘へと飛び込んで行った。

6．辰宇と雲嵐

「またのお越しをお待ちしております」

「ああ」

店員が深々と頭を下げるのを背後に感じながら、辰宇《しんう》は短く頷き、笠を目深に被りなおした。

馬を繋いでいる場所まで、徒歩で四半刻ほど。久々に雑踏に紛れ、北の市を黙々と歩く。

もう巳《み》の終刻《しゅうこく》。じきに昼時とあって、周囲は食事の屋台を中心に、大いに賑わいを見せていた。

「焼き栗！　焼き栗はいかがぁー！」

「あっつあつの茹で蟹だよおー！　土産にもうってつけだ！」

「西方から取り寄せた頬紅だよ！　奥方のご機嫌もこれで一発！　どうだーい！」

辰宇は図抜けて背が高く、均整の取れた体つきをしているものの、黒髪が幸いして、青い瞳を笠で隠してしまえば、人混みに紛れるのもさほど苦労しない。

一介の旅人だと思い込み、売り子が方々から声を掛けてくるのを聞き流しつつ、彼はそっと懐を押さえた。

（さすがは「鋭月堂《えいげつどう》」。短刀でも見事な仕上がりだな）

今、辰宇の懐には、月に十本しか卸されない名刀のうちの一本が収まっている。

そう。もちろん彼も、知る人ぞ知る「鋭月堂」の武具に魅せられ、月替わりの名刀販売を楽しみにしている一人であった。

なにしろ玄家《げんけ》とは、水と戦を司る家柄。北領では武器の製造も盛んで、さらに言えば「鋭月堂」の主人は北領出身でもあった。玄家筋の辰宇にとって、「鋭月堂」はなじみの店なのである。

名刀の購入は早い者勝ちだから、おしゃべりな黄《こう》景行《けいこう》を藤黄《とうおう》女官に任せ、さっさと隊を離れたというわけだった。無事に短刀を手に入れたから、もう旅籠《はたご》に戻ってもよいが、面倒なので、夕方に皇城近くで合流するつもりだ。

(「鋭月堂」……せっかくひっそりとしていたのに、最近は王都でも名が売れて、厄介なことだ)

辰宇の後に行列していた客を思い出し、辰宇はわずかに眉を寄せる。

たとえば黄家の人間なら、自分が好きな対象について「もっと多くから愛されてほしい」と願うものだが、玄家の人間はその逆だ。

好きなものは、自分の手の内にだけ閉じ込めておきたい。誰にも見せず、独占したい。

そうした在り方は、対象が店であっても発揮されるもので、やたらと「鋭月堂」が人気になりはじめたこの状況は、彼にとって少々不快なのだった。玄家の男は、えてして独占欲が強い。

さて、手に入れた短刀を、辰宇はちらりと懐から取り出し、満足げに見下ろした。

蒔絵などの装飾はないが、漆で品よく仕上げられた鞘《さや》。柄にはあえて革を巻かず、代わりに細かな溝を入れることで握りやすさを出した。抜けば刃紋が美しく、よく練れた鍛えである。

ただ、すっきりとした細身の刀は、手の大きな辰宇からすれば、少しばかり物足りない。

どちらかと言えば、もう少し小柄な男か――つまり詠国《えいこく》の標準的な男ということになるが――、また は大柄な女が護身用に握るのに相応しく見えた。

（……譲るか？）

大柄な女、というところから、辰宇はふとある人物を思い浮かべる。

躊躇《ため》らわず短刀を握り締める女。あるときはそれで蠱毒《こどく》を破り、またあるときは蛇を裂いて薬酒に漬ける女。

そう。入れ替わった状態の、黄 玲琳《れいりん》である。

（玲琳殿の状態の玲琳殿なら、不要だろうが）

黄家の至宝であり、「殿下の胡蝶《こちょう》」である黄 玲琳には、手練《てだれ》の冬雪や兄たちを含め、常に大勢の守りがついている。彼女自身が刃を握る状況なんて、まず訪れないだろう。

朱《しゅ》 慧月《けいげつ》本人が入っている朱 慧月でも、短刀を振り回すなどありえないだろうが、入れ替わった状態の黄 玲琳なら、優れた短刀を喜びそうな気もした。

――まあ、ありがとうございます！　早速芋で切れ味を試してみても？

――なんということ。切れ味が鋭すぎて、芋も切られたことに気付いていませんわ。

――投げるのにも良さそうです。あらっ、あんなところに鳥さんが。そい！

辰宇は女に贈り物などしたことがない。だから、贈り物を受け取った女が、普通どんな反応を見せるかなんて、想像もつかない。

だが、なぜだろう。

こと「短刀を贈られた彼女」については、反応がありありと思い描けてしまい、しかもそれがことごとく愉快な気がして、つい、頬が緩んでしまった。

部下の文昴《ぶんこう》からは「表情筋死滅男」だとか「鉄仮面」と評されている自分なのに、不思議なことに、彼女と接しているとこの口角はしょっちゅう上を向いてしまうのだ。

(まあ、短刀など腐るものでなし、いくらあっても困りはしないだろう)

浮ついた市の空気がそうさせるのか、辰宇にしては珍しい決断を下した。

宝石や詩を贈っては男女の関係を思わせてしまうが、武器を捧げるくらいならば、鷲官長《しゅうかんちょう》と雛女《ひめ》という身分に照らしても、さほど不自然ではない。

だいたいあの雛女は、少し目を離すと、すぐに攫《さら》われたり襲われたり泉に沈んだり井戸に落ちたりするので、護身の備えは多いほうがいいはずだ。

(だが、そのまま渡しては逆に不敬か?)

ついで辰宇は、短刀をそのまま渡したのでは、むしろ武器を向けたと疑われるのでは、と思い至り、無言で目を瞬かせた。

贈り物などしたことがないので、勝手がわからないが、そういえば女たちが寄越してくる「差し入れ」や「見舞い」は、いつも何重にも布が巻かれたり、箱に入れられたりしている。

きっと贈り物というのは、開ける瞬間こそが楽しみで、その喜びを増幅させるためにも厳重に包装しておくべきなのだろう。そのくらいは想像が付いた。

「風呂敷に手巾《しゅきん》、絹の首布《くびぬの》はいかがかねえー！　一流の針子が縫った高級品だよお！」

とちょうどそのとき、すぐ近くの雑貨商が声を張り上げてくる。

辰宇は足を止め、屋台にずらりと並ぶ布製品を見下ろした。

頑丈そうな風呂敷、繊細な刺繍《ししゅう》の入った手巾、光沢のある生地でできた首布。

なるほど、これらに包んで渡せば、開封後に布のほうも使えて便利そうである。

相手は女性である以上、きらきらと美しいものを好むだろうから、と、まず刺繍入りの手巾に手を伸ばしかけたが、

「…………」

辰宇はそこで手を引いた。

下手なものを贈っては、むしろ残念がられてしまうかもしれない。

(彼女は刺繍の名手だ)

「おっ、兄ちゃん！　お目が高いねえ！　それは一流の針子の刺した手巾だよ」

横から話しかけてくる売り子を無視し、辰宇は今度、絹の首布へと手を伸ばした。

「おっと、柄のないのがお好みかい？　そうだね、あまり派手なものより、そういう無地のほうが、本気感が出ていい。さては求婚の品だろ」

身なりを見て上客と踏んだのだろう。店主は、すぐに売り文句を軌道修正してくる。

だが、辰宇はそれを聞いてかえって、首布に伸ばしていた手を引っ込めてしまった。

本気感とはなんだ。求婚品などありえない。

自分はただ――。

（ただ？）

後に続く言葉が思い浮かばず、辰宇は整った眉を寄せる羽目になった。

そのまま考え、しばらくして、ようやく結論を出す。

（礼だ）

鑽仰礼《さんぎょうれい》での「朱 慧月」の尽力によって、玄家の恨みは晴らされたわけだから。

ちょうど手元に、自分には相応しくない、けれど上等な短刀があり、世話になった相手がいて、しかもその相手に、その短刀がぴったりだと思ったから。

ただ、それだけ。

（風呂敷にしよう）

やはり大きくて頑丈なほうがなにかと便利だろう、という情緒のない理由で選択肢を絞った辰宇は、続いて、色と柄を比べはじめた。

玄家筋の人間としては、つい無難に黒を選びたくなるが――なんにでも合うし、返り血がついても目立ちにくい――、家色の品となると、「家を背負って贈っている」と取られ、大事になりかねないので、きっと避けたほうがよい。

（ならば相手に合わせて、黄……いや、入れ替わっている状態ならば朱色か？　めでたすぎるな。他の家色にする理由もないし、いっそ五色は避けたほうがよいか）

考えれば考えるほどに、眉間の皺が深まっていく。

まさか品物を包む布を選ぶだけで、こんなにも労力を使うものとは思いもしなかった。

「えっと……兄ちゃん、風呂敷にするのかい？　自分用かな？」

「いや、知り合いの女性に贈る」

「女性？　うーん、それなら、もうちょっと、おしゃれなほうがいいと思うが……」

野営にも便利、裂きやすく布巾にもできる、といった観点から、頑丈で清潔そうなものばかり眺めていると、店主が言いにくそうに口を挟んでくる。

「あまり、業務用っぽくないほうがいいんじゃないか？　色がついたのにしなよ」

「色」

辰宇は復唱し、赤黒く汚れた紫、としか言えない色合いのものを手に取った。

家色ではないし、赤黒ければ、単純な黒よりさらに返り血が目立ちにくい。よくわからない渦巻き模様が付いているが、それもまた賑やかでよいだろう。

「これにする。いくらだ？」

「え……っ、と、銀十匁《もんめ》でどうだい？」

なぜかおずおずと告げた店主に、辰宇が躊躇わず言い値を払おうとした、そのときだ。

「ありえねー！」

背後から威勢のよい声が響き、二人はぱっと振り向いた。

見ればそこにいるのは、笠紐を首に引っかけ、こなれた感じに旅装を着崩した青年である。

「信じらんねえ。田舎の農民が大掃除に使いそうな布きれに、銀十匁だって？　王都の値付け、どうなってんだよ。しかもそれを、あっさり払うときた」

人をこき下ろすにあたっても軽やかな、耳に心地よい声。

やれやれ、と両手を広げる仕草すら様になる、しなやかな体つき。

「つーか、なにそのどどめ色。なにそのだっせえ柄。これが女への贈り物だって？」

大げさに顰《しか》められた、少々軽薄さの漂う顔を見て、辰宇は珍しく目を見開いた。

まるで王都の役者もかくや、という目の前の色男に、覚えがあったからだ。

「あんたの物選びの感性、爆発してんじゃねえの？」

「雲嵐」

小馬鹿にするようにこめかみを指で叩いた男――南領の邑《むら》で頭領を務めているはずの雲嵐《うんらん》に、辰宇は「なぜここに」と呟いた。


「へぇー、これが。豪華だけど、思ったよりも狭いんだな。ま、やるだけの室《へや》なら、広さはいらねえか。調度品もお堅い感じで意外。あ、寝台は扉の奥とか？　てことは、あっちが卑猥なんだな」

「いいから、さっさと座れ」

きょろきょろと室内を見回す雲嵐に、辰宇は仏頂面で告げた。

北市から西の歓楽街に移動することしばし、その一角にある茶楼・「白炉《はくろ》」。

二階建ての建物の上階に通された雲嵐が、田舎者丸出しでいつまでも室《へや》を見回しているので、辰宇は眉間の皺を深めた。

「残念だがここは茶楼だ。どれだけ目を凝らしたところで、寝台など出てこない。うろうろせずに、さっさと座れ」

「おいおい、男と顔付き合わせて茶なんか啜《すす》っても楽しくねえよ。妓楼《ぎろう》の一種だと信じたからついてきたのに。騙したな？」

「たかる身の上で、よくもそんな横柄な口が利ける。だいたい、妓楼が昼から開いているものか」

驚いて振り返る雲嵐を切り捨てながら卓に着き、辰宇は今一度告げた。

「座れ。俺とて他人と茶を楽しみたい性格ではない。さっさと本題とやらに移ってもらおう」

そう。彼らが茶楼なんかにやって来たのは、雲嵐が「話がある」と声を潜めてきたからだった。

二人が北の市で出会ったのはつい四半刻前。

買い物が下手すぎる辰宇に代わり、瞬く間に品物を選び直し、値切り倒し、格段に洗練された手巾を手に入れた雲嵐は、そこでようやく辰宇を振り返り、「これ、『貸し』な」と勝ち気な笑みを向けてきた。

皇帝の血まで引く鷲官長と、小さな邑の頭領でしかない雲嵐。

本来ならこんな気安い態度など許されるはずもなかったが、あまり秩序に囚われない雲嵐は「温蘇《うんそ》では共闘した仲だし」とあっさり結論し、敬語さえ省いて辰宇に話しかけていた。

遠く離れた温蘇にいるはずの彼が、なぜ王都にいるのかと問えば、皇帝の誕辰《たんしん》のこの時期、邑に施された「温情」に感謝し、皇帝の徳を称える書状を届けに来たからだという。

江氏《こうし》の後任である郷長に、王都の歓心を買うべくそうせよと頼まれたのだそうだ。

「陛下と殿下には、賎邑《せんゆう》から邑に引き上げてもらった恩があるからさ。感謝の書状と一緒に、恭しく特産品とか納めに来たってわけ」

辺境の民が王都に足を運べる機会などそうそうない。白羽の矢を立てられた雲嵐は期待に胸を膨らませ、皆で金を出し合って一張羅を調え、船を乗り継いで都にやって来た。

が、実際に皇城に着いてみれば、皇帝への面会など夢のまた夢、書状と奉納品だけを門番に預けさせられ、さっさと追い払われたという。

周囲を見回してみれば、雲嵐と似た境遇の田舎者が何人もいる。

なるほど、自分にとっては一世一代の栄誉でも、皇帝にとっては誕辰の数ある余興の一つにすぎなかったかと、ようやく理解したわけだった。

だがそこは、要領のよい雲嵐だ。

早々に気分を切り替えると、なけなしの金で王都観光としけ込もうと思い立った。

南領の人間からすれば、とにかくなんでも北方のものが興味深い。

市を見るにも、王都内の最も北側にしようと決め、ぶらぶらしているうちに、覚えのある男――辰宇を見つけた、ということだった。

「ここで会ったのもなにかの縁。観光資金も乏しい俺に、王都で夢を見せてくれよ。さっきの貸しを早速返してほしい」

さっさと別れようとした辰宇を引き留め、雲嵐は躊躇いなく切り出した。

辰宇からすれば、ちゃっかり者の部下・文昴に奢れとせがまれるのは慣れているため、べつに一食を振る舞うくらい、なんということもない。

面倒なので金だけ渡し、自らはその場を去ろうとすると、しかし雲嵐は辰宇を再度呼び止めた。

そうして、思いも掛けない要求を突き付けたのである。

「せっかく王都までやってきたのに、飯だけ食って帰れって？　せっかくなら、きれいどころに囲まれてみたいんだけど」

「なんだと？」

ぬけぬけと、自分を妓楼に連れて行けというのだ。

雲嵐と異なり、女遊びに興味を持たぬ辰宇には、昼間から女を侍らせたいという願いなど理解もできない。

にべもなく断ったが、すると雲嵐は声を潜め、こう告げた。

「ここだけの話、雛女様——朱 慧月について、極秘で相談したいことがあるんだ。頼むから、男二人で籠もっても怪しまれない、盗み見も、盗み聞きもされない場所につれていってよ」

と。

雲嵐の言う「朱 慧月」とは、入れ替わった状態の黄 玲琳のことだ。

入れ替わりには、禁忌である道術も関わっており、相談とやらを放置することはできない。

とはいえ、昼からやっている妓楼などないし、そもそも相談にかこつけた要望など、呑む義理もない。そう考えた辰宇は、妓楼ではなく茶楼に連れてきたのだった。

現皇帝によって売春が厳罰化されるまでは、茶楼でも身売りが黙認されていた過去があるので、まあ、あながち騙したというわけでもない。

「白炉」はなかなか格式の高い茶楼のようで、一階には大人数も案内できる広間を擁し、追加料金を払えば二階の個室で寛《くつろ》ぐこともできる。

辰宇が例によって値段交渉もせずに大金を投げ出したため、目の色を変えた楼主によって二人はすぐに、二階の最奥にある、最も高級と思しき室《へや》に通された。

気を利かせた楼主は人払いもしようとしたが、あまりに密会感が出ては逆に不都合な辰宇はそれを断り——なまじ皇族の血を引いているため、謀反でも疑われたらことだ——、新米なのか、緊張を隠さぬ給仕の少女に適当に茶を注文し、今に至る。

しばらくしたら、給仕の少女が茶を携えて再び室《へや》を訪れるに違いないので、「極秘で相談」をするのならば、今をおいてほかになかった。

「ここにきて、方便だったというなら、今すぐ席を立ってもらうが」

「そうかっかしなさんなって。この手の話は、本当は酒でもあったほうが切り出しやすいんだけど。あんた、酒はいけるくち？」

再三辰宇が促せば、雲嵐は肩を竦《すく》めて応じ、卓に置かれていた品書きを手に取る。

「え……これ酒の名前なのかな。茶の名前？　鳥？　わからねえ……この字なんて読むんだ？」

学びたての子どものように熱心に文字をなぞる雲嵐を、辰宇はなんとなく見つめた。

（この男も、ずいぶん角が取れたものだ）

辰宇にとって雲嵐の第一印象は、「攫った雛女に刃を向けていた男」に他ならない。

その後、命懸けで邑を守った姿を見たことで、彼のひたむきな性質は理解したが、それでもやはり、当初の雲嵐には、露悪的で、他者の介入を拒む雰囲気があったと思うのだ。

だが今の彼には、己の無学をさらけ出してまで、字の読み方を尋ねる素直さと、熱心さがある。

おそらくそれこそが、「朱 慧月」が彼にもたらした、最も大きな変化だろう。

きっと今の彼は、あの粗暴ながら温かな邑に、わだかまりなく溶け込んでいるはずだ。

「――『金壇雀舌《きんだんじゃくぜつ》』」

「え？」

「その茶の読み方だ。大抵、地名と茶銘が併記されている。雀舌とは、雀の舌のように小さな若芽を用いた茶、ということだ。二杯目を頼むならそれにすればいい」

淡々と説明すると、雲嵐は顔を上げ、まじまじとこちらを見つめた。

「雅かよ……いきなり貴族感出してくるじゃん。皇族の血を半分引いてるって、本当だったのか」

「俺をなんだと思っていたんだ？」

「無表情のままいきなり殴ったり剣を揮《ふる》ったりするやべえやつ」

雲嵐は躊躇いなしに答えた。彼も彼で、辰宇にろくな第一印象を抱いていなかったらしい。

「おまえが雛女を攫ったからだろうが。邑の看病や報復にもだいぶ手を貸したはずだが」

「そうでしたそうでした。邑のためにずっと湯を沸かしつづけた男、ってのに訂正するわ」

むっとした辰宇が眉を寄せると、雲嵐はおどけて両手を広げ、それから小さく笑った。

「いやほんと。感謝してるんだよ、これでも。最初こそ、こいつは氷か何かかよと思ったけど、今は、少なくとも湯で溶けない程度には人間だなと思ってる」

そうして、「ぜひ温かい心で相談に乗って欲しいんだけど」と、懐からあるものを取り出した。

掌に収まってしまうほどのそれは、何重にも折りたたまれた紙だった。

「これをさ、見てほしいんだ」

「これは？」

「手紙さ。俺、雛女様から鳩を託されたんだ。南領で築いた縁を大切にしたいからって言われてね。文字の添削も兼ねて、実は、もう何回も雛女様とは密かに文通をしてる。社交辞令なんかじゃなくて、本当に、王都の雛女が、元賤民の俺に、手紙をくれるんだよ」

まるで壊れ物にでも触れるように、そっと手紙を撫でる雲嵐を見て、辰宇は密かに鼻を鳴らす。

（まったく、不貞でも疑われたらどうする）

嘆息の矛先は、黄 玲琳に対してだった。

彼女が雲嵐を懐に入れ、可愛がっていたのは知っている。命を懸けて邑を守った彼を讃えたいと考えたのも想像が付く。だが、王都に戻った後にまで、律儀に文通を続けるなどやりすぎだ。

どんなことから、入れ替わりや道術のことが知られるかわからないし、だいたい皇太子の婚約者ともあろう女が、身内でもないほかの男と文を交わすなど、あってはならないのに。

「分不相応だったと今さら気付いて、文通を止めるべきか悩んでいるのか？　ならば断言してやる。その通りだ。すぐに止めろ。鳩は俺から彼女に返しておく」

「いや、そうじゃなくて！　この内容を読んでほしいんだって」

辰宇がきっぱりと言い放つと、雲嵐は身を乗り出して手紙を開いた。

そこには、本物の朱 慧月のものとは似ても似つかぬ、端然とした筆致の文字が並んでいる。

すらすらと美しい文字の連なりを見下ろし、辰宇は眉を寄せた。


いわく、初めは溢れるほどに、長ずれば一度断ち、亀裂生ずれば涙のごとく濡らせよと。

理《ことわり》は知れど守ることは難しく、いっそ帯の内に入れるべきかとも悩み、焦れております。

雲嵐、あなたはどう思いますか。


くくり文に収まるよう、字数を惜しんでいるためもあろうが、ずいぶんと意味深な文章である。

思わず胡乱《うろん》な目つきになりながら顔を上げれば、雲嵐は片手で口元を覆いながら頬杖を突き、面はゆそうに視線を逸《そ》らしていた。頬が、少し赤らんでいる。

「……その、どう思う？」

「どう思うとは」

「いや、だからさ。少し詳しく状況を説明すると、最近、文通がぴたっと止まっちまった時があったんだ。で、これは、俺が『どうしたの、心配だ。なにか悩みでも？』って送った後の返事なわけ」

辰宇が淡々としていると、雲嵐は隠したそうな、いや聞いてほしそうな、じれったそうな様子で説明する。

それによれば、「朱 慧月」は最初、まさに「溢れるほど」大量の手紙を寄越し、けれどあるときぴたりと文通を「断ち」、雲嵐が案じるとようやく、短めの返事を一通寄越したそうだ。

手紙に書かれた内容、そして彼女の態度を考え合わせ、雲嵐はこんな仮説にたどり着いた。

「これって……いわゆる、恋の駆け引きじゃね？」

と。

「は？」

相槌が、思った以上にどすの利いた声になってしまったことに、辰宇は自分で驚いた。

だが仕方あるまい。

それほどまでに、雲嵐の主張は愚かしく響いたのだから。

冷ややかな視線に焦ったか、雲嵐は言い訳するように両手を突き出した。

「いやだって！ まず『溢れるほどに』甘い言葉を囁《ささや》いて、相手がその気になってきたら、交流をあえて『一度断って』、関係がひび割れない程度に湿らせておくって、異性を夢中にさせるときの常套手段じゃん。これは、『わたくしはそうしようとしたのですよ』って意味なのかなって！」

賎民として蔑まれていたとき、雲嵐は精悍な美貌と、計算しつくされた甘い言葉で郷の女たちを翻弄してきた。なまじ手練手管を知り尽くしているからこそ、こう思いついてしまったのだ。

「そこに、『理を知れど守ることは難しく』だぜ？ 『理論は知っているけど、その通りに手紙を控えるなんてできなかった』とも、『世の中の道理は知っているけど、身分の低い男に惹かれてしまう』とも取れるだろうが！」

「…………」

「とどめに、『帯の内に入れ』と来た！　なあ、これって、帯を解いてほしい、抱いてほしいってことじゃねえの？　字面も、『溢れる』とか『濡らせ』とかでやらしいじゃん。絶対そうだって！」

最初「どう思う？」と問うた割に確信の口調で話す雲嵐に、辰宇はきっぱりと言い放った。

「ないな」

「ああ？」

即座に、雲嵐がむっとした様子でにらみ返す。

「なんで断言できんだよ」

「それは」

なぜここまで強い口調で否定してしまったのか、自分でも説明のつかなかった辰宇は、咄嗟《とっさ》にこう付け加えた。

「それは――兵法だからだ」

「は？」

なじみの概念をその場の勢いで持ち出しただけだったが、口にしてみると相応の説得力があるではないかと、彼は思った。

「教養ある人間なら誰もが思い至るところだ。そんなことにも気付かず浮かれるなど、愚かな」

「はああ？」

うっすらと冷笑を浮かべた男に対し、苛立ちを募らせたのは雲嵐である。

彼とて、天下の雛女様が、田舎者ごときに愛を囁きやしないだろうとは理解している。

実際、こうして辰宇に手紙を見せたのも、とある事情があってのことだ。

だが、ちょっとした夢を見るくらい許されるのではないか。

もしかして彼女は相手が自分だからこの手の冗談を言うのかな、参っちゃうなと、自慢するくらいは。

(だいたい、この流れで、いきなり兵法を持ち出す女なんていねえっつの！)

考えるまでもなく、これはこの男の主観であり独断。それもてんで的外れな推量だ。

本気ではなかったとはいえ、真っ向から否定されると腹が立つ――。

苛立ちのまま、雲嵐はばんばんと軽く卓を叩いた。

「この内容の、どこをどう読めば兵法が出てくるんだよ。ああ？」

「わからないのか？　初めは溢れるほど、長ずれば一度断ち、亀裂生ずればわずかに濡らす。つまり初戦では大軍を投じて敵を圧倒し、長引けば一度退き、以降は緊張が訪れるたび慎重に配備せよ、ということだ。彼女は最近将棋に夢中だから、大方それに悩んだのだろう」

男が滑らかに答えるものだから、うっかり信じそうになるが、よくよく見据えてみれば、青い双眸はわずかに逸らされている。

(つーかこいつ、雛女様の最近の趣味まで把握してるわけ？)

雲嵐は目を細め、首を傾げた。

「へー？　じゃ、『帯の内に入れるか悩む』ってどういうことだよ」

「つまり、懐に入れて……。敵を懐柔すべきか悩む、という意味だ」

「うまいこと言ったつもりだろうけど、無理筋だね」

字数を惜しむなら、素直に「懐」と書くはずだ。

雲嵐は卓に肘を突き、平静を装う美貌の男に向かって身を乗り出した。

「素直に読めよ。どこからどう読んでも、溢れる慕情に悩んで、身を差し出すか悩む女の心情だろ」

「兵法だ」

「ねえっつの！」

ちょうど背後の扉が開き、給仕の少女がおどおどと茶を運んで来たが、辰宇はもはや伏せる話題ではないと判断したか、隠しもしない。話をはなから信じない態度が、また腹立たしかった。

「百人に聞いたら百人がそう答えるぜ。お嬢さん、なあ？」

鼻息荒く溜め息を吐き、雲嵐はくるりと背後を振り返る。

大抵の女は雲嵐に味方してくれるので、劣勢と感じたときには彼女たちを巻き込むのが彼の常なのだ。

十五歳ほどの給仕の少女――辰宇に配慮したか、赤毛が印象的な異国人である――は、話しかけられて驚いたのか、びくりと肩を揺らす。

「あ……っ」

「聞いてくれる？　この堅物男はさ、色めいた手紙をもらっても全然理解しようとしないんだ」

女と見ればひとまず懐柔しておくのが、雲嵐が険しい人生で培った世渡り術である。

相手の緊張を解《ほぐ》すため、雲嵐は調子よく少女に話しかけた。

「ねえ。『初めは溢れるほど』、『長じれば一度断ち』、『亀裂生じれば涙のごとく濡らす』べきって言われたら、なんだと思う？　『理を知れど守るのは難しく』、『帯の内に入れるべきか悩む』って言われたら。お嬢さん、なにを想像する？」

「え……」

少女は、痩せ細った体を給仕のお仕着せで隠すように、袖を引っ張り俯《うつむ》いている。

「そ、その……」

「ん、何なに？　言ってよ。あ、もしかして言葉がわからない？」

雲嵐は他意なく、少女の顔を覗き込んだ。

口づけを交わせる距離に、滑らかに近付くのが彼の特技だ。

「……な」

少女は息を呑んで後ずさり、盆を掴んで盾のように構えた。

「な、苗」

「え？」

「苗……」

まるで、答えたからこの場から解放してくれと言わんばかりの、か細い声。

「め、芽が出るまで、初めは溢れるほど、水をあげて……。成長したら、一度、水を断ち、以降は土がひび割れない程度に、湿らせろと……いう、こと、かも」

だが、その内容にははっと膝を打つものがあり、雲嵐と辰宇は思わず顔を見合わせた。

――苗。

興味を引かれた様子で、今度は辰宇が尋ねた。

「では、『帯の内に』というのは？」

「暖かいと、芽が出やすいから……。せっかちな農家は、帯の内側で温めて、無理矢理芽を出させる、ことも、あります」

「…………」

雲嵐と辰宇は、言葉を交わさずとも、互いが真相にたどり着いてしまったことを悟った。

――理は知れど守ることは難しく、いっそ帯の内に入れるべきかとも悩み、焦れております。

つまり、「発芽を促す理論は知っているけれど、待つことが難しいので、いっそ温めてしまおうかと悩んでいます」。

「はは……」

雲嵐は、ずるりと椅子の背にもたれかかった。

ああ、ものすごく腑に落ちた。

年頃の異性相手に、切々と園芸の悩みを打ち明ける女。

そうとも、それこそが、雲嵐の知る「彼女」だ。

「なんでまた唐突に……。あ、俺が『悩みがあるのか』って聞いたから？　だから最近の悩みを打ち明けたってこと？　意見を尋ねたのも、俺が農民だから？」

「ふん。最初からそうだろうと思っていた」

「嘘つくなよ！」

しれっと茶器を取り上げた辰宇に、雲嵐は思わず卓を叩く。

その拍子にまたも少女がびくりと身を竦めたので、慌てて話題を逸らした。

「ごめんな。それにしてもお嬢さん、詳しいね。もしかして農家出身？　貧しい農家の娘が妓楼にってよく聞くけど、あんたもそれ系？」

「だから妓楼扱いするなと言っている。だいたい、貧農の身売りなどいつの話だ。陛下が恩農令を出されて以降、農民は商人以上に手厚く保護されている」

「え、そうなの？」

政《まつりごと》に疎い雲嵐は、辰宇に指摘されて目をぱちぱちと瞬かせる。

「特に、売春目的の貧農売買は罰則が厳しい。手を出そうものなら即日で捕縛だ。もっとも、ここは妓楼ではなく茶楼だから、関わりのない話だがな」

「あの」

やはり辰宇が抑揚のない口調で告げた、そのときだ。

ずっと俯いていた少女が、さっと顔を上げ、盆を抱きしめたまま身を乗り出した。

「その、話――」

「おおい、美雨《みう》。ずいぶんゆっくりしてるじゃないか」

だがそのとき、ばさりと御簾《みす》を巻き上げ、年嵩《としかさ》の男がやってくる。

上等な衣を身につけ、立派な髭を生やした恰幅のよい男は、先ほど辰宇たちを個室に通した、茶楼の楼主であった。

「まさかとは思うが——話し込んでいたのか？」

「……っ」

楼主がわずかに声を低めると、美雨と呼ばれた給仕はみるみる顔色を失い、後ずさる。ふるふると首を振った彼女は、「早く『厨房』に戻りなさい」と告げられると、一層青ざめ、力ない足取りで室《へや》を出て行った。

「いやあ、すみませんね。給仕の躾《しつけ》が行き届かなくて。お客様の会話に割って入るなと、言い聞かせてはいるのですが。なにか失礼はございませんでしたか？」

美雨が去るなり、楼主はぱっと笑みを浮かべて話しかけてくる。

辰宇と雲嵐は思わず顔を見合わせたが、同時に短く応じた。

「いや」

「べつに」

「それはようございました」

楼主はゆったりと頷き、深々と頭を下げる。

「この『白炉』では、看板には載せていない特別な品書きも多くありますので、ご興味がおありでしたら、なんなりとお申し付けください。卓の鈴を鳴らせばお伺いしますので、どうぞ、ごゆるりと」

そうして、愛想のよい声で告げると、恰幅のよい腹を揺らしてその場を去って行った。

「給仕の躾に厳しいんだな、茶楼ってのは」

楼主の後ろ姿を見送り、雲嵐は首を傾げる。

「ちょっとおしゃべりするくらい、いいじゃねえか。なあ？　お陰でこっちは、手紙の謎が解けたっていうのに。いやあ、あの子すごいよな。普通なら恋文と思うだろうに、苗と来るとは」

「…………」

だが、辰宇は黙々と茶を啜るだけで、相槌のひとつも打ってくれない。

ばつの悪さを堪《こら》えられなくなった雲嵐は、がしがしと頭を掻き出した。

「なんとか言えって！　俺、馬鹿みたいじゃん。一人で盛り上がってさ。いや、兵法とか言い出したあんたも大概だと思うけど」

「…………」

「言っとくけど、あんたも俺と同程度の間抜けだからな。あんた、あれを恋文だと信じたからこそ、躍起になって否定したんだろ。なあ、そうだろ？」

自棄《やけ》になって絡みに行くと、辰宇は煩わしそうに「まさか」と眉を寄せる。

「俺には最初から、あれが恋文などではないとわかっていた」

「ああ、そうですかそうですか。なら俺だってわかってたよ。恋文だとしても冗談だろうと思うくらいには冷静でした！　片や元賎民、片や、伝記が編纂されるくらい立派なお雛女様だもんな！」

雲嵐は、いよいよ椅子に背を投げ出して叫んだが――そのときふと、辰宇が顔を上げた。

「……伝記？」

青い瞳が、疑問を湛《たた》えて相手を貫く。

「なんだ、それは」

「なにって。だから、今代の雛女様が、窮していた邑を救うような素晴らしい人物だから、伝記を書いて、民に触れてまわるんだろ？」

「なんだと？　それはおまえの願望か？」

辰宇が不審そうに目を細めたので、雲嵐は困惑に顎を引いた。

「願望もなにも。あんたらが、そういうことをしてるんだろ？　郷や邑に、わざわざ役人を送り込んでさ。俺なんて当事者だったたから、『奇跡』について詳しく聞かせろって、どれだけしつこく尋ねられたことか」

説明を聞き、辰宇はさっと顔を強ばらせた。

（「奇跡」についての聞き取りを？　官吏が？）

戦場で磨いてきた勘が、激しく警鐘を鳴らしたからだ。

おかしい。

皇族の死後、太史令が過去の偉業を聞き集めて史書を記すことはあるが、健在の、それもたかだか雛女の足跡を残すために、官吏が動くなどありえない。

「……なにを聞かれた？」

「え？　だから、『奇跡』についてだよ。急に雨が降ったり、晴れたり、傷が入れ替わったりっていう、一連のさ」

「『皇太子殿下の起こした奇跡』ではなく、『雛女の起こした奇跡』として聞かれたのか」

質問の意味がわからなかったらしく、雲嵐は眉根を寄せた。

「それって、なんか違えの？　皇太子殿下が祈って、雛女様が舞ったから、農耕神が満足して奇跡を起こしたんだろ？　そういや、役人も、やたらとそのあたりを尋ねてきたけど」

その回答に、すうっと体の芯が冷えるのを感じる。

先ほど恋文を兵書と解釈したときとは異なり、強い確信を持って、辰宇はこう思った。

「朱 慧月」が道術を使ったのではないかと、探られている。

ことの重大さを解さぬ雲嵐は、呑気に背もたれにのけぞり、「なんだっけ」と記憶を辿った。

「そうそう、雛女様のおかげだと思う奇跡があれば、ぜひ教えてほしいと言われたんだ。たとえば、傷が入れ替わったのは彼女が触れたからではないのか、とか。あとは、突然炎が燃えなかったか、とかも聞かれたかな。異常な現象はなかったか、って」

「なんと答えた」

「ん？　そりゃ、ありのままを。『雛女様が起こしたのは、奇跡というより意識改革です。空が晴れたのも、傷が入れ替わったのも、全部殿下が祈ってくれたから。つまり龍気のお陰です。雛女様も、しきりとそう言って、殿下を讃えていましたよ』って」

夫を立てる奥ゆかしい女ってのが雛女の理想だろうから、ちょっと朱 慧月の株を上げておいた。

そう付け足して、世慣れた風に笑う雲嵐を見て、辰宇は胸を撫で下ろした。

この青年が、世俗の知恵を持ち合わせた人間でよかった。

一行が道術を用いた作戦を立てていたとき、彼の意識がもうろうとしていたのも幸いした。

万が一、「朱 慧月」自身の活躍をぺらぺらと語られてしまっていたら、彼女は一巻の終わりだっただろう。

なぜなら、辺境の郷にまで人員を割き、道術の関与を探ることのできる人物がいたとしたら、それは相当な権力者に違いないからだ。

（たとえば、皇帝陛下のような）

鑽仰礼を終えた後、雛宮《すうぐう》監視の密命を下したという皇帝。

密命という割には堂々と書で触れていたし、先帝時代からの旧臣を重んじる風潮も知っていたから、てっきり辰宇も、あれは家臣を宥《なだ》めるため形式的に発令したもの、いわば偽の命令とばかり思っていた。

対策と称して町に下りる尭明《ぎょうめい》たちのことを、大げさな、とすら感じていた。

だが——もし本当に、そして既に、隠密が動き出していたら？

ぞく、と背筋が粟立つ感覚を抱き、辰宇は無意識に拳を握った。

辰宇の父でもある弦耀《げんよう》は、掴みどころのない男だ。

学問や楽を愛し、常に穏やかだが、この世のすべてを突き放しているようにも見える。

賢君と評判ではあるが、それは彼の政への強い意志がそうさせたというよりも、私情を挟まず淡々と国家を運営したために、最も無難な治世が実現された、というのが実情に思われた。

周囲の裏を掻いてまで命を下す、そんな情熱を秘めた父帝など想像もできない。

（だが、想像できないからこそ……そうだった場合が恐ろしい）

戦場にいると、時々こうした、予知めいた感覚を抱くことがある。思い過ごしのこともあるが、大抵は、直感に素直に従ったほうがよい。辰宇はそうやって、命の危機を回避してきた。

（止めなければ）

辰宇は堪《たま》らず、椅子を蹴って立ち上がった。

今日の正午、西の市付近の酒房で、黄 玲琳と朱 慧月が落ち合い、入れ替わりを解消することになっている。

後宮の外なら安心だと思っていたが、もし既に隠密が動き出していたのだとしたら――田舎の郷にまで足を運ぶほどなのだとしたら、王都で安全な場所などない。

むしろ、わざわざ城下で落ち合ってことをなしたら、相手側に道術使用の確信を与えてしまうだろう。それが狙いだったのかもしれない。

一刻も早く作戦の中止を――と、扉に向かったところで、辰宇はふと足を止めた。

（俺が酒房に駆けつければ、それもまた怪しまれるか？）

外遊の一件まで調査されているのなら、自分にだって監視は付いているかもしれない。

表向きは、「町歩き中の『朱 慧月』を警護する」役目にあった鷲官長・辰宇。彼女が休憩している設定の旅籠に引き返すことはあっても、まったく方向違いの酒房に向かうのはおかしい。

（俺が『朱 慧月』たちの道術を把握していることは、気取られないほうがよい）

保身のためというより、捜査で優位に立つために。

黄 玲琳や朱 慧月との関係を悟られないほうが、いざというとき、彼女たちをかくまうことができる。

「……雲嵐。おまえが使役しているという鳩は、今呼べるか」

立ち止まり、ぐるりと室内を見渡しながら、辰宇は低く問うた。

少なくともこの茶室に、他人の気配はない。だが、人通りの多い外に出てしまえば、追っ手を察知することは難しくなる。

ならば、この場を動かず連絡を取るべきだ。

たとえば、そう――雲嵐と「朱 慧月」を繋ぐ、鳩を使って。

人混みを抜けて辰宇自身が移動するよりも、鳩に空を飛ばすほうが、密かに、そして早く報せを届けられる。

「へ？ そりゃ、鳥笛を鳴らしゃ、近くにいる場合は来るけど」

「呼べ。至急、『朱 慧月』に伝えたいことがある」

「なんだよ、急に物々しい」

雲嵐は困惑を露《あらわ》にしたが、ちょうど餌の時間だということで、鳥笛を鳴らした。

木彫りの素朴な笛を、窓に向かって吹く。

だが、しばらく待ってみても反応がないので、彼は首を傾げた。

「あれ。たぶん近くを飛んでる頃なんだけどな。ほかの用事でもできたか？」

念のためと、窓を大きく開け放ち、再度笛を鳴らす。

「まあこれで、遅くとも半刻以内には――……」

窓枠から身を乗り出していた雲嵐が、ふと、顔を険しくした。

「あそこ、見て」

「なんだ」

「この茶楼の下。厨房のあたり。あれ……さっきの子と、楼主じゃない？」

指し示す先を目で追えば、たしかに、厨房と思しき空間の物陰に、赤毛の印象的な少女と、でっぷりと腹を揺らした男の姿が見える。

遠目からもわかるほど、美雨は怯えた様子で屈《かが》み込み、楼主はそんな彼女を足蹴にしていた。

「――ことを……すな！　いいか、もし……たら、その……るぞ！　いいか、……はここで、大人しく……だよ。……なよ」

この距離だ。辰宇では、男の発言を十分に聞き取ることはできない。

だが、田舎で優れた聴覚を育んだ雲嵐は、見事に言葉を拾ってみせた。

「『余計なことを話すな。いいか、もし一言でも口をきいたら、その舌を切るぞ。おまえはここで、男に股を開く運命なんだよ。逃げだそうなんて思うなよ』」

「聞こえるのか」

「うん、まあ――おい、嘘だろ。あいつ……！」

尋ねた辰宇に、雲嵐は頷きかけたが、続く光景を見てぎょっと息を呑んだ。

今度は、目のよい辰宇にもよく理解できた。

楼主は、傍らにある火鉢から焼けた箸を取りだし、美雨の腕に押し付けたのだ。

「――……！」

悲鳴を押し殺しているのだろう。はく、と、口だけが動く。

必死に声を堪える姿、すぐに立ち上がって袖を下ろし、よろめきながら盆を掴む姿に、これが日常的な光景だということが窺えた。

「ありえねえ」

「待て」

頭に血を上らせ、厨房に向かおうとする雲嵐の肩を、辰宇が掴む。

「なにをする気だ」

「なにって。あのクソ野郎を殴らなきゃだろうが。あの子、虐待されてるし、茶楼で身売りさせられようとしてんだぜ!?」

怒りに満ちた叫び声を向けられても、辰宇は眉ひとつ動かさなかった。

「給仕をどう躾《しつ》けるかは、店の裁量に委ねられている。茶楼での売春は違法だが、それを取り締まるのは我々の職務ではない。気になるなら役所に連絡を入れて、後で調査させればいい」

「後で、って言ってるうちに、今あの子が火傷で死んだらどうすんだ！」

「彼女が助けを求めたか？　声を上げげた？　上げなかった。ここで適応しようとしているんだ」

カッとなった雲嵐は胸ぐらを掴み上げたが、辰宇は落ち着き払った様子でその手を退けた。

特定の者にしか執着しない彼からすれば、茶楼の少女の不遇などどうでもよいのだ。

せいぜい、法に則《のっと》った範囲で調べ、正義を実現すればよい。

それよりも今は「朱 慧月」に急を知らせることのほうがずっと重要だった。

だが雲嵐は違う。べつに、慈愛深いと評判の黄家のように、誰彼構わず救って回るべきとまでは思わないが、火性の強い者として、自分に関わる侮辱は見過ごすことができなかった。

そう。雲嵐は美雨に自身を重ねてしまったのだ。

散々に脅しつけられ、上げるべき悲鳴も飲み込んでしまっている彼女に、かつて賤民として追い詰められていた自分自身を。

「……悲鳴を上げねえのは、自力で対処できるからじゃねえよ」

声は少し、掠《かす》れてしまったかもしれない。

脳裏にはなぜか、血まみれの手を頬に伸ばしてきた、とある女の姿が浮かんでいた。

――あなたは、お父君を慕っていたのではありませんか。お母君を痛ましく思っていたのではありませんか。

露悪的に振る舞っていた自分の、心の奥底にしまい込んでいた思いを見抜いた女。

――わたくしが、必ずあなたを守ります。だからあなたは、王としてこの邑を守りなさい。

すっかり自暴自棄になり、助けを求めることすら諦めていた雲嵐に、躊躇わず手を差し伸べた女。

必ず守るから、立ち上がれと、雲嵐を信じ抜いた女。

「助けを求めないのは、諦めたからだ。誰も、助けてくれなかったから。周囲が――あんたが、そうさせてんだよ。本当は助かりたいに、決まってんだろうが。苦しいに決まってんだろ!?」

彼女と出会ってから、雲嵐は女性をいたずらに傷付けることをやめた。

代わりに認めたのだ。

本当は女をもてあそび、蔑むことなんかしたくなかった。本当は、甚振《いたぶ》られる弱者を助け――かつて傷付けられていた母を、追い詰められていた幼い自分を、救いたかった。

それこそが、本来の自分の性質なのであると。

雲嵐は辰宇を押しのけ、卓上にあった鈴を取ると、激しく鳴らした。

「はい、はい。なにかご入り用でございましょうか？」

すぐに、階下から楼主が慌てて飛んでくる。

媚《こ》びた笑みを貼り付けた男に、雲嵐は傲岸不遜に言い切った。

「さっきの給仕の子、呼んでほしいんだけど」

「は？　ああ……彼女をお気に召しましたか。はいはい、すぐにお呼びしましょう」

楼主はどう受け止めたのか、下卑た笑みを深め、いそいそと美雨を連れてくる。

「注がせるのが茶だけでは味気ないでしょう。ただいま酒をお持ちします。この娘は、この通り体つきが優れておりますから、きっと、異国の方でもご満足いただけると思いますよ」

もはや昼から酒を提供していることも隠さず、少女を自由にできることを存分に匂わせると、楼主は去っていった。

雲嵐は拳を握って怒りを抑え込み、楼主の姿が完全に見えなくなると、美雨に話しかけた。

「なあ。あんた、ここで身売りさせられてんの？」

「…………！」

少女がはっと顔を上げる。

「少なくとも、暴力は振るわれてるよな。悪い、さっき見えちまった。なあ、俺そういうの、我慢ならねえんだわ。あの男、ぶっ飛ばしてやるから――『助けて』って一言、言ってくんねえ？」

助けさえ求められたなら、自分が動く道理ができる。この場で役人に訴え出ることもできる。

そして雲嵐の見立てでは、美雨は即座に頷いてくれるはずだった。助けが来たとほっとし、すぐこちらに縋《すが》り付いてくると。

だが、

「――……っ」

予想に反し、彼女は全身から血の気を引かせ、かたかたと震え出した。

袖元を押さえながら後ずさり、なんとか身を縮めようとしている。

それで雲嵐も理解できた。

彼女は恐れているのだ。一言でも口をきいたら舌を切ると、楼主に脅されたから。

突然現れた見知らぬ男たちが、実際に自分を助けてくれるのかはわからない。

一方で、楼主の脅迫は、かなりの確率で現実になる。

助けを求めたら、そちらのほうが酷い目に遭うかもしれない。だから悲鳴を上げられない。

さらには間の悪いことに、そのとき室《へや》に踏み入ってくる者があった。

「おやおや。てっきり彼女を気に入ったのかと思えば……そういうことでしたか」

酒を持ってきた楼主だ。

「困りますねえ。勝手な妄想のもと、店に言いがかりを付けられちゃ。うちは清廉潔白だっていうのに。営業妨害の廉《かど》で、役人に訴えますよ。役所とは懇意にしているのでねえ」

「勝手な妄想だって？　違うね、その子は――」

「それに、客に嘘を吹き込んだ悪い給仕にも、罰を与えないといけない、と」

雲嵐はすかさず啖呵《たんか》を切ろうとしたが、酒を卓に置いた楼主が、酷薄に目を細めるのを見て、言葉を飲み込んだ。

「てめえ……」

雲嵐は唸り、素早く美雨のほうを振り返ったが、彼女は完全に恐怖の支配下にあり、こちらと目を合わせようともしない。たしかに、今の彼女から証言や訴えを引き出すのは難しいだろう。

「よくもそんな卑怯な――」

「わかった、楼主殿。べつに我々は店を疑ったわけではない。すべてこの男の妄想だ。すぐに失礼しよう。その酒の代金くらいは払う」

言葉尻を奪うようにして、辰宇がさっさと話をまとめにかかったので、雲嵐は目を見開いた。

「おや、わかっていただけてよかったです。ただね、私が今用意したのは、特別な酒なものですから、少々値は張りますよ。給仕を指名した場合には、この酒を用意することになっているのです」

「構わない。言い値を払おう」

「はは、あなた様は話のわかるお客様のようだ。どうです、お望みなら元の『ご注文』通り、この娘に給仕をさせましょうか。酒ひと甕《かめ》につき四半刻、彼女がお相伴しますよ」

「いや、相伴は結構」

辰宇は何事もなかったように会話を続けている。

これが王都の人間らしい、如才ないやり方ということなのか。

甚振られている者を一度放置し、後から機会を見計らって要領よく助ける、というのが。

「………」

美雨はもはや、心をすり切れさせてしまったらしく、耳を塞ぐようにしてぎゅっと身を縮こめている。呼吸は不規則で、全身が震えていた。

それを見て、雲嵐はやはり、「ありえねえだろ」と思った。

目の前に、弱り切り、絶望しきった者がいて。

ひとまずこの場を切り抜けて、後から助けるのが、正解？

（ねえよ）

だって朱 慧月はかつて、自分を襲う男があれば、即座に喉元に刃を押し込んでやり返した。

人々が病に倒れたら、禍《わざわい》が広がりきる前に病魔を仕留めた。邑を陥れられたら、速やかに郷を迎え撃った。ひとときも、待ったり、やり過ごしたりしなかった。

だからこそ、彼女が滞在したたった数日で、自分たちはすっかり救われたのではなかったか。

「おや、そうですか。それは残念です。ではまたのお越しを――」

「帰らねえよ」

一度拳を握ると、雲嵐は楼主の言葉を遮った。

「酒をひと甕。いや、店にあるだけ持ってきて」

ぽかんとこちらを見返した男に、ふんと笑って言い放つ。

「その子の時間を、お望み通り買ってやるよ。酒を飲む間だけ、彼女と『おしゃべり』する。それなら文句ねえだろ？　もちろん金は払うさ、この男がな」

「おい」

さらっと巻き込まれた辰宇が無表情で呟いたが、そんなことに構っている場合ではなかった。

「おら、金払いのいい客が酒を寄越せと言ってるんだ。その子をここに置いて、てめえは犬のように尻尾を振りながら甕を持ってこいよ」

「おやおや、威勢のよいことで。ですが、ひと甕にしておいたほうがよいのではありませんかな」

雲嵐が睨みつけると、楼主は女のような仕草で口元を覆い、おほほと笑う。

抜け目のない商人であるらしい彼は、小首を傾げてこう返した。

「王都での酒の礼儀をご存じないと見える。こうした場所では、注文した酒は必ず飲みきらなくてはならないのですよ。金に飽かせて大量の酒を注文し、残す客は、訴えられても文句は言えない」

そんなしきたりがあるのか、と困惑に眉を寄せれば、隣の辰宇が「事実だ」と溜め息を吐く。

「妓楼のやり口だがな。礼儀にかこつけて、強い酒を大量に飲ませて客を潰してしまえば、妓女の時間を浮かすこともできるし、酒を残したと難癖を付けて、都合の悪い客を用心棒に処分させることもできるから」

なるほど、差し出す酒をとびきり強くすれば、瞬く間に客のほうが倒れてしまう。その程度の時間なら、美雨を客のもとに残して行っても、不都合な真実は語られないと踏んだのだろう。

「あんた詳しいのな」

「普通だ」

辰宇は顔を顰め、「とにかくこんな理不尽な要求に従う必要はない」とやはり話を打ち切ってしまおうとする。

だがそれを遮り、雲嵐は楼主に向き直った。

「あっそう。じゃあ、一滴残さず飲もうじゃん。言っとくけど、俺は相当酒強いから」

「おい」

自ら喧嘩を買って出る雲嵐に、辰宇は苛立ちを隠さなかった。

「なぜこんな馬鹿げた勝負に乗る？　こうした店の酒はたいてい火酒だ。飲み過ぎれば死ぬぞ。求められてもいないというのに、なぜそんな無茶をする」

「求めるようになるかもしれないじゃん。目の前で、自分のために無茶をしてくれる人がいたら」

辰宇の非難に対する、雲嵐の言葉はきっぱりとしていた。

「身内でもないし、利があるわけでもない。なのに本気で自分を助けようとする、馬鹿みたいなやつがいるんだってわかったら――助けを求められるようになるかもしれないだろ」

ぼんやりと話を聞いていた美雨の目が、微かに見開かれる。

辰宇もまた、青い目を瞬かせた。

目の前の青年がこの行為に、誰を重ねているのかを、理解してしまったからだった。

――「朱 慧月」。

雲嵐はまっすぐ辰宇を見つめ、言い放った。

「あの人だったら、絶対そうする。っつーか、酒さえ飲めば人助けができるってんだから、飲みゃいいだろ。がたがた言うなよ」

口の端を引き上げ、彼はこうも付け足した。

「あんたは金だけ出して、大人しく待ってればいいって。酒も飲めねえ軟弱野郎の代わりに、俺が頑張りましたって、あとで鳩経由で言いつけてやるから」

「…………」

押し黙った辰宇を置いて、雲嵐は楼主から酒の甕をひったくる。

ぞんざいな手つきで杯に移すと、中身を一気に飲み干した。

たしかにかなり酒精が強いと見えて、喉がかっと焼ける心地がする。

だが雲嵐はそれをおくびにも出さず、ひらりと杯を宙で返してみせた。

「ほら、まずはこの通り。こんなしょぼい量の酒、ひと甕で足りるもんかよ。さっさと次のを持ってきな」

「……ほほう。では、ありがたく、次の甕をお持ちしましょうかね」

楼主は、想像以上の飲みっぷりに警戒したのか、わずかに目を細める。

美雨に、「わかっているな」と念押しのひと睨みをくれて、素早く厨房に向かおうとしたようだが、そこに声が掛かった。

「待て」

辰宇である。

彼は、振り向いた楼主の前で、思いもよらぬ行動に出た。

「この甕はだいぶ小さいな」

なんと杯どころか、甕を掴み、そのまま中身を飲みはじめたのである。

ごくごくと喉を鳴らし、やがて、愕然《がくぜん》としている楼主に、優雅に甕をひっくり返してみせる。

ぴとん、と滴が伝うだけで、すでに中身が空になっているとわかった。

「な……っ？」

「まとめて三甕持ってこい」

居丈高に言い放ち、楼主を追い払った男のことを、雲嵐はまじまじと見つめてしまった。

「あんた……」

「半刻以内。鳩が来るまで身動きが取れないから、付き合うだけだ」

礼を述べるべきなのか、と言葉を選びあぐねているうちに、辰宇が素っ気なく告げる。

「こんな薄い火酒では酔うこともできん。酒で寒さをしのぐ北領の男は、大陸一酒に強いと、まさかおまえは知らないのか？」

雲嵐は思わず、ふはっと噴き出してしまった。

（なにこいつ。涼しい顔して、めちゃくちゃ負けず嫌いじゃん）

どうやら、先ほどの自分の発言が、彼のなにかに着火してしまったらしい。

だが、それでちょうどいい。

喧嘩っ早さで、南領の人間の右に出る者などいないのだから。

「さーて、どうかねえ？　南領の男は、汗をよく掻いて体の水の巡りがいいから、酔いが全然残らないんだ。明日泣くなよ、おっさん」

「同い年くらいだ」

「えっ、まじ？　老け顔じゃね？　あんた顔の筋肉死んでるもんな」

軽口を叩き合いながら、辰宇は卓につき、雲嵐は片隅に下がっていた美雨へと手を差し出す。

びく、と身を竦めた彼女の肩を、そっと叩いて、雲嵐は極力優しく囁いた。

「なあ、いきなり信じろっつっても、無理だよな。なら、ちょっとだけ酒に付き合って。俺たちが飲むから、あんたは座っているだけでいい。話してもいいと思えたら、事情を聞かせて」

鳩はおそらく、半刻もせず飛んでくる。

そうしたら、美雨のそばに付いたまま、鳩を使って助けを呼べる。その頃には、彼女も心を開いてくれるだろう。

いいや、そうさせてみせる。

雲嵐はそう決めて、甕を抱えて大急ぎで室《へや》に戻ってきた楼主を出迎えた。

さて、少女の時間を稼ぐための工作が始まって、わずか四半刻のことである。

「つかさー。話戻すけど、あんたやっぱ、妓楼とか行くわけ？　なにげに詳しくない？」

「詳しいというほどではない。部下に強引に付き合わされるだけだ」

「えっ、でもさ、あんたの部下ってその、なんだ。ないわけじゃん？　それでも妓楼って行くの？　行ってなにすんの？　……あはは、ナニすんの、だって！　だから、ねえっつってんのに！」

雰囲気を和らげるべく、雲嵐は意図的に話を盛り上げていたのだが、酔いも手伝って態度がどんどん気安くなり、結果的に、場の主旨はほとんど単なる酒盛りと化しつつあった。

特に雲嵐は、酔うと一層陽気になる性質で、先ほどから何もかもがおかしく、けらけらと笑えて仕方ない。

ちょっとしたことで卓を叩いて笑う雲嵐に、美雨はおずおずと戸惑いの視線を寄越し、辰宇は淡々と杯を傾けていた。

ちなみに楼主は、もう何個目になるかわからぬ甕に酒を満たすべく、厨房まで走っている。

「あまりそのあたりを突くと、鷲官に殺されるぞ。劣等感を隠し持つ者も多いからな」

「ふーん。あんただけは、あるんだっけ。周りも複雑だろうね。んっ？　待って、あんたってある、で合ってる？　それにしては顔がきれいすぎるもんな。てことはやっぱ、ない？」

「殺すぞ」

辰宇はやはり無表情で応じてから、ぐいと杯を飲み干した。

空になった杯をひらりと雲嵐の前で見せつけてから、ふっと冷笑を浮かべる。

「おや、そちらはまだか。慎ましい飲みっぷりだな、お嬢さん？」

「てめ……」

女泣かせの色男、という評判をほしいままにしてきた雲嵐にとって、その手の挑発はなによりの屈辱だ。

ひくりと口元を引き攣《ひっ》らせると、彼はわざわざ杯を満たし、一気にそれを飲み干した。

「あんたの目は節穴か？　この飲みっぷりが見えないなんて」

だんっと杯を卓に叩きつけ、甕を引き寄せると、嫌みったらしく辰宇の杯に注いでやる。

「あんた、これで何杯目だ？　俺は……二十だっけか。は、ようやく体が温まってきたわ」

「ふん。律儀に数えるあたりがせせこましい。俺は……二十二だったか」

「上乗せすんじゃねえよ。てか、あんたこそ端数まで数えてんじゃんか！」

「なら三十だった」

「丸めすぎだろ！」

応酬をしながらの酌なので、簡単に手元が狂う。

こぼれそうになった杯に、急いで口を寄せると、なぜか鼻に当たってしまい、雲嵐が「ぐふっ」と奇声を漏らすと、辰宇が真顔ですっと人差し指を突き付けた。

「笑える」

「あんた、やっぱ相当酔ってんだろ⁉」

表情はまったく変わらないのに、理性はどことなく緩んでいるようなのがややこしい。

辰宇は素直な表情で指を下ろすと、数拍置いてから、突然むっとした顔になった。

「酔っていない」

「いや酔ってるって。なんか行動にいちいち時差あるもん。この指、何本に見える？」

「ああ。二本頼む」

「誰が注文しろっつった」

雲嵐が二本の指を立ててみせると、なぜか辰宇は「うむ」と同じく二本の指を立て返し、まるで燗酒でも頼んでいるかのようである。

見た目はまったく高揚していないが、それなりに酔っているらしいとわかった。

「つか、やめて……。なんで俺たち指突き出しあってんの」

雲嵐もまた、箸が転がっても笑える状態にまで出来上がっていたので、男二人が指を立てながら向かい合う状況に声を震わせ、やがて仰《の》け反《ぞ》って笑いはじめた。

「いや、ちげえよ。そもそもなんで俺たち、飲み比べしてんの？　美雨ちゃんを助けるんだってば。あー、もう十甕くらいは行ったよな。てことは美雨ちゃん、あんた、二刻以上は自由の身だな」

かと思えば、とろんとした口調で美雨に話しかける。

全身が重くて、思わず片方の頬を卓にぺたりと付けてしまった。

ひんやりとした卓の感触を味わっていると、美雨がおずおずと、こちらを見下ろしてくる。その目から、恐怖が少し、消えていた。

「はいはい、お待たせいたしました。次の甕をお持ちしましたよ」

とそこに、息を切らした楼主が、大量の甕を持ち舞い戻ってくる。

雲嵐たちが一向に潰れないので、目論見が外れて、焦り始めているようだ。

それでも頑《かたく》なに酒盛りの体裁にこだわりつづけるのは、これが一番効率的に客を黙らせることができる方法だと熟知しているからだろう。

店は酒を提供しただけで、客が勝手に潰れただけ。

店側に一切非はないということだ。

(たしかに、ちっと苦しくなってきたわ)

勝ち気な笑みを浮かべつつも、雲嵐は胸の内で認める。

邑で一番酒に強いと自負していた自分だが、さすがにこの量を飲むのは初めてだ。

頭はふわふわとして気分がよかったが、一方では、手足が鉛でも詰めたかのように重かった。

なんとなくだが――あと少しで、極楽のような心地が、がらりと地獄に変わるような気もする。

(までも、ここで止めたら男じゃねえよな)

ふらりとした手つきで、次の甕を掴んだそのときだ。

「それは俺のだ」

横から手が伸びてきて、ひょいと甕を奪われた。

辰宇だ。

「おまえは安い茶でも飲んでおけ」

彼はぐびりと甕に口を付けて中身を飲み干し、雲嵐には雑な手つきで急須を押し付ける。

「水の巡りがいいということは、酔いが回るのも早いということだろう。後は俺が飲む。おまえは給仕に回るなり、芸を披露するなりしていろ」

どうやら、そろそろ限界を迎えそうな雲嵐に代わり、彼が勝負を引き受けてくれるらしい。

顔色こそ変わらず、涼しげな佇《たたず》まいのままだが——彼だって相当に酔っているくせに。

雲嵐は卓に顎を預けたまま、ぼんやりと辰宇を見上げた。

「……あんた、意外に面倒見いいじゃん」

「普通だ」

「いや、絶対いいって。認めろよ。周りからも言われたりしねえの？」

絡み酒の勢いで食い下がると、辰宇はやはり、一拍置いて瞬きをし、首を傾げた。

「べつに。性格を評価されるほど、他人と深く交流したことなどない。生まれた時から、俺は厄介がられていたから」

淡々とした言い方だった。

酔いのせいで悲劇ぶっているというわけでもない、純粋な事実を述べる口調。

異国の奴隷の子でありながら、皇帝の血を引く男。辰宇。

複雑な立場にある彼は、後宮で下働きに徹することで、なんとか生きながらえている。

彼もまた、雲嵐と同じく、生まれのせいで、最初から欲することを諦めてしまったのだろう。

その身に流れる血の半分は、至高の栄誉を約束するものなのに、彼がそれを欲することは許されない。彼自身も欲しがらない。

冷え切った、氷に閉ざされたような世界で生きる彼。だからこそ、一度胸に炎が灯ってしまえば、どうしようもなく思いを掻き乱される。

「…………」

じっと見つめていると、視線に気付いた辰宇が嫌そうに振り向く。

「見るな。暇なら余興でもしろ」

「……はーい」

雲嵐はへらりと笑って挙手すると、辰宇に素直に従うことにした。

すなわち――頬杖を突いたまま、歌いだした。

「揃え　出揃え　黄金の花よ」

特に深い考えがあったわけではなかった。

思考が徐々に散漫としてきたし、一方で手足は、いよいよ根でも生えたかのようだ。

体が十全に動かぬ状況で、披露できる芸など歌しかなかった。それも、流行歌など知らない田舎者の自分に紡げるのは、田植え歌くらいのものである。

だが――。

「出でよ　出でよ　黄金の実り」

「――……っ」

雲嵐はふと、隣の美雨が、ぽろぽろと涙をこぼしはじめたのに気付いた。

これまで必死に感情を押し殺していた彼女が、唯一許した発露だ。

もしや、と思い、続きを口ずさむ。

「いざや　迎えよ　稲田の神よ」

「…………っ」

すると彼女は、涙を溢れさせたまま、拍子に合わせて頷いた。

彼女は、この田植え歌を、知っているのだ。

(……よかった)

地域によって旋律こそ多少異なれど、田植え歌の歌詞など、どこでも大体同じ。

雲嵐の知る田植え歌と、彼女の知るそれは、きっと似通っていたのだろう。

それはとりもなおさず、彼女が農民であることを意味していた。

(言えたじゃん、助けてって)

農民の人身売買は重罪。

美雨が農民出身であることを証明できれば、楼主捕縛は一気に容易になる。

楼主の側もそれを悟ったのか、さっと顔色を変え、立ち上がる。

「美雨。お客様の前で泣き出すなんて、なんと無礼な。泣き止みなさい。すぐに、厨房へ――」

「思ったんだけどさあ」

だが、それを遮って、雲嵐は声を張った。

「勢いで酒飲み勝負に乗っちまったけど、考えれば考えるほど、そんな必要なかったよなあ?」

辰宇が振り向き、整った眉を寄せる。

「最初からそう言っている」

「だってこいつ、見るからに悪人だもん。美雨ちゃん、見るからに被害者で、農民だもん。あの人を真似て、ちゃんと被害者が悲鳴を上げられるようにしようって、頑張ってみたけど……考えてみりゃあの人だって、俺が縋り付く前に、勝手に手を差し伸べてたもんな？」

楼主は「なにを言っている？」と怪訝な顔になっている。

雲嵐は、空になった甕に、ふらりと手を伸ばし――。

――パンッ！

一転、激しい勢いで甕を叩き割った。

「なっ」

ぎょっとした楼主に飛びかかり、片手でこじ開けた口の中に、鋭く尖った破片を押し込む。

「ひ……っ、ひ……っ！」

「『動かないで。内側から喉を掻き切られたいですか？』」

懐かしい言葉をなぞり、雲嵐はくすくすと笑いを漏らした。

「そうそう。こっちだよこっち。あの人の教えは」

まったく、彼女からは多くを教わったものだ。

後回しなんかにしないで、弱者には速やかに手を差し伸べること。

自身が無茶をする姿を見せつけてでも、信頼を勝ち取ること。

後は、そう。

たとえ明確に助けを求められなかろうが、証拠が不十分だろうが、状況が差し迫っていると判断したなら、「さっさとやっておしまい」ということ。

「はっ、はは……っ」

「あー。全身がだりぃ。手元が狂いそう……」

馬乗りにされた楼主が、涎《よだれ》を垂らしながら「離してくれ」と懇願すると、雲嵐はぐらぐらと頭を揺らして愚痴をこぼす。

「器物を割るな。適切な道具を使え」

すると辰宇が、ぽいと短刀を投げてきたので、雲嵐は「ん」とそれを片手で受け取った。

いかにも端然として美しい、例の短刀だ。

「え、これ使っていいの？　おっさんの涎と血まみれになるけど」

「いやだめだ。絶対に汚すな」

「使えと言い、使うなと言い……問答かよ」

雲嵐はぼやいたが、次第にそれすらも面白くなってきてしまい、やはり笑う。

ああ、そうだ。

敵の流儀になんか従わず、最初からこの男を巻き込んで、さっさと楼主を伸《の》してしまえばよかったのだ。

（だってこいつ、意外に面倒見いいもんな）

雲嵐や少女のことなど、あっさり見捨ててしまうのかと思いきや、こうして付き合ってくれる。

あと、酔うと思いのほか面白い。

「いつまでのしかかっている気だ。気絶させれば済むだろうが」

破片と短刀を握ったままにやついている雲嵐に苛立ったのか、辰宇は楼主の頭に足を振り下ろし、躊躇《ちゅうちょ》なく昏倒《こんとう》させてしまった。

「あははは」

雲嵐は笑いながら、胸の内でもう一つ付け足す。

——それと、存外、喧嘩っ早い。

二人は、ぽかんとしている美雨を室《へや》の片隅に座らせると、楼主の帯を外し、酔っ払いなりにてきぱきと縛り上げた。

被害の実情や、ここに連れてこられた経緯、また、ほかに厄介な男たちがいないかを尋ねる。

美雨は何度も言葉を噛みながらだが、すべてに答えてくれた。

雲嵐たちを信頼しはじめたのだ。

それによれば、この茶楼は「三界楽《さんかいらく》」と呼ばれる賭場が経営していて、借金のかたとして攫われた少女たちが集められているのだそうだ。

皆、職人や商家の娘で、法に触れにくいよう、茶楼側が計算していたと思われる。

美雨は異国風の外見から、農民ではないはずと判断されて連れてこられたのだろう。

賭場が派遣した屈強な用心棒がいるせいで、彼女たちは逃亡も敵わず、苦汁《くじゅう》を嘗《な》めさせられていたのだそうだ。

昼に店番をしているのは二人だけとのことだったので、ひとまず雲嵐たちは、美雨を通じて彼らを室《へや》に呼び寄せ、楼主と同じく昏倒させる。あとは、役人を呼ぶだけとなった。

農民出身の美雨がいるし、そもそも、地方の役人以上の権力を持つ辰宇が現場に立ち会っているのだから、勝ち戦も同然だ。

「あー、返す返すも、なんで俺、最初からあんたを巻き込んで、こいつらを伸さなかったんだ？」

「だから、最初からそう言っただろう」

「嘘つけ。最初のあんたは、この子たちを見捨てようとしてただろうが。だから俺は、一人で頑張んなきゃ、って空回りしちまったんだよ」

縛り上げた男たちを横目に、酔い覚ましの茶をがぶがぶ飲みながら、軽口を叩き合う。

美雨は元気を取り戻し、水を汲んでくると室《へや》を出て行った。

――ばさばさっ。

とそのとき、軽やかな羽ばたきが聞こえ、二人はぱっと窓を振り向いた。

ようやく、鳩が来たのだ。

「悪いが、借りるぞ。『朱 慧月』に急ぎ報せたいことがある」

「ん、ああ」

顔を引き締めた辰宇が、せっかく買った手巾を破き、茶楼から借りた筆で素早く文をしたためる姿を、雲嵐はじっと見つめる。

周囲のことなどそっちのけで、素早く文を書く男。

大切な者を守りたい、どうしても伝えたい――彼には珍しいだろう、急《せ》いた思いが、ありありと伝わってくる。

おそらく辰宇自身も気付いていない、初めての、執着。

「……あのさ」

雛女や鷲官長などというのは、はるか遠い雲の上にいるような人々で、彼らがどんな思いを抱き、交わし合っているかなど、一介の邑人である雲嵐には知るよしもない。

知るべきでもない。

だが、雲嵐はかつて、見たのだ。

この男が、風呂から上がった雛女の濡れ髪を掬い取っていたところ。

皇太子の妻となるべき女を、密かな熱を持って見つめていたところを。

「伝えるべきかどうか、悩んだんだけど。身代わりで飲んでくれた甕ひとつぶんだけ、伝えるわ」

誠意には、誠意を。

この男は、とっつきにくいし、冷酷だが――溜め息を吐きながら人助けに手を貸す程度には、人間味がある。

「なんだ、急に」

「あんた、黄 景行に探られてるよ」

短く告げると、辰宇は顔を上げ、まじまじとこちらを見つめた。

「……なんだと?」

「この鳩、元は雛女様じゃなくて、黄 景行のものだ。知っての通り、彼は邑を助けてくれて……その後もちょくちょく、鳩を通じて邑を支援してくれてる。それで、代わりに、頼まれたんだ。いつか王都に来る機会が巡ってきたら、そのとき、あんたの真意を探ってくれ、って」

婉曲《えんきょく》に伝えるべきか、少し悩み、結局雲嵐は端的に告げた。

「あんたが雛女様に横恋慕しているように見えるから。どの程度の思いなのかを、探ってくれって」

そう。ある日、黄 景行は雲嵐にこんな文を寄越したのだ。

万が一不貞の噂でも立てば、大切な雛女の上に、暗雲が立ち籠めることになる。

それを晴らしてくれないか、と。

「なんで黄家の人間が、朱家の雛女様の醜聞を懸念するのかはわかんねえけど、俺は……恩人には逆らえないし、雛女様の醜聞も、避けたい」

黄 景行は、いつだって朗らかに笑っている。だが時々、底知れなさを覗かせることがあった。

ただでさえ邑を救ってくれた人物。雲嵐に逆らえるはずもなかった。

「それで俺を茶楼に誘ったのか。手紙の件も嘘か？」

「北市に来たのまでは意図的。会えちまったのは偶然。手紙に舞い上がって、自惚れてたのは本当。でも……あんたの反応を見るのに使えるとも思った。それで、見せた」

「で、おまえは彼に、どういう報告を上げるつもりなんだ」

「それは、あんた次第」

雲嵐は、そばに投げ出していた短刀を取り、辰宇に差し出した。

「意外に面倒見がよくて、喧嘩っ早い。だから、無茶する雛女様を見過ごせずに、世話を焼いてしまうだけ——あんたの行動をそう報告することもできる。でも、高価な贈り物までするようなら、それも厳しいかな」

「…………」

辰宇はしばし、差し出された短刀を見つめていた。

「おまえが、贈るならもっと美しい手巾にくるめと言って、選び直した」

「うん」

「贈れと言い、贈るなと言う。問答か？」

「……ごめん」

雲嵐が呟くと、辰宇はひとつ息を吐き、短刀を受け取った。

「べつに。どのみち、贈るつもりなどなくなっていた。手巾も破ってしまったしな。横恋慕？　くだらない。職務を果たすにあたり、ある程度接近せざるをえなかっただけだ」

彼は短刀を元通り懐に戻すと、ぽつんとこう付け足した。

「黄 景行も、余計な気を回したものだな」

雲嵐は咄嗟に口を開き、だが言葉を飲み込む。

郷で彼が雛女に向けていた眼差しに、どれだけの熱量が込められていたか、本人だけが気付いていない。

だが、掬い取られぬ思いならば、いっそそのまま、沈んでいたほうがよいのだろう。

「その……せっかくだから、楼主の喉にでも突っ込んでみる？　短刀」

「やめろ」

雲嵐がおずおずと申し出ると、辰宇は心底嫌そうに顔を顰め、後は気持ちを切り替えてしまったのか、文を書き付けた布を、鳩の足に巻こうとした。

――ばさばさっ！　ばさささっ！

だが、鳩は大きく羽ばたいて暴れ、一向に文を括りつけさせてくれない。

「おい。暴れるな。職分を果たさぬ鳥など焼いて食ってしまうぞ」

「いやちょっと、人の愛鳥を脅さないでくれる？」

淡々とした口調のまま凄む男に、雲嵐は思わず呆れ顔になって割って入る。

そこで、改めて鳩の様子を観察し、ふと目を見開いた。

「これ……」

鳩は窓枠に止まり、かと思えば宙を舞い、また止まり、を繰り返している。

窓枠に止まって羽を打つこと二回。宙で旋回すること二回。再び止まって羽を打つこと二回。

「嘘だろ。緊急事態の連絡だ」

「なんだと？」

「飼育方法を聞いたとき、一緒に教わったんだ。もしこの子が、二回ずつ羽打ちと旋回を繰り返すことがあったらそれは――」

肩を掴んできた辰宇に向き直り、ごくりと喉を鳴らす。

酔いもばつの悪さも、すべて吹き飛んでしまった。

「雛女様の危機だから、なにを措いても鳩についていけって」

「…………！」

辰宇の顔からも、すっと感情の揺れが消え失せる。

ある恐ろしい可能性に思い至ったからだ。

――もしや、もう隠密の手が「朱 慧月」に迫っているのではないか。

辰宇は素早く踵《きびす》を返した。

「行くぞ」

「えっ、と。あんたは、ちょっと距離を置いた方がいいんじゃ」

思わず、といった様子で言いよどんだ雲嵐に、淡々と告げる。

「あくまで職務の内だ」

そうして彼は鳩を窓から放ち、飛んでいく方向を見失わないよう、自らもそのまま窓枠に足を掛けた。

「えええええ……」

雲嵐は混乱して、がしがしと頭を掻いた。

少女に対しては「後から調査をすればそれでいい」という態度だった彼が、朱 慧月に危機の迫った今は、取るものも取りあえず駆けつけようとする。

これを本当に、職務上の理由と言い切ってしまってよいのかと。

(うーん……意外に面倒見がいいみたいだし、真面目そうだから、言えなくも、なくもない？　なくもなくもない？　わっかんねえ)

やはり酔いは完全には消えていないのか、思考がちっともまとまらない。

正直なところを言えば、雲嵐としては、辰宇が雛女に惹かれようが惹かれまいが、胸の内に限るなら、本人の勝手ではないかと思うのだ。

自分とて、邑を救ってくれたそばかす雛女のことは、好ましく思っているし、彼女が窮地に陥ることがあれば、なにを措いても手を差し出すと決めている。それは敬慕であり、忠誠心だ。

親密そうな手紙な文面にはつい舞い上がってしまったけれど、誰だって、好む相手からは好まれたいものだろう。

要は、不貞の噂が立つような迷惑を掛けなければいいだけで、雛女に惚れ込んでいる——すなわち手を貸してくれる人間の数は、多いほうがよいのではないか。

(いや、お貴族様だとそうもいかねえのか？　つーか、やっぱ男女なわけだし、うっかりむらむらっときて手でも出しちまったらこう……うん……)

雲嵐自身、女に対してかなり手が早い自覚があるので、男女間で純粋な敬愛心が成立するのかと問われれば、自信を持っては答えられない。

「なにをぼんやりしている。おまえの鳩だろう。追うぞ」

「お、おう！」

階下から急かされ、慌てて返事をする。

今は色恋沙汰について悩んでいる場合ではない。

「お待たせしました。お水を——きゃあ！　お、お兄さん、なにを⁉」

「ごめん、ちょっと出かける！　縛ってあるけど、もし楼主たちが起きてうるさかったら、水桶でも被せてもっかい気絶させといて！」

ふうふう言いながら水桶を運んできた美雨が、ぎょっと驚くのにも構わず、雲嵐は辰宇に続き、ひょいと窓から飛び降りた。

7. 全員集合

「おうおう、口ほどにもねえ。優男の旦那にも見捨てられて、あっさり舞い女堕ちとはな」

「あんなそばかす面で、客が取れるもんかねえ」

「可哀想に。俺が抱いてやろうかあ？」

賭場「三界楽《さんかいらく》」の客は大いに沸いていた。

場主に挑んだ向こう見ずな女が、あっさり負けてしまったからだ。

威勢のよい客を見るのは楽しい。まんまと足を掬われる様を見るのはもっと楽しい。

哀れな女が用心棒によって舞台に追い立てられても、酒と賭けに酔った男たちは、胸を痛めるどころか、げらげらと笑いだすだけだった。

「あーあ、あの嬢ちゃん、いい子だったのにな。可哀想に、恐怖で立《た》ち竦《すく》んでらあ」

先ほど彼女に丁半を教えた胴元も、口では同情しつつも、平然とした顔をしている。この手のことは日常茶飯事だからだろう。

「ねえ、丹《たん》の旦那？」

「そうかねえ」

だが、話を振られた男――同じく、先ほど丁半を共にした髭面の色男だ――は、のんびりと酒を啜《すす》りながら呟いた。

色好きそうな肉厚の唇は、緩く笑みを象《かたど》っている。

「俺にはどうも、冷静に佇《たたず》んでいるように見えるがなあ」

酒でとろんとしていたはずの瞳は、意外にも冷静に、舞台を見つめていた。

舞い女たちの動きは、玲琳《れいりん》がこれまでに目にしたどの舞よりも艶《なま》めかしかった。

(まあ。これが、賭場の舞なのですね)

行きがかり上舞い女となった玲琳は、怯えて袖で顔を隠す――ふりをしながら、じっくりと周囲を観察していた。

長い襦裙《じゅくん》に薄い領巾《ひれ》。芳春《ほうしゅん》を真似ているようで少し嫌になるが、やむをえまい。

皆、天女を思わせる格好をしていて、見目麗しい。この中だと、町娘の格好をしたままの玲琳は、着ぶくれた野暮な女に見えるほどだ。

ただし、よく観察してみると、前列の女たちは堂々と舞い、大量の宝石や毛皮で己を飾り立てているのに対し、後列の女たちは悲愴な顔つきで、舞い姿もぎこちなかった。

宝飾品はほとんど身に付けず、薄布だけをまとうような格好で、露出が激しいことこの上ない。

察するに、後列の女たちは、今の玲琳のように、事情があって舞い女に堕とされた者たち。ときに身売りも強要される素人娘たちなのだろう。

前列の女たちは、一団の質を高めるために加えられた、玄人だ。

彼女たちは賭場に搾取されているのではなく、むしろ運営側としてこの場にいる。

その証拠に、舞台の前列からは、各賭博台に使われる賽子《さいころ》がよく見えた。

(賽子は振られる前、必ず篝火《かがりび》の近くの物置台に一度置かれる。その状態の目を読むなど、造作もないことですね)

大いに納得し、さりげなく賭場に視線を配る。

心配顔の莉莉《りーりー》や鈴玉《りんぎょく》と目が合ったため、玲琳は内心で「心配をかけてごめんなさい」と呟いた。

実際に自分で舞台に立ってみて、確証を得たかったのだ。

だがそれも今済んだので、これ以上彼女たちをやきもきさせることもない。

尭明《ぎょうめい》にちらりと視線を送ると、彼はすぐに気付き、密かな視線を返してくる。

どんな合図にするべきか少し悩んだが、ふと思いついて、袖の下でこっそりと、指先で喉を掻き切る仕草をしてみせた。

(ばっちり決めました)

もとい、「ぶっ殺してやる」。

尭明は噴き出しかけ、すぐに表情を取り繕う。

舞台に背を向けていたばかりに、やりとりに気付かなかった九垓《くがい》は、「それじゃあお待ちかねの、兄ちゃんの番だ」と上機嫌に凄んでいた。

壺振り女たちにふんだんに酌をさせ、目隠しを命じた後に賽子を手に取らせる。

「泣いても笑ってもこれで最後。さあて、俺はどこに賭けようかねえ」

いよいよ、尭明を相手にした最後の賭けが始まるようだ。

「ちょっとあんた、なに前列にぼんやり立ってるんだい」

とそのとき、毛皮と宝石で全身を豪華に彩った舞い女が、どんっと玲琳を突き飛ばす。

白粉と香の匂いを強く漂わせた彼女は、紅を差した目でぎろりとこちらを睨みつけた。

「なんだい、その厚着。さっさと脱ぎなよ。素人娘は後列で股を開いて踊ってな。あんたみたいなのが前列に出たら、三界楽舞踊団の名が落ちるだろうが」

荒々しい口調で罵られる。

舞い女集団の頭である彼女は、やはり場主に目を伝える役目を帯びているようだ。

なにを隠そう、先ほど玲琳が賭けに臨んだときも、真ん中で舞っていたのはこの女である。

彼女は「朱《しゅ》 慧月《けいげつ》」の体に視線を走らせると、真っ赤に塗った唇を、馬鹿にしきったように吊り上げた。

「そのトロそうな、無駄にでかい図体で、どんな舞ができるって？　引っ込めよ、このブス」

「…………」

わざわざこちらにぶつかりながら、前に踏み出す女のことを、玲琳は微笑んで見つめた。

（怒ってはいけません、玲琳。これはただの見解の相違。慧月様のお体の魅力を解さぬ相手に、いちいち激怒するほど、わたくしは狭量な人間ではありません）

ただ——なんということだろう。

女がすれ違いざま、玲琳の足を蹴ろうとしてきたので、うっかり、そう、あくまで攻撃を避けるために、ひょいと己の足を持ち上げてしまった。

――どたん！

結果、足を掬われた形になった女が、見事にその場に転がる。

「ぎゃっ！」

「あらいけない、足が滑りました。なにしろ、無駄にでかい図体なものですから……」

「てめえ！」

「申し訳ございません、衣装が乱れてしまいましたね。直しますわ。あらっ、こうかしら。それとも、こうかしら？」

顎を強打した女が、憤怒の形相で身を起こそうとしたので、玲琳はすかさず袖と裾とを引っ張り、領巾と一緒に結んでしまった。

「なんということ、からまってしまいました。おお、なんてトロいわたくし！」

ちなみに、簡単にはほどけないよう、万力結びにしてやった。

すっかり四肢の動きを封じられた女は、海老反りになってぴちぴちと跳ねている。

活きのよい舞い女に再び微笑みかけると、玲琳は舞台の最前に踏み出し、階下からこちらを睨み上げている九垓のことを、傲然と見下ろした。

（あのアマ！）

九垓はぎりっと歯ぎしりをした。

舞い女に堕としてやったはいいが、まさか合図役を転倒させるとは。

すでに先ほどの号令のもと、壺振り女たちは賽子を振りはじめている。

壺皿の鳴るガラガラという音に、一層苛立ちが掻き立てられるようで、九垓は声を荒らげた。

「おい！　賭けは中止だ！　よくも店の女に手を上げやがったな！」

「おや、ずいぶんと熱くなるものだ。舞い女同士の喧嘩に、場主がそこまでかっかするとは。喧嘩の仲裁なら、賭けを終えた後ですればいい。もう賽は投げられたのだから」

とそこに、卓の向かいに着いた優男が、悠然と声を掛けてくる。

「それとも、舞い女からの合図なしには、目を決めかねるか？」

癪《しゃく》に障るほど、落ち着き払った声。

手口はお見通しだ、と言わんばかりの態度に、九垓はだんと音を立てて卓を叩いた。

「言いがかりはよしてもらおうか。舞い女が賽子の目を操ってるってか？　どうしたら遠く離れた舞台から賽子を操作できるんだよ。ああ？」

「そう。彼女たちは目を読んで、伝えるだけですよね。ここからだとよく見えますもの」

すると、舞台から軽やかな声が降ってくる。

声の主は、振り向くまでもなく、先ほど賭けであっさり敗れていったそばかす女であった。

「壺振り女さんたちは手を止めてしまいましたが、その壺皿をひっくり返したらなんの目が出るか、わたくしには予想が付きますわ。おそらく、『二』、『四』、『五』のはず」

彼女は舞台から身を乗り出し、にっこりと階下を指差した。

「壺に入れる前、賽子は必ず、明るく、温かな篝火近くの台に置かれている。そのとき上を向いている目が、投げた際に出る目、ということですね？」

「な……っ」

一気に核心に迫られて、場主が言葉を詰まらせる。

この「三界楽」に訪れたどの客も、けっして見破ったことのない手口のはずだった。

「ああ、なるほど」

話を聞いていた尭明は、即座に玲琳の意図を理解し、頷いてみせる。

「温度で面ごとの重さを変えるのか」

「ええ」

玲琳も舞台上から、優雅に頷き返した。

「賽子は必ず、温かな篝火の近くに置かれ、投げられる直前に、冷酒で手を冷やした壺振り女さんたちに握られる。おそらく賽子の中に、冷えると固まる性質の液体が仕込まれているのでしょう」

たとえば——脂。

「なにしろ、脂は少し冷えただけで、すぐにこびりついてしまいますものね」

先ほど食べたばかりの火鍋を引き合いに出し、玲琳は得意顔になった。

やはりこうした発想が浮かぶのも、市井の生活に触れたからこそだろう。

この一日でずいぶん世慣れた感じがして、嬉しかった。

「賽子が錫《すず》製なのは、温度を伝えやすくするため。篝火の近くに置かれた際、液体は下部に溜まる。冷やせば、下の面にだけ脂がこびりつき、重くなる。その状態で投げれば、脂の付いた面が下になりやすく、台に載っていた際に見えていた目が、そのまま上になって出る、と」

「だから舞い女たちは、台に載っている時点で目を読み、振り付けを通じて胴元に伝えるというわけだな。迂遠な方法を取るのは、いかさまを露見しにくくするためか」

尭明はすんなり続け、笑みを含んで九垓を見やった。

「『俺たちはいかさまをしていない』などと、よくも言えたものだ」

「この……！」

九垓は顔を真っ赤にすると、椅子を乱暴に蹴飛ばした。

「おい、野郎ども！　このぺらぺらとうるさい客人を、黙らせてやれ！」

どうやら、口では敵わぬと踏んで、武力行使を決めたらしい。

九垓の周辺を固めていた用心棒をはじめ、壁際に控えていた男たちまでもがざっと音を立てて集まり、尭明を取り囲む。舞台に繋がる階段にも、玲琳を追い詰めるべく男たちが押しかけはじめた。

「きゃあ！」

「うわ……っ」

一気に物々しくなった空気に、莉莉や鈴玉、それまで笑い転げていた観衆たちも、凍り付いたような悲鳴を上げた。

「なんでこの卓の敷布が赤いかわかるか？　てめえみたいな生意気な客の血を吸うためだよ。まずは手足の数本も折って、目玉をくりぬいてやろうか」

屈強な男たち、その数二十。対して獲物は、細身の男女二人だけ。

優位を確信した九垓は、愛用の短刀を鞘《さや》から抜き、ぺろりと刀身を舐めた。

「おまえら、まだ手を出すなよ？　この『三界楽』の主、凶虎《きょうこ》の九垓様が、自らこいつらに目にもの見せてやるから。おきれいな白目に刀を突き刺して――」

だが、嗜虐的な啖呵《たんか》が最後まで言い切られることはなかった。

「おまえの啖呵はいつも長いな」

――ゴッ！

溜め息とともに、尭明が勢いよく卓を蹴り上げたからである。

重厚な卓は重い唸りを立てて宙を飛び、取り巻きともども九垓の体を引き倒す。

「ぐあ！」

鈍器と化した卓の側面により足を潰され、不意を突かれた男たちは濁った悲鳴を上げた。

その隙をとらえて、尭明は壺皿を叩き割り、できた破片を次々に投擲《とうてき》した。

目に、首に。急所に向かって凄まじい速度で投げられる破片は、短刀以上の威力だ。

一気に五人もの男たちが、悲鳴を上げて尻を突いた。

「手口のすべてがわかった以上、待つ時間ももったいないな。せっかくおまえたちがやる気になったのだから、さっさと片付けてしまおう」

じりっと後退した男たちを、尭明は冷え冷えとした顔で見下ろす。

「来るならまとめて来い」

口では「来い」と言いながら、実際のところ男たちがやって来るのを待ちもせず、尭明は倒れた卓を使って跳躍し、立ちすくんでいた用心棒数人に向かって回し蹴りを決めた。

「お、おい！　やめろ！　俺たちゃ『来て』ねえだろ！」

「悪いが先を急いでいる」

圧倒的な技量の差を見せつけられ、叫びだした男たちに、尭明は平然と告げる。

顔に肘を叩き込んで一人、腹に踵《かかと》をめり込ませて一人を沈め、向かいから襲ってきた男から剣を奪い、背後から殴りかかろうとした相手の急所に刺す。

さらには、階段から舞台へ駆け上がろうとする用心棒の足をめがけ、奪った長剣を投げつけた。

「ぐあああ！」

先頭だった男が足を踏み外したことにより、連鎖的に男たちが階段を転がり落ちてゆく。

「ありがとうございます！　助かりました」

舞台の上で構えていた玲琳が、顔を輝かせて手を振ってきたので、尭明は胸を撫で下ろした。

「いいや。引き続き、気を付けて」

「この野郎おおお！」

とそこに、死角を探っていた男が、尭明の背後に回り、棍棒を振り上げながら突進してきた。

だが尭明が振り向くよりも早く、男は「ぎゃあ!?」という悲鳴を上げ、その場に蹲《うずくま》る。

彼の頭が、突然炎を上げる布に包まれたからだった。

「あら、起毛しているから、思った以上に燃えますこと」

階上にいる玲琳が、ちょっと困惑したように呟く。

尭明の危機と見た彼女が、舞い女から奪った毛皮と篝火を、咄嗟《とっさ》に投げつけていたのだった。

「ありがとう。助かった」

「いえいえ、どうか引き続きご安全に」

床にもんどり打って消火を試みる男をよそに、皇太子と雛女《ひめ》は控えめな微笑みを交わす。

かように、男たちは瞬く間に制圧され、その場で意識を保っているのは九垓一人となった。

「くそ！　天の間に配備した野郎どもはなにしてんだ！　ちくしょう！」

どうも、こうしたときに駆けつけるはずの手勢が、集まりきっていないらしい。

九垓は配下をこき下ろし、足を引きずりながら立ち上がったが、「天」の門を振り返るまでもなく、その場に膝を突いた。

尭明が、ごっ！　と唸るほどの速さで、脳天目掛けて賽子を投げつけたからである。

「顔に当たれば、金一両」

狙い澄ました一撃に、九垓が白目を剥いて後ろに倒れる。

その頃には玲琳も、階段を使ってゆっくりと舞台から下りてきた。

「急所に当たれば銀十匁《もんめ》でしたっけ」

「『手足』だ。もう目も回しているから、そのへんにしてやれ」

きょろきょろと床を見回し、投げるものを探す婚約者に、尭明はそっと釘を刺す。

ちょうどそのとき、「天」の扉の奥がざわつき、ついで勢いよく扉が開かれた。

「おお、ここか――ってあれ？　なんでみんな倒れてるの？」

「ちょっと！　乱闘に、継ぐ、乱闘とか……！　少しは、わたくしを、休ませなさいよ！」

にこやかに扉を蹴り開いたのは、なんと景彰《けいしょう》。そして、肩で息をしている慧月だ。

「まあ！　なぜお二人がこちらに？」

思いがけぬ邂逅に、玲琳は大きく目を見開いた。

鳩が呼んだのは景行《けいこう》のはずなのだが、もしや心配性の長兄は、次兄や、同行する慧月にまで声を掛けてしまったのだろうか。

驚きも覚めやらぬうちに、続いて「地」の扉が開く。

「よーし！　ここが正面玄関だな!?」

「こうした場合は、一応裏門から回るのが礼儀なのではありませんか、景行様」

誇らしげに胸を張るのは黄《こう》景行、その横で、この場面においては不要な礼儀を気にするのは、玲琳付きの筆頭女官、冬雪であった。

景行の肩に鳩が止まっているところを見るに、彼らは呼びかけに応じて駆けつけたのだろう。

「ひどい血臭だ」

「ああ。危機の現場はここで違いねえな」

ほとんど時を同じくして、「ごみ捨て場」と称されていた「人」の扉も開く。

ここから飛び込んできたのは、なんと鷲官長《しゅうかんちょう》・辰宇《しんう》と、温蘇《うんそ》にいるはずの雲嵐《うんらん》であった。

「いったいなにがあった！　無事か！」

吼えるようにしながら構えた辰宇たちは、しかし、呻きながら床に伸びる男たちや、ぽかんとしてこちらを見る一同の姿に気付くと、訝《いぶか》しげな表情になった。

「どういうことだ？」

天地人、それぞれの扉から、まさかの全員集合である。

「ええと」

玲琳自身も、この状況に驚きを禁じ得なかったため、頬に手を当てながら辰宇の問いに応じた。

「わたくしたちは、こちらにいる鈴玉の、攫《さら》われたお姉君を救うために、いかさま賭場を摘発していたところですの。たしかに応援は呼んだのですが……なぜ皆が皆、こちらに？」

「僕たちは買い物をしていたら、質草を違法に転売している業者を見つけたものだから、腹いせを」

妹に続いたのは景彰だった。

腹いせ、のあたりで、傍らの慧月が呆れた視線を寄越してきたため、素早くほかに言い換える。

「もとい、取り締まりをと思って、転売屋の元締めを辿っていたんだ。そうしたらここに着いた」

「なんと、おまえは鳩に呼ばれたわけではなかったのか。すごい偶然だな」

弟の説明に、ふむふむと話を聞いていた景行が声を上げる。

「偶然と言えば我らもそうだぞ。立ち寄った旅籠《はたご》に、柄の悪い用心棒どもがたむろしていてな。民を甚振《いたぶ》り、旅籠の扉まで壊して悪びれないので、雇い主の『三界楽』に責任を取らせようとしていたら、助けを求める鳩が飛んできて、なんとそいつの目的地も、ここ『三界楽』だったのだ」

「まあ」

相槌の声には、つい驚嘆の色が滲《にじ》んでしまった。

「俺は市で偶然、この人と会ったから、茶を飲んでたんだけど……鳩が騒ぐから、付いていったら、ここに来た」

続いて、雲嵐も困惑気味に説明する。

「茶楼では、借金のかたに売り飛ばされた娘が、身売りを強要されかけていたが――」

この人、と親指で示された辰宇は、場内に掲げられた「三界楽」の扁額を振り返った。

「娘を売り飛ばした賭場は、『三界楽』というそうだ」

「あらまあ」

いよいよ、玲琳は頬に手を当てたまま嘆息した。

「それでは、こういうことでしょうか」

話を総合し、頬に当てたのとは反対の手で、一本ずつ指を折って数え上げる。

「賭場『三界楽』は、いかさまを働いて、民に莫大な借金をこしらえさせ」

鈴玉は、急に増えた人員に困惑しつつも、莉莉と顔を見合わせて頷く。

「借金のかたとして巻き上げた金品を、違法に売りさばき」

慧月はもの言いたげな顔で、腕輪が回収された景彰の懐あたりを見ていた。

「柄の悪い用心棒を雇って、声を上げさせぬよう民を弾圧し」

景行と冬雪は、そうだそうだと、したり顔で頷いている。

「攫った娘に、あろうことか茶楼での身売りを強要していた、と。絵に描いたような巨悪ですね」

数え終えると、玲琳は溜め息とともに背後を振り返った。絵に描いたような巨悪の根源たちは、今やぴくぴくと痙攣し、重なり合いながら床に伸びている。絵に描いたような末路だ。

「――で、危機と聞いて駆けつけたけど、敵はすでに倒されてた、って感じかな」

玲琳のまとめに対し、雲嵐は遠い目をして付け加えた。

「慣れない馬まで飛ばしてきたのは、なんだったんだ」

「厄介な敵に襲われたわけではなかったようだな」

がくりと項垂《うなだ》れる雲嵐の横では、辰宇が客の顔を見回し、ほっとしたように呟いていた。

折しもそのとき、賭場の外で鐘の音が響く。

「正午だ」

尭明がぽつりと呟くと、玲琳は頭を抱え、えへ、とごまかすように慧月を見た。

「や、約束通りの時間に落ち合えましたね、わたくしたち」

「全然約束通りじゃないわよ。わざわざ分散していたのに、全員集合しちゃってどうするの」

だがすぐに、慧月からはじとっとした目で反論される。

その通りだった。

「まあ……とりあえず、目の前の状況をどうにかしてから、この後の計画を立て直そうか」

鳩に呼ばれたわけでもないのに、この場にやって来た景彰は、とりわけばつが悪そうだ。

たしかに目の前には、泡を噴いて倒れる用心棒たちや、怯えて腰を抜かす壺振り女たち、「天の間」から逃げてきたと思しき舞い女たちで溢れ返り、大混乱が始まりそうな気配ではある。

一同は顔を見合わせた後、肩を竦め、それぞれ事態の収拾にあたることにした。


「あら……」

ごろつきたちを縛り上げる作業を男性陣に託した玲琳は、壁際に退こうとしたそのとき、こつんとなにかを蹴ってしまったのに気付き、目を瞬かせた。

見下ろしてみればそれは、金色に塗られた錫製の賽子。いかさままで使われ、最後、九垓を昏倒《こんとう》させるために、尭明によって投げつけられたものである。

屈《かが》み込み、なんとなく拾い上げてしまってから、玲琳はふと口元を綻《ほころ》ばせた。

「文字通り、『賽子で打ちのめして』しまいましたねえ」

賭けの最中、ぞろ目の「二」が出ることはなかったけれど――。

天の扉から二人。地の扉から二人。人の扉から二人。

天地人に現れた「二」のおかげで、たしかに玲琳たちは「三界楽」を負かしたのだ。

人を無敵にする、奇跡の数字。

一人きりではない、二人。

(今日という日の、記念にさせてくださいませ)

玲琳は「二」の目を撫でてから、そっと賽子を懐にしまい込んだ。

ついで、壁際に退き、莉莉に向かって「どうしてこんな事件に巻き込まれるのよ！」と愚痴を垂れている慧月のことをこっそり見つめた。

少し流れは変わってしまったが、この後すぐ、自分たちは入れ替わりを解消することになる。

もし雛宮《すうぐう》が本当に監視されているのなら――以降はきっと、慧月が入れ替わりの道術を揮《ふる》ってくれることはないだろう。

脆弱《ぜいじゃく》な黄 玲琳の体に戻ってしまえば、二度とこんな風に外を歩くことはできない。

だから、こんなどたばた騒ぎも、これが最後だ。

(慧月様、ご迷惑をお掛けして申し訳ございませんでした。そして、ありがとうございます)

粽子《ちまき》を包んであった葦《あし》の葉。いかさまに使われた賽子。

がらくたのようなそれが、玲琳にはとびきり愛おしい。

入れ替わりを解消する最後の瞬間まで、大切なものが増えていく、その胸を引き絞るような感覚を、ありがたく思った。

(これが、最後)

一度だけ、懐をぎゅっと強く押さえる。

「さあ。声を出してまいりましょう」

次にはぱっと顔を上げ、未練を断ち切る呪文を唱えたが――四半刻後に、この状況がまったく「最後」などではなくなることを、このときの玲琳はまだ知らなかった。

8・終幕

皇帝の放った隠密は、体裁を整えるためではなく実際に、そしてすでに、動きはじめているかもしれない。

辰宇《しんう》が抑えた声で告げたのは、尭明《ぎょうめい》や玲琳《れいりん》、慧月《けいげつ》、景彰《けいしょう》の四人が馬車に乗り込んだときだった。

莉莉《りーりー》、鈴玉《りんぎょく》、雲嵐《うんらん》の三人は美雨《みう》を奪還すべく茶楼に引き返し――鈴玉は涙を浮かべて礼を言ってくれた――、景行《けいこう》と冬雪《とうせつ》は旅籠《はたご》や「鋭月堂《えいげつどう》」へと向かった、その後のことである。

せっかく会えたことだし、もうこのまま賭場内で入れ替わりを解消してしまおうかと、玲琳たちは話し合っていたのだが、賭場に残る役目を引き受けた辰宇は、景行が向かわせた馬車を見つけるなり、真剣な顔で「乗れ」と訴えた。

はて、酒房に戻らせたいのだろうか、と一同が不思議に思いつつ乗り込んだところ、彼は鷲官長《しゅうかんちょう》として車内を確認するふりをしつつ、尭明に報告を寄越したのだ。

「殿下。見張られているかもしれぬゆえ、今日入れ替わりを解消させてはなりません」

と。

要は、辰宇は盗み見も盗み聞きもされない密室を求めていたのだった。

息を呑んだ四人に、彼が説明するにはこうだった。

つい最近、かつて外遊で訪れた邑《むら》に皇帝の手の者と思しき役人が赴き、伝記編纂のためと偽って、邑で起こった「奇跡」が道術によるものではないかを確認していたらしい。

雲嵐が龍気によるものだと答えたおかげで、ことなきを得たようだが、密かに動いているあたり油断はならない。

もしかしたら、「監視を雛宮《すうぐう》に限る」という内容を書で触れてみせたのは、こちらに尻尾を出させるためで、王都内にも隠密が潜み、道術使用の決定的瞬間を捉えようとしているかもしれない。

よって、玲琳たちが入れ替わっている――今まさに禁忌の術が行使されている状態にあるという事実を気取られぬよう、解消は延期したほうがよい。

この外出はあくまで「お忍びでの町歩きが目的」という態を装い、酒房で食事でもした後、何ごともなかったように皇城に戻るべきである。

辰宇は告げるべき事実をすべて告げると、怪しまれぬよう、すぐに馬車から立ち去った。賭場に留まり、役人との引き継ぎを済ませてくれるらしい。

「なんと、いうこと……」

酒房に向かって走り出した馬車内で、玲琳は呆然としたまま呟いた。

城下にさえ出れば、すぐに道術使用の証拠を隠滅できると思っていたのに、まさか先に手を打たれていたなんて。

いや、まさにそうした事態に備えて、念のため別々に行動したり、陽動作戦を取ったりしたわけだが、「万が一」だったはずの事態がいざ現実になると、相手の底知れぬ思いが身に迫るかのようで、背筋がひやりとした。

「わたくしのせいで、このような大ごとに……」

慧月の前で自罰的な発言は控えようと思っていたのに、青ざめた唇がつい独白を紡いでしまう。

それを聞き取った隣席の慧月も、「黄《こう》玲琳だけに責を負わせるなんておかしい」と思っていたことも忘れ、動揺のままに玲琳の肩を揺さぶった。

「そうよ、どうしてくれるのよ！　鷹揚《おうよう》に構えればいいと思ったのに、すでに探られていたなんて。あなたが不用意に術を使わせるからよ！　わたくしはこんなに、道士と疑われぬよう自制――」

していたというのに、と続けようとしたあたりで、慧月は不意に、まさに今日、激情のまま男を術で焼き殺そうとしたことを思い出し、語尾をぼかした。

「自制、しようと……」

そういえば、あのとき市の炎が揺れたと景彰は言っていなかったか。

だとすると、もし隠密が「黄玲琳」についても監視していた場合、自分は彼女に道士の濡れ衣を着せたことになる。

「したり、しなかったり……」

慧月は力なく腕を離し、顔を覆って椅子に座りなおした。

「すまない。君が市で術に頼らざるをえない状況に追い込まれたのは、僕が目を離したせいだ」

うなだれた慧月を見て、向かいの景彰が顔を歪める。

「護衛失格だ。面目ない」

すっかり意気消沈してしまった三人を前に、景彰の隣に掛けていた尭明もまた、暗い表情で口を開いた。

「いや、元はと言えば、俺が外に出れば済むなどと安直に考えたせいだ。すまない」

皇太子の謝罪を聞き、残る三人は顔を覆ったり、目を伏せたりしたまま「いいえ」と首を振る。

「殿下は慎重の上にも慎重を期してくださいました。元をたどればわたくしが悪いのです」

「今回に限っては、一番やらかしてしまったのはわたくしかも……市で、その……」

「いいや、それは僕が」

「いや、俺だろう」

元から自罰的な黄家筋三人と、やらかした心当たりのある慧月。皆が皆俯《うつむ》いて、馬車内はまるで通夜のようである。

「…………」

玲琳、尭明、景彰の三人は、そのままどんどん俯く角度を深くし、そのまま馬車の床に口づけてしまうのではないかというほど身を屈《かが》めると、一斉にがばっと顔を上げた。

「――って、責任の所在競争を繰り広げていても仕方ないんじゃないですかね！」

ばんっと景彰が座面を叩くと、尭明も自棄《やけ》になったようにばん！　と窓枠を叩き返す。

「ああ、その通りだな！　起きたことは変えられない。必要なのは対策だ対策！」

「そうですよね！　むしろ、町に下りたからこそ、密かに迫っていた危機に気付けたわけですし！

ということは、わたくしたち、幸運です！」

兄や従兄に続き、妹分にあたる玲琳も、やたらと力を込めながら頷きはじめる。

半ば自暴自棄になっているようにも見えるが、強引に気持ちを立て直そうとしているようだ。

「そうだとも！　あのまま雛宮で解消していたら大変だった。やはりこの城下行きは正解だ！」

「その通りですね、小兄様！」

「それに考えようによっては、入れ替わりを維持できてむしろよかった。隠密が今後『朱《しゅ》 慧月』をどれだけ見張ろうと、入れ替わった『朱 慧月』には術など使えぬしな。空振りだ！」

「すごい！　これはもう、相手の裏を掻いたも同然！」

このまま放っておけば、やがて三人で拳をぶつけ合い、「根性！」などと叫び出しそうな勢いだ。

人が三人集まれば優れた知恵が生まれると言うが、もしや黄家筋が三人集まれば、暑苦しい空気が生まれるのだろうか。

地面にめり込むほど落ち込んだかと思えば、今度は大地を突き破るほどの勢いで急浮上しだした、どこまでも打たれ強く現実的な黄家の血に、慧月は圧倒されて口を引《ひ》き攣《つ》らせた。

「そ、そういうことに……なるのかしら」

だが、この奇妙な力強さのおかげで、実際に恐怖が和らいでしまったのが不思議なところだ。

「そうですとも！　隠密は現状、『朱 慧月』を重点的に探っているようですもの。今の『朱 慧月《わたくし》』が道術を使えぬ以上、入れ替わりさえ気取られなければ、いずれ『この女に道術なんて使えない』と結論するはず」

「そうだね！　入れ替わりさえ気取られなければね！」

「気取られなければな」

景彰と尭明はうむ、と頷いたが、少し押し黙って玲琳を見つめた後、どちらからともなく慧月に切り出した。

「その……やっぱり今、この馬車の中でささっと入れ替わり解消とかって、できるのかな」

「やはり、入れ替わっていては、なにかと疑われそうだからな」

「え」

梯子《はしご》を外された玲琳が、愕然《がくぜん》として尭明たちを見つめたが、慧月は「そうですね」と咳払いし、友人の反応をさらりと無視した。

「わたくしもそうしたいところですが……もしこの馬車も外から監視されている可能性があるなら、避けるべきだと思います。大がかりな術を使えば、どうしたって周囲の気は荒ぶる。星が光ったり、火が猛ったり、閃光が満ちたり。そのくらいの『異変』は起きてしまうからです」

隠密は、邑での聞き取りに際し、炎が突然燃えだしたかを尋ねたという。ということは、そうした「異変」を手掛かりに、道術が使われたかを特定しようとしているのだろう。

ならば、避けるべき。

慧月の主張はもっともだと受け止められたらしく、男二人は難しい顔になった。

「完全な密室で行わなきゃだめ、ということだよね……。いや、ただ密室なだけでもいけないのか。周辺で起こる『異変』が見られない場所を確保しないと」

「発想を変えて、『異変』の出所をごまかせばよいのではないか？　外遊のときのように、術の行使を俺が祈る瞬間と合わせて、龍気のせいだと見せかければよい。鑽仰礼《さんぎょうれい》では、父上の持つ鏡のせいに見せかけたから疑われたのだ。本人が『自分の力ではない』とわかってしまった」

「なるほど」

景彰がぱちんと指を鳴らした。

「だとしたら、説得力のある舞台があったほうがいいですね。これは明らかに龍気の仕業だと周囲が納得するような……。殿下、近々天が割れるほど激怒するご予定って、なにかありません？」

「計画的に激怒できるか、馬鹿者」

尭明は呆れた様子で眉を寄せたが、すぐに思案を巡らせた。

「感情を揺らした結果の龍気よりも、国のために発現した龍気のほうが、隠密も難癖を付けにくいだろう。ひと月後に、被災地を鎮める鎮魂祭がある。俺も祈ることになっているから、そこでなら」

「いいですね！　『国のために降り注いだ瑞兆《ずいちょう》を、まさか道術と疑うのか？』と牽制《けんせい》できそうです。それに行事のときは、やはり隠密も陛下の警護で忙しくなるでしょうし」

「ならば、ひと月後まではとにかく入れ替わりを悟られぬよう動き、鎮魂祭に合わせて解消し、以降は当面道術の使用を控える。これだな」

「それだけあれば、陛下の真意も探れるでしょうしね」

聡明な皇太子と、次期皇帝の懐刀と呼ばれる武官は、世間話のような気軽さで次々と策を立ててゆく。

大人しく会話を聞いていた玲琳と慧月は、顔を見合わせた。

「なにやら……」

「……すごいわね」

誰を責めるでもなく、朗らかかつ迅速に対応していく男二人に、圧倒されたのだ。

玲琳と慧月の二人だけなら、きっと絶望していただろうに、もう二人が加わった途端、なんと安心できることだろう。

「頼もしいです」

「うん？」

しみじみと玲琳が呟いたのに気付き、景彰がぱちんと目配せを決めた。

「何を言っているんだ、当たり前だろう？　僕たちは、これでも君たちより年長の男だよ？」

「鑽仰礼でも俺たちを排除せずにいてくれれば、もっと手助けができた」

尭明も、少々の非難を込めて付け足す。

玲琳はまさに恥じ入るばかりの心境になって、「も、申し訳ございません」と身を縮こめた。

恐縮する雛女《ひめ》のことを、それ以上追及はするまいと考えたらしい。尭明が淡く苦笑する。

「大丈夫だ」

それから、きっぱりと言い放った。

「おまえたち雛女に手を出させるものか。必ず守る。皇太子の名に懸けて」

「ならば僕は、兄の名に懸けて」

景彰もまた、玲琳と慧月の二人に、穏やかに笑いかけた。

「…………」

慧月は、なんとも言えない心持ちになって、膝の上で両の拳を握り締めた。

そうやって足を押さえていないと、車中でそわそわと立ち上がってしまいそうだったのだ。

守られている、と思った。

頼っていいのだ。委ねていい。

尭明は、「雛女」という言葉に、玲琳と慧月の二人を含めた。愛する玲琳のことだけでなく、彼はその強い責任感のもと、慧月のことも守ろうとしてくれている。

景彰もそうだ。玲琳と慧月、その両方を見て彼は誓った。もしかしたら、妹の体に収まっているからというだけの理由かもしれないが、それでも、彼は慧月に、手を差し伸べてくれている。

「慧月様。わたくしも、友人の名に懸けて」

すぐ隣に掛ける玲琳も、膝で握っていた拳にそっと触れてくる。

「必ず責任を取りますし、守ります」

「いえ、あなたも守られる側なんだってば。大人しく守られていなさいよ」

慧月は半眼になって憎まれ口を叩いたが、手は振り払わなかった。

「大丈夫。皆で、声を合わせてまいりましょう」

きゅ、と、握られた手に力が籠もる。

即座に「暑苦しいわよ！」と言ってやってもよかったが、ふんと鼻を鳴らすに留めた。

(べつに、心強く感じたわけじゃないけど……ほら、殿下や馬鹿兄の前で声を荒らげて、心証を悪くするわけにもいかないし)

龍気を持つ聡明な皇太子がいる。機転の利く武官がいる。過剰なほどの友情を捧げてくる、権力を持つ友人がいる。

——裏切らない、と素直に信じられる人がいる。

皇帝に目を付けられたくらい、なんだ。

すとん、と、自分でも意外なほど安心することができて、慧月はふと窓の外に目を向けた。

「酒房が近いわね」

「方策にめどが付いたら、お腹が空いてまいりましたね。本当に食事をしてしまいましょうか」

玲琳が頷くと、向かいの景彰が「あっ」と急に膝を叩いた。

「空腹で思い出した！　午の終刻までに、慧慧のぶちギレ芝麻球《ごまだんご》を引き取りにいかなきゃ」

数刻前の失態を、朗らかに蒸し返す彼を見て、慧月は顔を引き攣らせた。

「ちょ……っ」

「ぶちギレ芝麻球？」

「『慧慧』？」

案の定、興味を引かれたらしい玲琳たちが、まじまじとこちらを見つめてくる。

「いえ、だから」

「聞いてくださいよ、殿下。市で買い物をしていたときなんですが」

「やめなさい」

「やおら芝麻球の店に並んだと思ったら、そこが予約制だったものだから、彼女ったら」

「やめなさいったら！」

笑いを噛み殺しながら説明する景彰の口を、慧月は慌てて塞ごうとした。

「車内で立っては危ないですよ。ふふ、慧月様も楽しい時間が過ごせていたのなら、何よりです」

真っ赤になった慧月を見ても、玲琳は嬉しそうに微笑むばかり。

「芝麻球は、ぜひたくさん買いましょうね。……たくさん」

そう言って、そっと懐の上を手で押さえた。

葦《あし》の葉でできた皮や、仕掛け賽子《さいころ》が収まっているあたりである。

（一より二。二が二つで、四）

一人きりでは立ちすくんでしまうことも、寄り添ってくれる友に恵まれれば、きっと太刀打ちできる。

二人でも心許《こころもと》ないことがあれば、さらに仲間を増やせばいい。

二から四へ。六へ。もしかしたら、それ以上にも。

「いっぱい、いっぱい買って、お土産にしましょう」

「どれだけ買い込む気よ」

玲琳の最初の「二」となってくれた慧月は、呆れたとばかりに振り返る。

乗り込んだ直後とは打って変わり、和やかな空気を乗せて、馬車はゆっくりと走り続けた。

＊＊＊

賭場「三界楽《さんかいらく》」は、慌てて駆けつけた大量の役人たちによって、厳重に包囲されていた。

なにしろ彼らを呼びつけたのは、町民などではなく、皇太子の直属である鷲官長や、腕利きと評判の、中央勤めの武官である。

賭場からの莫大な賄賂は惜しかったが、もはや目こぼしをするわけにはいかない。

むしろ、役所と賭場の馴れ合いを気取られぬよう、後ろ暗い思いのある者ほど迅速に現場へと向かい、厳しい態度で捕縛に当たった。賭場の連中はしきりと暴れ、こちらを道連れにしようと役所の内情を叫んでいたが、取り調べる側の立場が優位であるに決まっている。

そんなわけで、賭場の周囲にはネズミ一匹逃さぬ警備が敷かれ、それは通報から半刻が経っても、いまだに継続中であった。

「内部より連絡だ」

と、「地」の門付近に、武官服をまとった男が、こつこつと沓音《くつおと》を鳴らしてやってくる。

その場の誰にとっても、見覚えのない顔であったが、きちんと整えられた髭や、洗練された動き、そして衣服を見るに、中央勤めの武官の一人だろうと思われた。

もしかしたら、彼こそが、この賭場を通報したという黄家武官なのかもしれない。

そう考えた男たちは——なにしろ、地方役人からは名を尋ねるなどできない——、素早く背筋を正し、短く礼を執った。

「はっ」

「中にいた賭場経営者、および客全員の捕縛を確認したので、以降の取り調べは、鷲官長の手から諸君らに移す。周囲の警備は打ち切り、中にいる者たちの身柄を役所に移動させよ、との命だ」

「はっ、承知しました」

「俺は、ほかの扉にいる者たちに、このまま命を伝えて回る」

「承知しました！」

返事を聞くと、男は一つ頷き、そのまま次の門へ移動しようとしたようだったが、ふと気付いたように顔を上げ、役人たちを振り返った。

「そうだ。諸君らの長にはだいぶ酒を馳走になったから、伝えておくのだがな」

なぜだか声を潜め、くいくいと指先を動かして、役人たちに「顔を貸せ」と示す。

彼らがこわごわと近寄せると、男は、こっそりと囁《ささや》いた。

「鷲官長は厳格な男だ。役所の対応が遅いのは、賭場に手懐けられていたからではないかと疑い、いずれ調査すると息巻いていた」

「…………！」

「なあに、大丈夫さ」

息を呑んだ役人たちの肩を、男は気さくに叩く。

整った顔には、いかにも鷹揚な、世慣れた笑みが浮かんでいた。

「そういうときは、人身御供を立てるんだよ。賄賂と言っても、人によって額の多寡はあったろう？　諸君らよりも、よほどせしめていたヤツがいるはずだ。そいつの名前を、示し合わせておけばいい。そうだな、一人では怪しまれるから、三人ほど」

脅された後の提案は、とびきり甘美に響く。

役人たちは一瞬互いの顔を見ると、すぐにその助言に飛びついた。

「なるほど、ありがとうございます！」

「私の見立てでは、主犯格と言えるのは副長で」

「いや、額の多さで言えば」

そうして、我が身を救いたいばかりに、思いつく名前を次々と挙げていく。

男は、ひとしきり話を聞いていたが、途中で「わかった、わかった」と苦笑すると、くるりと背を向けてしまった。

「ま、頑張ってくれよ」

とだけ告げると、振り向きもせず去ってゆく。

役人たちは、誰を生け贄《いけにえ》にするかの相談に夢中だったので、ろくに見送りもしなかった。

当然、男が、背を向けた途端すっと表情を消したことに、気付けるはずもなかった。

「やれやれ、いろんな名前が出てくる、出てくる。奏上のしがいがあるな」

男はぼやきながら「地」の扉を離れ、歩き続ける。

ただし向かうのは、ほかの扉などではなく、大通りだ。

彼が武官なんかに扮したのは、厳重な監視をかいくぐり、現場を抜け出すためだったから。

「はー、今代の鷲官長ってのは、なかなかいい勘をしているもんだ。たぶん監視に気付いてたよな？ 殿下も切れ者のようだし、この国は安泰だな。陛下もいい血を継がせたもんだ」

角を曲がったあたりで、きっちりと紐で結った髪に手を差し入れ、がしがしとほぐす。

物陰を通過するわずかな時間で、重い装具をひょいひょい脱ぎ捨て、麻袋に放り込むと、全身が凝ったと言わんばかりに、首をごきりと鳴らした。

次に日向に出てきたとき、そこにいたのは、商家風の男。

整えた髭に、ほどいたまま肩に流した髪、そして厚めの唇が、どこか女好きの性質を感じさせる――丁半の卓に掛けていた男、丹《たん》であった。

扮装用の装備を取ってしまうと意外に肌寒かったのか、丹は、「さみぃ」と口をすぼめ、肩をそびやかす。

吐息が白くなるのにも、嫌そうに顔を顰《しか》め、両手を擦《こす》り合わせて暖を取った。

「うー、さみ。火を放ってでも暖を取りたくなるわ」

物騒なことを呟いたそのとき、ふと路上で烏が残飯をついばんでいるのに気付き、立ち止まる。

しばらく、まじまじと烏を眺めていたが、やがて興味を失ったように、歩みを再開した。

「起毛してねえと、よく燃えねえもんな」

呟くなり、彼はくすくすと笑い出した。

脳裏には、さきほど同じ卓に掛けた、そばかす顔の女の姿がよぎっていた。

大柄で、つり目で、特別美しいというわけでもない女。

けれど話し方や仕草には品があり、つい目で追いかけてしまう。

演技は下手くそで、だが機転が利く。

いいや、想像に反して度胸があって、それから――。

「んー、火は、操ってなかったよなあ」

危機が迫っても、術ではなく、道具を使って火を熾《おこ》した。

思考を整理するときの癖なのか、男はぐしゃぐしゃと髪を掻き回す。

「朱 慧月は、道術使いじゃなかったってことか?」

駆けつけてきた六人には、なにやら独特な繋がりがありそうに見えたが、客席を見渡す鷲官長から逃れることを優先した結果、会話までは聞き取れなかった。

まだ、情報が足りない。証拠もだ。

丹は、まるで新しいおもちゃを手にした子どものように目を輝かせると、にやりと口の端を持ち上げた。

「腕が鳴るわ」

そうして、だらしない歩き方のまま、堂々と、捜査の現場から姿を消した。

特別編

見て、見て、見せて

しんと空気の澄み切った、冬の朝のことである。

太陽は先ほどようやく一部を地平に覗かせたばかり。

女官たちもまだ夢の中にある、そんな早朝の薄暗い回廊を、麗しい黄家《こうけ》の雛女《ひめ》――の体に収まった朱《しゅ》 慧月《けいげつ》は、足音を殺して走っていた。

裏門からするりと黄麒宮《こうきぐう》を抜けだし、南東の方角へ。

雛宮《すうぐう》のすぐ横をすり抜け、しばらく進めば、豪奢《ごうしゃ》な装飾で彩られた藍狐宮《らんこぐう》と朱駒宮《しゅくぐう》が見えてくる。

だが、慧月はそれらの正門を無視して、二つの宮の隙間を縫うように、裏道を進み続けた。

きれいに整備されていた道が徐々に細くなり、やがて完全に雑草に侵蝕されるようになった頃、崩れたままの塀が見えてくる。

そこが、朱駒宮裏手にある蔵――雛宮内の公共空間と化してしまった、「『朱 慧月』の秘密基地」の入り口であった。

慧月はすっかり慣れた様子で裾をからげると、塀の内側に飛び込んで行った。

真っ先に視界に入る畑を、まずは一望する。

誰もいない。

と、畑に面した蔵から、がたっと物音が聞こえたため、慧月はみるみる顔を険しくし、今度は蔵の内へと踏み入った。

「ちょっと、黄 玲琳《れいりん》」

扉を閉めてしまえば、たとえ監視されていようと、もう誰にも聞き取られることはないので、念のため声量だけ抑えつつ、堂々と相手の名前を呼ぶ。

案の定、そばかす顔の朱家の雛女——の中に収まった黄 玲琳は、こんな早朝だというのにたすき掛けをし、せっせと体を動かしているところだった。

「こんな朝っぱらから何をしているのよ！」

出会い頭に罵ると、玲琳はぱっと振り返り、帯に挟んだ手拭いを取りつつ、にこやかに応じた。

「あら、おはようございます、慧月様。昨日の手紙でお伝えしたとおり、蔵の大掃除を始めたところですわ」

ごく当然のように答える相手に、かっと頭に血が上る。

慧月はつかつかと歩み寄ると、玲琳の手から手拭いを奪い取った。

「あなたねえ。他家の雛女と口裏を合わせたり、鎮魂祭に向けた作戦を練ったり、すべきことはたくさんあるというのに、なぜ雛宮に戻って、真っ先に取り組むのが大掃除なのよ！」

「だってわたくし、当面はここで『朱 慧月』として過ごすのですもの」

玲琳はあくまで穏やかに、今度は桶に掛けておいた雑巾を取り上げ、軽く力こぶを作った。

「鎮魂祭までは、ひと月。こんなにも長期間入れ替わるなど、初めてのことでございます。その間、こうして蔵で過ごす以上、ここの住環境を向上させておかねば」

そう。

尭明《ぎょうめい》の龍気にかこつけて道術を使おうとしている慧月たちは、鎮魂祭の日を迎えるまで、入れ替わった状態で過ごさねばならないのである。

慧月など、風邪で寝込んだことにすればいいだろうと考えていたのに、玲琳は大人しくしている気などまったくないらしい。

いわく、『黄 玲琳』が寝込むのは自然でも、『朱 慧月』が寝込むのは不自然」とのことである。

女官たちの大勢いる朱駒宮内ではぼろが出るかもしれないので、「お忍びの末に揉め事に巻き込まれてしまったことを反省し、自主的に謹慎している」という態で、蔵に籠もるというのだ。

蔵は半ば公共空間と化しており、入れ替わっていない期間も、玲琳がしょっちゅう行き来しているため、ここでなら怪しまれずに落ち合える。

ただし、蔵の中を、すっかり慧月が散らかしてしまったようなので、申し訳ないが整理させてくれ

——早朝に寄越された手紙には、そんな内容が、盗み読まれてもいいよう迂遠な言い回しでしたためられていた。

「べつに、そこまで散らかってないでしょう？　宮内の自室に溜めておくのには不向きの書類や、不要な雑貨を、一時的に置いただけだわ」

「いいえ、慧月様。これは溜めすぎです」

慧月が非難すると、玲琳はきっぱりと首を振る。

そうして、「ご覧ください」と、蔵のあちこちを指し示した。

「乞巧節《たなばた》の頃、わたくしと莉莉《りーりー》が過ごしていたときには、それはすっきりとしていましたのに……。今や、あちらの棚からは不要な書類がはみ出し、こちらの箱からは化粧品が溢れ、机の上には雑貨が山積みになっている。これでは落ち着いて生き物を飼育することも、育苗することもできません」

「朱慧月《わたくし》はそんなことしないからいいのよ！」

「『朱 慧月《わたくし》』はするのです」

慧月は噛みついたが、玲琳は即座に言い返す。

「以前わたくしが蔵で過ごしていた間、多くの方が、土をいじり苗を育てたわたくしの姿を記憶しているはずです。それが突然、行為を放棄しては、入れ替わりを怪しまれてしまうではありませんか。人物の整合性を取らねば」

もっともらしい訴えだが、なぜそこで、土いじりを「する」ほうの性格に整合させる必要があるというのか。

「じゃあ、あなたも土いじりや整頓をやめればいいじゃないの！」

「それは呼吸をやめろというのと同義ですから」

玲琳は神妙な顔で応じると、さっさと麻袋を取り出しはじめてしまった。

「どのみち、こうも物が溜まっていると、気の流れが滞ってしまうのは事実です。不要なものだというなら、なおさら処分してしまいましょう？」

そうして、さくさくと物を袋に放り込んでいく。

「この化粧品は……いりませんね。こちらの帯も、もしやしばらく使っていない？　望む方に差し上げましょう。こちらは反故紙でしょうか。全部捨ててしまいましょうね」

慧月はぎょっとして、棚の前に躍り出ると両手を広げた。

「全部いるわよ！　今でなくても、そのうち！　化粧品はいずれ使うの。帯は、ちょっと幼い柄だから最近使っていないだけで、また流行が巡ったら使うわ。反故紙は裏紙になるじゃない！」

もともと、捨てるのが苦手な性質なのだ。

何事もあっさり捨ててしまったほうが、身辺は美しく整うのだろうが、捨てられる方は恨みがましくこちらを見つめているのではないかと思うと、踏み切れない。

普段は整理するのが面倒で放置しているくせに、いざ捨てる段になると、本当は価値があったのではないか、と急に惜しく思えてしまうのだった。

「あら、こちらは手紙の類いですか？　その割には無造作な……」

棚の整理を止められてしまった玲琳は、今度は床に投げ出されていた漆箱に手を伸ばす。

大量の紙類が、ろくに整理もされず重なっているのを見ると、ひょいひょいとそれらを引っ張り出し——不思議そうに首を傾げた。

「なんです、これは？」

そこにあったのは、何通かの手紙。

ただし、どれも墨を掛けられたり、ひしゃげたり、端が焦がされたりしていた。

「女官たちの書いた意見書よ。その昔、わたくしの素行が悪いから、雛女を替えてくれと、朱家宛に嘆願しようと盛り上がっていたところを、握り潰してやったの」

はっ、と吐き捨てた慧月に対し、玲琳はなんとも言えない視線を寄越してきた。

「なによ、悪い？」

「いえ、悪いというか、慧月様らしいというか……。握り潰すのも問題ですが、それ以上に、心を傷付けただろう手紙をなぜか保管しておくあたりが、こう」

賢明にも、彼女はその先の言葉を飲み込み、温かな笑みでこう付け足した。

「わたくしも時折、芳春《ほうしゅん》様から悪意に満ちた手紙を頂戴しますが、そうしたときは、すかさず焚《た》きつけに用いますのよ。皇后陛下や兄たちも、不快なものは灰にするのが一番と、常々」

「黄家の対応って常に火力が強すぎるのよ」

ただし、柔らかな物腰で寄越された助言はちっとも穏やかではなかったので、慧月は即座に突っ込んだ。

女官たちの手紙を握り潰した自分も大概だが、この女だって大概、微笑みながらえげつないことをする。だいたい黄家の人間というのは、思いきりがよすぎて時々冷酷なのだ。

それからふと、あることに思い至って、こう尋ねた。

「……景彰《けいしょう》殿もそうなの？」

「え？」

「その……黄家の人間は、皆、不快に感じた手紙はすべて燃やしてしまうの？」

目を瞬かせた玲琳から、慧月は無意識に視線を泳がせた。

「あなたたちって、本当に物に頓着しないじゃない。不要だと思ったらなんでも、手当たり次第に、ぽいと捨ててしまいそうで」

自分でも、なぜこんな確認をしてしまったかわからない。

ただ、黄 景彰には、町歩きで付き添ってもらい、助けられた借りがあるので、手紙の一つも送らねばと思っていたのだ。贈り物の催促もしなくてはと。

だが、もし彼がさっと手紙を読むなり、「汚い字だねえ」とでも言って、ひょいと火鉢に入れてしまうのだとしたら――そんなのは耐えられない。

すごく、ものすごく、耐えられなかった。

「そうでしょうか？　手当たり次第、ということはないのですが……。特に小兄様なんて、わたくしには『捨てろ』と言いながら、本人はかなり物を取っておく性格ですし」

「そうなの？」

「ええ。なんでも整理せずにはいられないのですわ。たとえば手紙などは、走り書きのようなものでも日付別に並べて、きっちりと箱に収めて、何年も何年も保管します」

「さすが粘着質な男ね……」

それもどうなのかと思ったが、ひとまず手紙をいきなり捨てられる可能性は低いと見て、慧月は胸を撫で下ろした。

それを見て、玲琳は何に思い至ったか、不意に目を輝かせた。

「もしや、小兄様に手紙を送ろうと？　お礼状とか？　嬉しい！　ぜひ送って差し上げてください！

慧月様のお手紙なんてとても貴重ですもの、絶対に喜びます！」

「お、送らないわよ！」

あまりに歓迎されたので、咄嗟《とっさ》に否定してしまった。

「だいたい、貴重ってなに？　字が汚いからと手紙を避けてきたくせに、とでも言いたいわけ？」

反射的に自虐を口にしながら、そうか、そういえば自分はあまり、他人に手紙を送ったことがないのだと気付く。

それも、異性宛だなんてなおさらだ。

「そんな、まさか。わたくしはただ、慧月様が小兄様と親交を深めようとしてくれたのが嬉しくて」

「し、親交を深めるってなによ！」

一度意識してしまうと、すべてに反応してしまっていけない。

慧月は顔を真っ赤にして、無意味に棚枠をばんばんと叩いた。

「あたかもわたくしが、景彰殿と仲よくなりたいと思っているかのような言い方はやめてくれる⁉　単に礼儀を尽くそうと思っただけよ！　べつに、彼と交流したいわけでは、全然ないわ！　わたくし、あの手の殿方って、大嫌いだもの！」

弾みの言葉というのは、いったいどうして、こうも勢いよく口を飛び出していくのだろう。

ぽんぽんと口を衝《つ》く言い訳に、慧月自身が動揺していると、玲琳が残念そうに眉を寄せた。

「まあ。慧月様は、小兄様のような殿方はお嫌いですか？」

「そ、そうよ！　ああいう、ちゃらちゃらとした、意地悪で、執念深い男はごめんだわ！」

「まあたしかに、小兄様は、わたくしと違って執念深いですよね……わたくしと違って」

妹ならではの手厳しさが発揮されてか、玲琳は意外にも素直に頷く。

「意地悪で粘着質な方は、ちょっと嫌ですよね。わかりましたわ。妙なことを口にしてしまい、申し訳ございませんでした」

あっさりと詫《わ》びられ、背を向けられてしまうと、途端に慧月は怯んだ。

（べ、べつに、そこまで、こき下ろしたかったわけじゃないけど）

たしかに黄景彰はしつこくこちらをからかってくるが、そのときの彼の目は、攻撃性など一切なく、ひたすら楽しげに輝いているので、本当はそれほど嫌でもない。

より正直に言えば、形のよい口の端がすいと持ち上がり、切れ長の瞳でちょっぴり意地悪そうに見つめられると、慧月の胸は高鳴って仕方がなかった。緊張からだとは思うが。

だが、それを今さら切り出すわけにもいかず、黙り込んでいると、ごそごそと袂《たもと》を漁った玲琳が、なにかを差し出してきた。

「そういえば慧月様、朝餉《あさげ》もまだでしょう？　空腹でしたら、お菓子などいかがです？」

懐紙に包んだ胡麻菓子だ。

なにしろ育ちざかり、そして雛宮に上がるまでろくに砂糖菓子を食べられなかった慧月は、実は甘いものに目がない。

無意識に喉を鳴らしてしまうと、玲琳はふふっと口元を綻《ほころ》ばせた。

「お好みに合いそうでよかった。慧月様は、甘いお菓子がお好きですものね」

「そ……っ」

べつに他意はなかったろうし、純然たる事実だというのに、「甘ったるい菓子が好きなのね、甘味に飢えていたからかしら」と、卑しさを指摘されたように感じてしまい、慧月は咄嗟に「そんなことないわよ」と言い返してしまった。

「べつに、甘い菓子なんて、全然好きではないわ」

「え？　そうなのですか？」

相手がきょとんとしたのを見て、歯噛みしたくなる。

ほら。やっぱり相手に、こちらを馬鹿にする意図なんてなかったのだ。

なのに自分ときたら、どうしていつも、ありもしない悪意を疑って疑って、ひねくれたことばかり言ってしまうのだろうか。

ただ素直に、「ええ、そうなの。甘いのが大好きなの」と、伝えればそれでいいのに。

「……さっぱりしたほうが、好みなの。甘ったるいのなんて、大嫌いだわ」

ここでもやはり後戻りができず、いったい何に筋を通そうというのか、そう付け足してしまう。

「甘ったるいのが、大嫌い……」

玲琳は、しばしこちらをまじまじと見つめていたが、やがてなにかに納得したように頷くと、それは嬉しそうな笑みを浮かべた。

「なるほど。よくわかりました」

それ以上深追いすることなく、「ひとまずこちらに」と胡麻葉子を手近な卓に置いてしまってから、くるりと箱に向き直る。

この状況下、胡麻葉子に手を伸ばすことなどできなかった慧月は、しばらく未練がましく卓を見つめていたが、やがて玲琳が箱からあるものを取り出すのに気付くと、はっと顔を上げた。

「あら、これは？」

それは、数枚の紙だった。

同じ文字が延々と、線をかすれさせたり、時には形を間違われながら、幼い筆跡で書き連ねられている。

あちこちに散らばるかのような文字の横には、朱い墨で打たれた点。

打勾《だこう》——正解、問題なし、といった意味の記号だ。

幼い日の慧月が、母親に字を添削してもらったときのものだった。

「あ……」

一気に過去の記憶がよみがえり、慧月は思わず声を漏らした。

——見て。お母様、見て！

あの頃——まだ生活がそこまで差し迫っていなかったあの当時、慧月は親に振り向いてほしくて、しょっちゅうまとわりついていたものだった。

大柄で、可愛げがないと言われていた自分。けれど、なにか才能があれば。

たとえば、早く字を覚えたら。すらすらと経典を読めたなら。

刺繍《ししゅう》ができて、上手に歌えて、軽やかに舞えたなら。

そんな才能の片鱗が見えたなら、母もきっと自分に構ってくれるのではないか。

淡い期待が、彼女に何度も母の袖を引っ張らせた。

もっとも、母が娘に望む類いの才能を、慧月はなにひとつ開花させられなかったので、相手の反応は、いつもそっけないものだったけれど。

きっと、母は母で、うんざりしていたのだろう。

誰からも侮られる辺境地での生活。地味な暮らし向き。夢見がちで無責任な夫に、ぱっとしない、それでいて愛情ばかり求める娘。

慧月が物心つくくらいまでは、しきりと撫でてくれたのが、徐々に減り、最後には目も合わせてくれなくなった。

誉め言葉はどんどんおざなりに、反応はどんどん薄くなった。

慧月がいくら声量を上げようと、泣き出してみせても、いいや、そうすればするほど、かえって憂鬱げに溜め息を吐くようになった。

それでも母は、周囲には円満な家庭を演じたがっていた。おかげで、書の添削だけは、気まぐれに付き合っていたのだ。貴族の一員だというのに、娘がまったく字も書けないのでは困るから。

筆を紙に乗せる手間も惜しいといわんばかりの、小さく打たれた朱色の点。

大人になった今、ごま粒のように小さな打勾を見ると、母の関心の薄さを突き付けられる。

だが幼い日の慧月は、書を見てもらえたと舞い上がり、宝物のようにそれをしまい込んだのだ。

そして今も――反故紙の束に紛れ込ませたまま、けっして、捨てられずにいる。

「これ……わたくしが、書の練習をしていたときのものよ」

自嘲を刻みながら、慧月は紙に指先を伸ばした。

「母が添削したの。……手厳しかったけど」

添削用紙の一番上には、折りたたんだ痕のついた紙があった。

そこには、ほかの添削用紙とは異なり、片隅に「中《まあまあ》」の文字が書き込まれていた。

「これは、母からの評よ」

ちょうど書の添削をしてもらっているときに客が来て、体裁を気にする母はその日だけ、片隅に評価の文字を書き添えたのだった。

間違えずに書けているわ、でも、もっと手本を真似て書くことね。

まるで教育熱心な母親のようなことを、もっともらしく言い添えて。

優、良、中、及――四段階あるうち、けっして高評価とはいえない「中」。

外面を取り繕うときにすら、娘を褒めはしなかった母に、苦い思いが込み上げる。

だが、幼い日の慧月は、それでも飛び上がるほど嬉しかったのだ。

母が客の対応のため立ち去ったあと、朱色の墨が乾きもせぬうちに、書を抱きしめた。

見てもらえた。

頑張れば、努力すれば、振り返ってもらえる。

――もっと、わたくしを見て。

残念ながら、客の正体は身持ちの悪い愛人で、彼に貢ぐことに夢中になったあまり、その後母は身を持ち崩すのだったが。

——見て。もっとわたくしを見て。

きっと母も愛人に向かって、そう願っていたことだろう。

けれど母は見向きもされず、慧月もまた、母から関心を引き出すことは叶わなかった。

後には、借金漬けになった母の死体と、からからに墨を乾かした添削用紙だけが残った。

だから慧月は、書の練習をはじめとした、努力を要するあらゆる行為が嫌いだ。

手紙を書くといった、相手からの返事を期待してしまう行為も。

だってそんなの、けっして報われることはないのだから。

胸のあたりが、鉛を詰めたように重くなってきて、慧月は息苦しさを蹴散らすために、露悪的に唇の端を持ち上げた。

「今思えば、あの人こそ『中』だったわね。書は見ても、ろくに評価もしなかった。わたくしを食わせはしたけれど、愛しやしなかった」

肉体的な危害を加えられたり、売り飛ばされたりすることはなかった。だが、さんざん罵られたし、気に食わないことがあれば物置に閉じ込められた。

衣食住も、教育も、体裁が整う程度には与えられた。ただし関心は注いでくれなかった。

最後には慧月を置いて、身勝手に死んだ。

「そうですか……」

ともに添削用紙を見つめていた玲琳が、ぽつりと呟く。

その静かな声に、慧月ははっとした。

傍らに立つ友人が、物憂げに目を伏せているのに気付き、焦りを滲《にじ》ませる。

自らの命と引き換えに母を失った彼女は、書を添削してもらったことなどなかったはずだ。

たとえ自分にとって、素晴らしい思い出ではなかったとしても、母親がいて、ともに過ごし、気まぐれとはいえ教えを授けられたという事実は、相手にとっては自慢のように響くのではないか。

寒さばかりをかえって思い知らせる貧相な毛布があるのと、まったくの裸では、どちらがより不幸と言えるだろう。

(でも、黄 玲琳はその代わり、周囲から溺愛されてきたわ。暖かな室内にいたようなものよ。一方わたくしは北風の吹く野原にいたようなもの。だから)

だから、不幸を託《かこ》っても許されるはずだ——。

己に言い聞かせている自分に気付き、慧月は唇を引き結んだ。

ああ。不運を呪うときにすら、誰かと比べて、その資格があるかを確認せずにはいられない。

相手の恵まれた点ばかりを挙げ連ね、自分のほうが不幸だと安心してからでないと、ろくに嘆くことすらできないのだ。

黄 玲琳が、見た目ほど恵まれた人生を歩んできたわけではないと、とうに知っているくせに。

慧月は、己のこうした卑劣さが、身勝手さが、そして臆病さが、大嫌いだった。

まるで、母そのもののようで。

「……捨てるわ」

拳を握り、慧月は唐突に切り出した。

「え？」

「この添削用紙。あなたの言う通り、不要だし、不快だもの。だから、もう捨てる」

切り捨てなくては、と思った。

己の中の醜い部分。幼くて、弱くて、痛々しい。

「捨てなくちゃ」

きっと、何ごとにも未練を持たぬ黄 玲琳だったら、一瞬で「処分」の袋に詰めてしまうに違いないそれ。

「……捨てなくて、よいのではありませんか」

だが、意外にも、玲琳が告げたのはそんな言葉だった。

「え？」

目を見開いた慧月をよそに、さっさと添削用紙を取り上げ、きちんと角を揃える。

ほかのものと一緒くたになっていた箱から、別の文箱に移し、さらには、蔵の中に投げ出されていた硯《すずり》で墨をすりはじめた。

「急になにをしはじめるの？」

「ねえ、慧月様。あなた様は、本当に極端なお方。あなた様にとって『捨てる』というのは、『憎む』ということなのですね」

玲琳は、質問には答えず、そんなことを言う。

返すべき言葉を見失ってしまった慧月をよそに、玲琳は墨をする手を休めず続けた。

「そして、慧月様の中で、物事は、捨てるか傍に置くか、憎むか愛するかの、どちらかだけなのですね。すべてにその重大な判断を下さねばと気負うから、つい、放置してしまう」

「…………！」

心の奥底を見透かされた気がして、慧月はいよいよ絶句した。

玲琳は墨をすり終えると、ふとこちらを振り向いた。

「どちらか一つに、染め上げなくてもよいのではありませんか」

「え……？」

「添削してくれたお母君を慕う気持ちは、今もまだあるのでしょう？　でしたら、そのぶんは愛おしんでよいのではないですか。慧月様につらく当たり、置き去りにしたことを、恨む気持ちもあるのでしょう？　でしたら、そのぶんは憎んでもよいのではないですか」

愛し憎め、と、矛盾したことを告げて、胡蝶《こちょう》と呼ばれる女は美しく微笑む。

「憎しみも愛も出来高制です。憎むぶんは憎んでいいし、愛おしむぶんは愛おしんでいい。他人とつらさを競って、勝ったぶんだけを悲しむのではなく、自分が悲しいと思ったことを、そのままの分量で、悲しめばよいのではありませんか」

穏やかに紡がれた言葉が、優しく心に降り積もってきて、なぜだか慧月は泣き出しそうになった。

（もう）

ああ、もう。

この女ときたら、猪突猛進で、おおざっぱな性格をしているくせに、どうしてこう、要所要所で、自分の最もほしかった言葉をひょいと投げて寄越すのだろうか。

自分の不幸を振り返ることもせず、ただただ、慧月の想いだけに寄り添って。

(なんなのよ)

今口を開くと、無様に声が震えてしまいそうで、顔を逸《そ》らしてこっそりと唇を噛みしめる。

そんな慧月を横目に、玲琳はおっとりと、

「もし、愛憎の配分に迷うなら」

と筆を取り上げ、さらりと紙に文字を書きつけた。

きれいに切り取り、添削用紙を収めた文箱に糊で貼り付ける。

「適当な名前を付けて、いったん棚上げしましょう」

そのままひょいと棚の上部に乗せようとする玲琳の腕を、慧月は咄嗟に押しとどめた。

「ま、待ちなさい。どうして付札の文字がそれなのよ！」

玲琳が文箱の付札に書いた文字が、なぜか「優」だったからだ。

「え？　だってこれ、慧月様の書かれた文字ですよ？」

「なに、きょとんとした顔をしているの！」

怪訝な様子で問い返す相手に、思わず慧月は声を荒らげる。

だが玲琳は、不思議そうに頬に手を当ててるだけだった。

「幼き日の慧月様が一生懸命書かれた、というだけで万金の価値ですよ？　審美眼のないお母君の朱を直接塗りつぶさなかっただけで、褒めていただきたいくらいですわ」

「あ、あなたは、いちいち贔屓《ひいき》がすぎるのよ！　こんなみみずがのたくったみたいな文字、読むに値しないわ！　もういいから、さっさと捨てなさいよ！　焚きつけになさい、焚きつけに！」

「ご冗談を。わたくし、鑽仰礼《さんぎょうれい》の喧嘩の際に、慧月様から初めて頂いた手紙なんて、肌身離さず持ち歩いて読み返しておりますのよ」

帯の下を探り、ひらりと一通の手紙を取り出す。

「ほら」

「…………っ」

徹夜で書いた己のへたくそな手紙が――なにせ当時は追い詰められていたので、字の美しさにこだわる余裕なんてなかった――、丁寧に折り畳まれ、本当に持ち歩かれているのを見て、慧月は絶叫しそうになった。

「か……っ」

「か？」

「返しなさいよ！」

真っ赤になって手を伸ばすが、相手は優れた舞の技術を活かし、ひらりと躱《かわ》してしまう。

「嫌です。これはわたくしが、初めて友人からもらった手紙。天が落ちようと地が割れようと返しませんわ」

「ああああもう本当に重い！　あなたの友情って本当に暑苦しい！　返しなさいったら！」

「嫌ですもん」

「そんな汚い字の手紙、万が一誰かに見られたら嫌なのよ！　今度もっとましな、新しい手紙を書いてあげるから、古いほうは寄越しなさい！」

詰め寄って叫ぶと、相手はぱっと目を見開き、動きを止める。

「まあ」

それから、本当に嬉しそうな、花が綻ぶような笑みを見せた。

「それは、とても楽しみですわ。約束ですからね」

ついでに言うと——しっかり言質を取り付けておきながら、彼女が手紙を返すことはなかった。

こういうところが、本当に黄 玲琳である。


さらに、それ以降というもの、慧月は、玲琳から毎日のように、

「手紙はまだですの？」

「もう一行は書きましたか？」

「途中でよいのでお見せください」

と催促されることになる。

そのたびに苛立って怒鳴り散らすのだが、玲琳がしょんぼりと立ち去る後姿を見送るとき、慧月の

頬は、本人も気付かぬほどわずかに緩んでいるのだった。


見て、見て、と、最近の慧月はもう言わない。

そんなことを言う前に、相手が「見せて」とせがんでくるものだから。

棚の上部に置かれた「優」の文箱は、優しく潤んだ墨を湛《たた》えたまま、今日もそこにある。

あとがき

こんにちは、中村颯希です。案の定本編を書き込みすぎて、あとがき一ページの通常運転に戻ってしまいました。最後までチョコたっぷりの「ふつつか」です。

さて、前巻での宣言通り、今回はどろどろの陰謀や事件から離れ、各キャラたちの何気ない日常を……描くつもりだったのですが、やはり物足りなくなって、たくさん事件を起こしてしまいました。

辰の初刻（午前七時ごろ）に酒房付近で落ち合った玲琳・莉莉・尭明、巳の初刻（午前九時ごろ）に市に向かった慧月と景彰、午の初刻（午前十一時ごろ）に旅籠で昼食を取ろうとした冬雪と景行、茶楼に落ち着いていた辰宇と雲嵐が、同時多発的に事件に遭遇します。

果たして皆は無事に、正午（十二時）に約束の場所へとたどり着けるのか。いつもとは異なる読み味を、どうか楽しんでくださいね。私も、普段は出番の少ないキャラを存分に活躍させてあげられて、とても楽しかったです！　おそらく行間から私のにやにや笑いが滲み出ているはず。失敬。

そして終盤でフィーチャーされたある人物は、次巻以降で大変重要な役割を演じることになるので、ぜひ覚えていてください。次幕では、いよいよ玲琳たちが、国家最高権力者に立ち向かいます。

末筆となりましたが、今巻も素晴らしい作品に仕上げてくれた関係者の皆さま、そして読者の皆さまに感謝を。おかげで「ふつつか」はまだ続きます。次巻でもどうかお目に掛かれますように！

二〇二三年十月　中村 颯希

●本書は書き下ろしです。

2023年10月5日　初版発行

著者　中村颯希《なかむらさつき》

イラスト　ゆき哉《かな》

発行者：野内雅宏

発行所：株式会社一迅社
〒160-0022　東京都新宿区新宿3-1-13　京王新宿追分ビル5F
電話　03-5312-7432（編集）
電話　03-5312-6150（販売）
発売元：株式会社講談社（講談社・一迅社）

印刷・製本：大日本印刷株式会社

DTP：株式会社三協美術

装丁：伸童舎

ISBN 978-4-7580-9587-7

おたよりの宛先
〒160-0022　東京都新宿区新宿3-1-13　京王新宿追分ビル5F
株式会社一迅社　ノベル編集部
中村颯希先生・ゆき哉先生

ふつつかな悪《あく》女《じょ》ではございますが
～雛宮蝶鼠とりかえ伝～
7